若き高杉一郎

改造社の時代

太田哲男

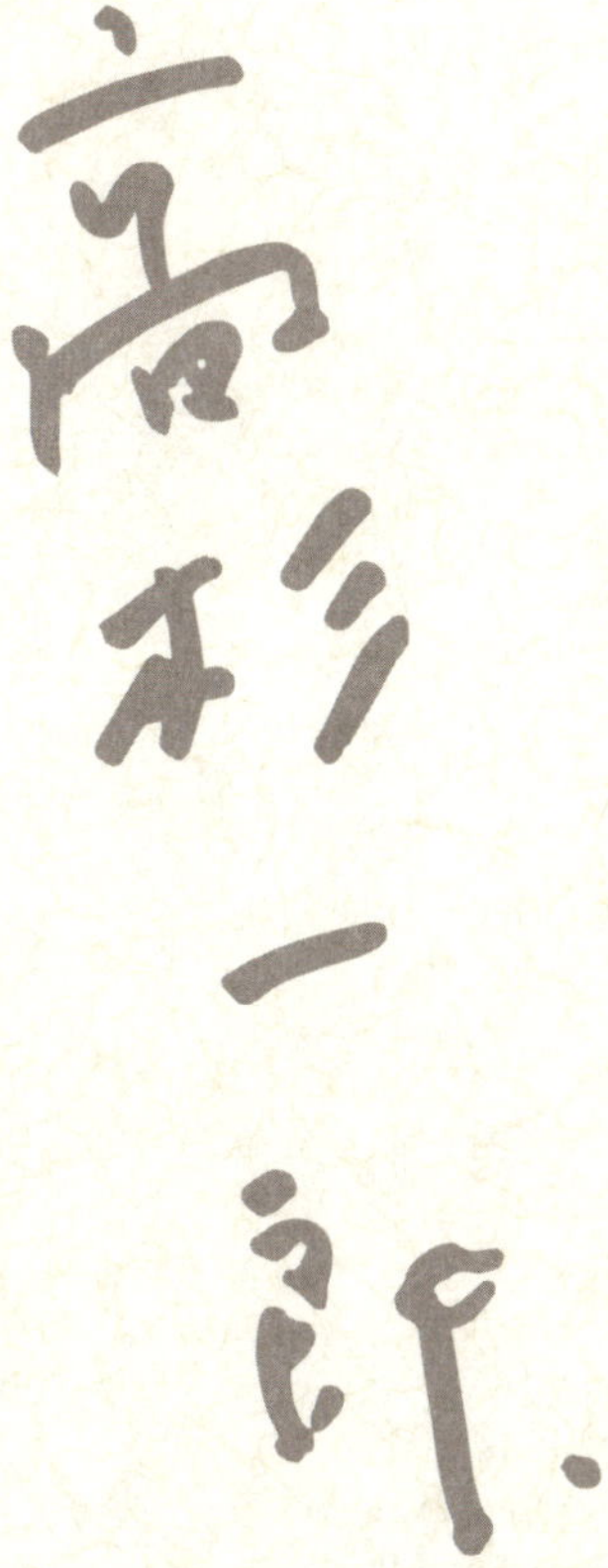

未來社

右上：若き日の小川五郎（高杉一郎）
左上：関東軍兵士の小川五郎。写真裏に
「木蘭で　関東軍時代」と書き込み
右：高杉一郎著
『極光のかげに――シベリア俘虜記』
（目黒書店、1950年）表紙カバー

小川五郎夫妻
写真脇に「1936 年 7 月 17 日」と書き込み

シベリアから帰還した小川五郎とその家族

写真脇に「豊田正子の綴方教室学校校長さんと窪川稲子と」と書き込み。左が小川

前列左は安部公房、二人目は中野重治、一人おいて小川五郎

写真裏に「(日本ペンクラブ) 高杉一郎　草野心平　スティーヴン・スペンダ　川端康成」と書き込み

後列左端は竹内好、二人目が小川五郎。前列左端は武田泰淳、一人おいて小野忍、その右隣の顔だけ見えるのが武田百合子、その前は増田渉

若き高杉一郎——改造社の時代

目次

若き高杉一郎

——改造社の時代

装幀——清田　愛

序　章

(一)　若き高杉一郎

高杉一郎（一九〇八～二〇〇八）の名は、彼自身のシベリア抑留体験を描いた『極光のかげに――シベリア俘虜記――』（原本は一九五〇年、目黒書店。のち、岩波文庫所収）によって知られている。それとともに、フィリパ・ピアス『トムは真夜中の庭で』（岩波書店）をはじめとする数々の児童文学の訳者としても知られている。

年配の世代には、中国革命の一大叙事詩ともいうべきアグネス・スメドレー『中国の歌ごえ』（みすず書房、のち、ちくま文庫）の訳者として、忘れがたい名前かもしれない。

高杉の著作や翻訳は、高く評価されてきた。

たとえば大江健三郎の「子供の本を大人が読む、大人の本を子供と一緒に読む」には、『トムは真夜中の庭で』が取り上げられていて、大江はこの高杉訳を「じつに優れた訳です」と評価し、ピアスの本に立ち入って話を進めている。そして、ピアスの本のある一つのセンテンスについて、原文と高杉訳とを引き、「まことにたくみに情感をあらわした訳文だと思います」としたうえ、ついでながらと

いう趣で、

高杉一郎氏のシベリア抑留経験をえがいた短篇の数かずや自伝的な文章は、戦後文学の最高位にあるものですが、この子供たちのための翻訳にも、じつに大きい実力が柔らかく発揮されています。(1)

と述べている。

ここに「シベリア抑留経験をえがいた短篇の数かず」というのは、まずは『極光のかげに』のことであろうし、「自伝的な文章」とは、『スターリン体験』（岩波書店、一九九〇年、以下、『体験』と略称）や『征きて還りし兵の記憶』（岩波書店、一九九六年、以下、『記憶』と略称）などを念頭においてのものであろう。

また、季刊雑誌『考える人』の座談会「大人のための本とは何だろう？」でも高杉の仕事が評価されている。五人の参加者が「選んだ三十冊の本と、とっておきの一冊の本を語る」この座談会で、堀江敏幸はピアス『トムは真夜中の庭で』を「とっておきの一冊」にあげているし、関川夏央は「三十冊」の一冊に『極光のかげに』を入れている。(2)

高杉自身の著作についていえば、加藤周一は『極光のかげに』を「名著」とし、『征きて還りし兵の記憶』を高く評価した。その理由は、第一に「日本語散文の質の高さ」であり、第二に「その話題がすべて日本社会の基本的な問題に、直接または間接に係」わることであり、第三に「事実を尊重し、直視してゆずらない知的勇気」だというのであった。(3)

鶴見俊輔も、

社会主義国家についての現実的な肖像は、一九四五年に日本が戦争に負けてから、はじめて日本人によってえがかれたと言ってよい。高杉一郎の『極光のかげに』は、その一つで、長谷川四郎、石原吉郎の文章とともに、戦争の捕虜として、収容所の中からこの社会主義国家を見た記録である。(4)

と書いて、『極光のかげに』の先駆性を指摘していた。

高杉の著作や翻訳は、このように、定評があるといってよかろう。では、その高杉はこれらの仕事をするに至るまで、どのような仕事をしていたのであろうか。

高杉一郎の本名は小川五郎という。

小川が召集されたのは一九四四年。それまで彼は改造社につとめていた。改造社は、一九一九年に山本実彦《さねひこ》(一八八五〜一九五二)によって創立された出版社で、同年に創刊された雑誌『改造』は、やがて『中央公論』とならぶ有力な総合雑誌となった(一九五五年に終刊)。小川はその改造社に一九三三年から一九四四年までつとめ、同社の雑誌『文藝』の編集などにたずさわった。

小川五郎は、その改造社時代のことを高杉一郎著の『スターリン体験』や『征きて還りし兵の記憶』などに書いてはいるし、『極光のかげに』でも部分的ながらふれている。しかし、これらの著作は、「シベリア体験」と「スターリン体験」を軸にしていて、改造社時代自体をテーマにしているわけではないので、彼の改造社時代のことはそこに書かれたものだけでは必ずしも明瞭でない部分もある。

そこで、私は本書において、「戦後文学の最高位」にあると評された作品を書くに至った高杉(小川)の戦前・戦中時代のこと、主としてその改造社時代について書いていきたい。この時期に限定するのは、シベリア抑留時代については、『極光のかげに』などに描き尽くされているからである。

小川の編集者としての仕事は、これまであまり論じられなかったと思う。その理由は、一方では編集者といういわば黒子的性格ゆえであるけれども、他方ではみずから訳した作品を、のちにふれるような理由で訳者名なし、あるいはさまざまなペンネームで発表した結果、第三者がそれらを小川の仕事として確認することが困難であることも一因だと思われる。

また、雑誌『文藝』を刊行していた改造社は、一九四四年に解散させられ、戦後に復活したけれども、まもなく消滅してしまった出版社である。『改造』や「円本」の名は知られているにしても、改造社の『文藝』の名は今では有名とはいえない。そこで、『文藝』についても紹介をし、さらには改造や『改造』などについても、小川との関連という観点からふれていくこととしたい。

小川五郎が雑誌編集の仕事を始めた一九三〇年代半ばからすでに七十年をこえる歳月が流れた。当時のことはすでに歴史となったとも言えよう。しかし、私は歴史的興味だけから小川五郎の改造社時代、『文藝』時代について書きたいのではない。彼の仕事の少なくとも一部は、十五年戦争期の日中関係が歴史になってしまったわけではない以上、現代につながる意味を今なおもっていると考えるためである。

この点は本文でふれるが、概略を述べれば次のようなことである。

日中戦争は一九三七年七月七日の盧溝橋事件によって開始されるが、その直前に発行されたた雑誌『文藝』七月号には、「日中文学者往復書簡」の第一回目として、中野重治と中国の文学者蕭軍《しょうぐん》の「往復書簡」が掲載された。そして、九月号には、その第二回目として、久板栄二郎と夏衍《かえん》の「往復書簡」が掲載された。

それだけではない。同誌八月号にはアグネス・スメドレーの短篇小説「馬」が、十一月号には蕭紅《しょうこう》の短篇小説「馬房の夜」が掲載された。「馬」には、中国共産党勢力の様子の一端が「ある日の出来事」という趣で描かれ、「馬房の夜」には、当時の日本では「馬賊」と呼ばれた存在が中国の民衆の中に根づいたものであることが描かれていた。いずれも、当時の日本には知られること稀な側面であった。この「往復書簡」の企画者も、「馬」と「馬房の夜」の訳者も、小川五郎だった。一九三七年という時点での「日中文学者往復書簡」という着想、まだ有名でないスメドレーや若い蕭紅への着目。それは、時代の緊急な問題に向きあい、その流れに抗し、しなやかに対応していく精神に由来するものであり、しかもそれは、文芸を日本国内の「文壇」だけに限ろうとする視野狭窄とは無縁の姿勢から生じた。

ここに略記したようなことを含む、小川の改造社時代（一九四四年に三十六歳で召集されるまでの時期）の仕事は、現在でもなお評価に値するのではないか。そう考え、小川の意義深い仕事を伝えるべく、私は、召集に至るまでの時期の小川五郎の伝記を書こうと思った。

（二）伝記について

私がこの小川の伝記をぜひ書いておきたいと考えるに至ったのは、日中関係に関わる。今世紀に入って以降、日中関係は良好とはいえない。個人的には、ある中国人留学生から日中関係の断絶の深さを感じさせられる発言を聞いて「やはりそういうものか」と思わされたこともある。日中関係が良好とはいえない理由はいくつかあろうが、日中間の歴史があまり「記憶」されていないことも背景にあるのではないかと考える。

私は、二〇〇四年に、ハンナ・アーレントについての論文を書くよう求められ、『全体主義の起源』の射程」という一文を書いた。その一節を引く。

二〇〇四年夏の中国（重慶を含む）におけるサッカー・アジアカップにおける観客の「反日感情」について、日本の一部の人々には、中国を蔑視する傾きが強いようだ。

しかし、「終戦記念日」については「年中行事」として大規模に報道しても、日本軍機による重慶への無差別爆撃などについて、日本ではどこまで認識されているだろう。ジャーナリズムはどこまで報道してきたのか。むろん、爆撃されたことを背景の一つとする「反日感情」がサッカーの場で表現されるのが適切だと私が考えるわけではないけれども、日本では中国への無差別爆撃が、アーレントの言う「忘却の穴」（三、二二四）に落ち込んでいるのではないか。つまり、現代の日本では、そんなことは元来まるでなかったかのように思われているのではないか。(5)

アーレントのいう「忘却の穴」は、直接的には絶滅収容所などに関することであるが、「忘却の穴」とまでは言えなくても、日中関係において忘れられようとしていることは多々あり、そのなかにはやはり記憶されるべきだと思われることもある。その一齣が、（一）に簡単ながら触れた『文藝』における日中文学者の交流である。

さらにまた、最近は「東アジア共同体」構想が話題にのぼる。これは、基本的には政治を軸に考えられていくべきことではあるが、その構想の豊富化のために、東アジアの歴史を検討することも不要なことではあるまい。このことを、森嶋通夫『日本にできることは何か　東アジア共同体を提案する』

の「はしがき」の言葉を借りて敷衍してみよう。森嶋は、

中国、韓国、その他のアジアの人たちに、アジア諸国の協同を提案するのは、日本人にとっては苦しいことである。それは一九四三年に当時の東条内閣が、日本の提案する大東亜共栄圏の考えを支持させるべく、アジア諸国の指導者を東京に呼び集めたことに由来する。〔中略〕

このような帝国主義的な動きのずっと以前には、日本人と中国人の間には誠実な協力の多くの例がある。孫文、蔣介石、周恩来、魯迅、郭沫若その他多くの中国の著名人が日本に相当な期間滞在したり留学したりしており、彼らの多くは日本人との間に親密で尊敬に満ちた友情に恵まれた。不幸にして、この誠意ある交友関係の伝統は、日本陸軍が一九二八年に満州地域の最高司令官の将軍を殺害するや否や、まったく破壊されてしまった。(6)

と書いている。大局的にはここに記されたように言えるにしても、「誠意ある交友関係の伝統」は、一九三〇年代においても残ってはいた。このことを記すのは、森嶋の提案を否定するためではなく、むしろ補強するものであると考える。

私が小川五郎の伝記を書こうとした理由の一つには、伝記というものの意義を考えさせられたことがある。萩原延壽(一九二六〜二〇〇一)が亡くなったあとに編集された遺稿集というべき『自由の精神』(二〇〇三年)を読む機会があった。そこに収録された萩原と横山俊夫(対談時・京都大学人文科学研究所)との対談「イギリス体験と日本」のなかで、萩原は次のように述べている。

イギリスで影響を受けたという点で一つ漠然としたことを言えば、戦後の日本では、少なくともアカデミックな意味での歴史家は、比較的バイオグラフィー（伝記）をやらなかったでしょう。

〔中略〕

ともかく、イデオロギーがかなり過剰だった日本の歴史叙述、あるいは、そういう雰囲気のなかで、一応数年大学院で勉強したわけだけど、イギリスに行ってびっくりしたのは、中心がイデオロギーじゃなくて、はっきり人間だということですね。(7)

私もロンドンのフォイルズなどの書店に入ったとき、「伝記」のコーナーが大きいことに気づき、萩原のこの指摘に納得した。萩原自身、その代表作は、『遠い崖――アーネスト・サトウ日記抄』(8)を筆頭に、『馬場辰猪』『陸奥宗光』『東郷茂徳』など、ほとんどが伝記であった。

むろん、私のこの伝記が萩原の作品と並べられるものでないことは自覚しているが、伝記の意義については、萩原の言葉に教えられた。萩原の『遠い崖』冒頭に置かれた序章や『陸奥宗光』の「陸奥再会」などを読むと、あたかも森鷗外の史伝、例えば『渋江抽斎』のごとく、自らの対象とする人物の探索過程まで書かれ、それがまた興味深いのであった。

それだけではない。私が対象に選んだ小川五郎氏はまだお元気で、その話を聞くことができるという事情にあった。

近年は日本でも「オーラル・ヒストリー」という分野が確立されているかのようである。(9)例えば、日本政治学会の「年報政治学二〇〇四」として『オーラル・ヒストリー』(10)という書物が刊行されている。また、御厨貴・中村隆英両名による『聞き書　宮沢喜一回顧録』などは、この分野における最近の代表的な業績であろう。だが、私の場合は「オーラル・ヒストリー」とはいささか事情を異にする。たしかに「聞き書き」部分を含んではいるが、「聞き書き」自体を中心にしているわけでは必ずしもないからである。

ともあれ、一九〇八年生まれの小川であるから、そのヒアリングはぜひ記録しておきたいという、いわば義務感に駆られた部分があったことも確かである。

ヒアリングの重要性については、むろん最近にわかに言われ始めたことではない。例えば、毎日新聞社の『エコノミスト』では、一九六六年に「昭和思想史への証言」という連載があり、それが同名の単行本になった。そのなかで、古在由重（一九〇一〜九〇）の「証言」の聞き役になった丸山眞男（一九一四〜九六）は、

昭和の精神史なり思想史なりにも、まだまだブランクが多い。とくに思想史などは、著書・論文が主要な材料になっていて、生きた本人に時代の知的状況を語ってもらいたい人がたくさんいるのに、文学史の領域をのぞくと、あまり手がつけられていない。古在さんには前々から自伝を書きなさいとけしかけていたので、その責任上？　ここでいろいろおききするということになったわけです。

と述べていた。古在が「僕なんかに自伝みたいなことを話す意味があるのかなあ」と答えたのに対し、丸山は、

それは、私たち歴史家が判定することで、いったん判定された以上、古在さんは歴史的客体なんですよ。お話をひき出すために、またわずかの時代のちがいで雰囲気がどんなに変わるかということを示すためにも、私も時おり「客体」の世界にお伴しますから……。(11)

と述べて、「証言」が始まっている。丸山の「お伴」は、二人の年齢差が十三ということもあってか、「時おり」などというものではなく、ほとんど対談のようになっている。それはそれで、この「対談」の魅力になっているけれども、この論文での私の場合は、「聞き手」のレベルはともかくとして、「オーラル・ヒストリー」というには「聞き書き」部分が少なく、かといって、戦後生まれの私には戦前・戦中に「お伴」するのも難しいという状況であった。

私は、小川と同じく静岡県・伊豆の出身でシベリアに抑留され、一九五三年に帰国した石原吉郎の詩と評論に心を動かされていた。名著『望郷と海』以外の石原の評論を入手することが容易でないと知った私は、『石原吉郎評論集　海を流れる河』(12)を編んだ。そして、その一冊を小川に献じたところ、折り返し丁寧な返事をもらい、それをきっかけに小川宅をしばしば訪問させてもらうようになった。私は小川の『極光のかげに』や『体験』『記憶』を読み、大いに共感を覚えていたからである。

近現代の日本思想と現代思想に関心をもつ者の一人として、私もスターリン主義には強い関心をもっていた。そのため、スターリン主義批判を日本の思想史との関連で論じた小川の本は、私にはきわめて貴重なものと思われた。

しかし、小川から直接に話を聞くうちに、彼がそういうスターリン主義批判をするに至る「前史」も、記録に値するものだと考えるようになった。というのも、『極光のかげに』『体験』『記憶』に直接関わることは、すでにその本のなかに十分に語られており、新たにヒアリングをする必要があるとも思われなかったのに対し、改造社時代のことはやや断片的に書かれていたからということもある。

小川の話を聞き、また、改造社の雑誌『改造』や『文藝』のバックナンバーを繰るうちに、『改造』や『文藝』、さらには改造社の意義づけの重要性にも思い及ぶようになった。

改造社は、先にも書いたように、戦後間もなく消滅してしまった出版社である。そのことも手伝って、改造社あるいは雑誌『改造』についての研究は、十分に行われてきたとは言い難いだろう。さらには、『改造』など、日本における「総合雑誌」の役割は、かつては非常に大きかったと思われる。しかし、現代の日本におけるその役割は、例えば一九六〇年代までと比べても、非常に低下している。『改造』の研究は、この低下の理由やジャーナリズムのあり方の問題にも関わるであろう。この伝記は、改造社の研究でもなく『改造』の研究でもないけれども、その一端には触れた。

この小川五郎の伝記は、伝記という性格を軸にしながら、「オーラル・ヒストリー」的な側面もち、思想史、ジャーナリズム史などの性格を併せもつものとなっている。

私は、先に書いたような経緯で、小川宅をしばしば訪問して聞き取りをした。二〇〇四年以降の八月には、小川が夏の仕事場としてきた信濃追分の別荘も訪問させてもらった。本書は、彼から親しく話を聞くことができたゆえの産物である。

ここで、『若き高杉一郎』という本書の題名について断り書きを付けておかなければならない。のちに（第五章末尾および終章第一節末尾）に書くところだが、小川五郎は彼の改造社時代（一九三三〜四四年）には、自らの翻訳の『文藝』掲載にさいしてはいくつかのペンネームを使用したけれども、高杉一郎という名前を使ったことはない。このペンネームは、一九五〇年の『極光のかげに』において初めて現われるのであって、その意味では、改造社時代には「高杉一郎」は存在しないといえる。とはいえ、「若き小川五郎」という題名では、これをただちに高杉一郎のことと同定できる読者はかなり限られるであろう。

そこで、戦後に高杉一郎と名乗った人物の若き日、つまり改造社の『文藝』編集部時代を描いた本というつもりで、『若き高杉一郎』という題名とした次第である。

凡例的なことを書く。

一、小川というのは私が記録したものであることを示し、太田とあるのは小川の話を聞いているさいの私の発言である。

私は小川の言葉を機械に録音してはいない。話を聞くときにはノートにメモを取り、原則として話を聞いた当日に聞いたことを文字に復元するようにつとめてきた。本書では、その復元したものを利用している。ただし、本書の記述は小川が語った順番に記録したものではなく、私が再構成したものである。その発言部分については、原稿を小川氏に見ていただき、校閲をいただいた。しかし、その校閲を私が生かし切れていない部分もあるかもしれず、その場合の文責は私にあることをお断りしておきたい。

二、雑誌『改造』『文藝』などからの引用の場合、漢字は現行のものに改め、仮名遣いは原文通りとすることを基本とした。ただし、雑誌『文藝』の「藝」については改めていない。

三、本書には、「支那」などのように、使用するには不適切な用語もあるが、本書が対象としている時代の性格上、そのままにしてある。

四、本書が史料として用いたテキストのうちには、校訂者による注記を［　］で示すものもあれば、ちくま学芸文庫版『暗黒日記』のようにこの注記を〔　〕で示すものもある。いずれの場合も本書に引用した校訂者の注記は量的には多くないけれども、テキスト校訂者による補足と太田による補足とを厳密に区別して注記するのは繁雑にすぎるであろうし、その区別をすることに格別の意義があるともいえないだろう。そこで、テキストに用いられた〔　〕はそのままとし、太田による補足も〔　〕で示すこととした。なお、［　］は史料としたテキストに用いられているものである。

五、史料として用いたテキストにつけられたルビは、削った場合が少なくない。

人名表記について言えば、テキストによって「マサリク」と「マサリック」、「デューイ」と「デュウイ」などが混在している。引用文中では原文通りとしたことはもちろんであるが、それを紹介する地の文では、多くの場合、現在一般に通用していると思われる表記としている。

六、高杉の著作については、原則として以下のように略記して示すこととする。

『極光』――『極光のかげに』（岩波文庫、一九九一年）岩波文庫本の底本は、目黒書店版である。

『家族たち』――『ザメンホフの家族たち――あるエスペランティストの精神史』（田畑書店、一九八一年）

『体験』――『スターリン体験』（岩波同時代ライブラリー、一九九〇年）

『記憶』――『征きて還りし兵の記憶』（岩波書店、一九九六年。岩波現代文庫版、二〇〇二年。）引用は、注記しない限り「現代文庫」版にしたがう。

第一章　「改造」の時代

第一節　中学時代

小川五郎は、静岡県の天城山麓の田方郡下大見村（現在は伊豆市上白岩地区）で、兄が三人、姉が一人の、五人目の子どもとして一九〇八年七月十七日に生まれた。（『記憶』五七頁、高杉一郎『シベリアに眠る日本人』一四頁）

小川五郎の父は、日本の近代的な教員養成制度が発足するまえ、その母親のすすめで静岡に出て、そこの家塾で漢文と数学と英語の手ほどきを受けた。そして、伊豆に戻り、「村にできた尋常高等小学校の校長となり、三〇年間その職責をはたしたあと、こんどは村長を何期かつづけた」（『記憶』一一七頁）という。

小川　村の一角に大井上理農学研究所というのがあり、そこで大井上という人が葡萄の研究をしていた。この大井上は、日本の葡萄とフランスのある葡萄を掛け合わせて、巨峰という品種を作った人だ。山を一つ葡萄畑にしていた。その研究所は山の上にあり、新聞配達がそこまでは行かなかった。ぼくが小学校の五年生のとき、その研究所の人が、ぼくの父と相談をして、結局ぼくが毎日そこに新聞を届けることを引き受けた。

この葡萄の研究家の父親は大井上海軍少将で、日清戦争のとき、清国海軍を破った人だったと聞いた。この研究家の妹さんが三竝《みつなみ》貞三海軍少将の夫人で、この一家は、東京の大久保百人町に住んでいた。ぼくが東京高等師範学校〔高師〕に入ったとき、三竝さんが保証人になってくれた。そんな関係で、ときどきこの家に出かけた。

小川五郎少年は新聞配達のために歩いたというが、後年もよく歩いたようだ。シベリアから還って静岡大学に職を得たあと、小川は静岡の町なら、どこに行くにもほとんど歩いたという。当時の静岡大学は、まだ郊外に移転する前で、市街地の大岩というところにあった。

小川　ぼくは、韮山中学校時代、運動はあまり得意ではなかったが、長い距離を通学していた関係で長距離走は強かった。韮山城址のあたりで、クロスカントリーのレースがあり、それで一等になった。〔教諭の〕福間敏男氏が一生懸命応援してくれたことを覚えている。

大井上は、新聞を届けてくれることへの返礼という意味であったろうが、日曜日ごとに小学校五年生の小川少年にフランス語をオーラル・メソッドで教えたという。小川がやがて静岡県の韮山中学を卒業して東京高等師範学校に入学したとき、当時は神田三崎町にあったアテネ・フランセに通ってフランス語を勉強することになった。これも、大井上のすすめによるものだった。

このような経緯があったから、小川はのちに国際文化研究所のフランス語クラスに入ることになり、それが彼の経歴に大きく作用することになった。このことはのちに述べる。

その後、小川は伊豆にある韮山中学校に五年間学んだ。父のすすめで、将来は医者になるつもりだったという。(『記憶』一七一頁)

中学二年生のとき、修善寺駅前にできたキリスト教の教会に通うようになり、それを機に、内村鑑三の『余はいかにして基督教徒となりしか』を英文で読んだ。また、有島武郎の「宣言一つ」や夏目漱石の『こころ』も読み、「いままでかいま見たことさえなかった世界が、忽然として眼のまえにひらけてきた感じ」(『家族たち』二四〇頁)を味わった。

四年生のときには、東大新人会の活動家だった福間敏男教諭から、放課後にブハーリンとプレオブラジェンスキーの『共産主義のＡＢＣ』の英文を読まされたという。

こうした経過があって、小川は医学部に進むことに興味を失いつつあった。それを心配した父親が、韮山中学の伊藤保三郎校長に相談したところ、この校長は小川に東京高等師範学校への入学をすすめた。小川五郎はそのすすめに納得し、東京高師に入学したのだった。

第二節　改造社の創設

小川五郎がまだ静岡県の韮山中学に入る前のことだが、のちに小川が勤務することになる改造社が創設されていた。小川の経歴を辿る前に、この改造社について見ておこう。
日本の敗戦後の一九四五年九月二十六日、哲学者三木清（一八九七～一九四五）は豊多摩拘置所で獄死した。その死をきっかけに、GHQは日本政府に対し、政治的・民事的・宗教的自由に関する制限撤廃の覚書を出すに至った。その三木清は、小川五郎が「編集主任」をしていた改造社の雑誌『文藝』の一九四一年六月号から四二年一月号にかけて、「読書遍歴」という文章を連載していた。その中に、『改造』創刊にふれたところがある。

その頃、私が学園で平和な生活を送つてゐる間に、外の社会では大きな変動が始まつてゐた。あの第一次世界戦争を機会として日本の資本主義は著しい発展を遂げたが、私の〔京都〕大学を卒業した大正九年は、それが未曾有の大恐慌に見舞はれた年として記憶される年である。このやうな変化に応じて思想界にも種々新しい現象が現はれた。大正七年の末、東大には新人会といふ団体が出来た。『改造』――すでにこの名が当時の社会にとつて象徴的である――が創刊されたのは大正八年のことであつたと思ふ。同じ年にまた長谷川如是閑、大山郁夫氏等の『我等』が創刊されてゐる。主として『中央公論』によつた吉野作造博士の活動が注目された。これらの雑誌は私も毎月見てゐたので、或る大きな波の動きが私にもひしひし感じられた。京都はまだ比較的静かであつたが、『貧乏物語』で有名になられた河上肇博士が次第に学生たちの注意を集めてゐた。(1)

第一次世界大戦に参戦して「漁夫の利」を得た日本は、一種の「バブル経済」の状況になっていた。その時期の資本主義の発展を背景に、高等教育機関が大幅に拡充された。一九二〇年以降、二十余りの私立大学が「大学令」による私立大学として設立認可され、五つの帝国大学のほかに、医科大学などの「官立大学」の設立が一九二〇年代に相ついだ。また、第一から第八までの高等学校に加え、一九一九年四月には新潟・松本・山口・松山に高等学校ができ、二〇年代初めには、ほかに十三の「官立高等学校」が設立され、さらには公立や私立の高等学校もつくられた。小川五郎が入学することになる東京文理科大学が設立されたのも、この流れのなかでのできごとだった。このような高等学校や大学の学生あるいはその卒業生が、『中央公論』や『改造』などの「総合雑誌」の有力な読者となったのである。

それはまた、都市化が急速に進んだ時代でもあった。第一次世界大戦後のアメリカにおける大衆社会を論じたF・L・アレンの『オンリー・イエスタデイ』に描かれたように、日本でも大衆社会化が進んだと言ってもよい。都市に「新中間層」が成立し、雑誌の読者となる。『キング』などの大衆的雑誌も、大量の読者をつかんだ。

改造社を創設した山本実彦は、一八八五年に鹿児島県に生まれ、日大（法政大学出身という説もある）を出たあと新聞界に入り、一九一五年には東京毎日新聞社社長となった。時あたかもシーメンス事件が起こっていた。首相の山本権兵衛も鹿児島出身で、「毎日新聞」のこの事件に対する筆鋒がにぶり、そのために強い批判を受けたことも手伝って、この新聞は経済的には苦境にあった。そこで、毎日新聞社を手放したという。

その後、「シベリア出兵」の時代、山本は「或任務を帯びて」ウラジオストック、ハルビンなどに出かけた。(2) その資金は、第一次世界大戦中に巨富を築いた久原鉱業の久原房之助（一八六九〜一九六五）から出ていたらしい。

山本は、一方では、ウラジオストックへの派遣軍の「総司令官の大谷〔喜久蔵〕さん」や「海軍司令官の加藤寛治君」など、軍上層部と接触している。また、シベリアを拠点に、ロシアの革命政権打倒を目指していた「カルムイコフ将軍」にインタヴューを試みている。

他方、ウラジオストックでは、独立運動をすすめる朝鮮人から直接に話を聞こうとしてもいた。それは、「西伯利〔シベリア〕のいろいろの事情を日本人側からでなくききたい気持をいだいてをつたからであつた。それに朝鮮人の思想を研究したい考へもあつた」からだという。(3)

太田　古本屋で山本実彦の諸著作を手に入れました。これらを読みますと、山本という人は、一九三〇年代には毎年のように著作を出していて、それがたいていは中国やシベリアやモンゴルなどへの旅行記です。ずいぶん活動的な方だったのですね。

小川　そうね。ジャーナリストとしての自覚があった。明治のジャーナリストとして立派だったと思った。彼からはずいぶん学んだよ。とともに、ちょっと博打打ちのようなところがあった。

山本は、シベリアから帰ってまもない一九一九年一月に改造社を創立、雑誌『改造』を発刊するに至った(創刊は四月号)。

創刊のころの発行部数については、『木佐木日記』(4)に、「現在『中央公論』だけで十二万部刷っているそうだが、『婦人公論』が七万だそうだ。〔中略〕『改造』も秀英舎で印刷されていたが、当時の部数は三万程度。」(一九一九年八月十三日条)と書かれている。創刊の時点の『改造』は、まだまだ『中央公論』

にはとうてい及ばなかった。

山本実彦は、『改造』創刊以降の十年を振り返り、当初の第三号までは売れなかったが、「第四号から約二年間といふものは殆んど売切れの状態で、雑誌の発行はいつであるかといふやうなことを、読者から待ちかねて聞きに来られるやうな有様」となった。それは、「当時は、日本の社会運動の啓蒙期に当りまして、社会主義及労働運動に関する刊行物が、殆んど幾ら刷つても売切れるやうな時代」だったからだと回想している。(5)

『改造』には、先に引用した三木清の言葉を借りれば、「或る大きな波の動き」を感じさせる論文、「当時の社会にとって象徴的」である論文が並んでいた。常連の執筆者となったのは、堺利彦、山川均、荒畑寒村などの社会主義者、大杉栄のようなアナーキストなどであった。しかし、『改造』は、一九年九月号(第六号)「労働組合同盟罷工研究号」に載った山川均「労働運動の戦術としてのサボタージュ」によって発売禁止の処分を受けた。(6)

山本自身がこの種の執筆者たちへの誌面提供を認めたのは、山本が彼らの思想的立場に共感していたからではなく、営業上の判断によるものであった。

山本社長は、『改造』をもり立てるべく、原稿料を上げることにつとめた。『木佐木日記』によれば、「最近の『改造』の原稿料攻勢が、『中央公論』の執筆者にも影響して、現在の稿料では『中央公論』の『改造』に対する優位は保ちがたく」(7)なったという。

『改造』一九二〇年一月号からは、賀川豊彦の小説「死線を越えて」の連載が始まった。しかし、この小説は当初から『改造』への掲載が予定されていたわけではなかった。賀川は、この自伝的小説の一部を、彼の出身校である明治学院の先輩で、当時すでに小説家として令名の高かった島崎藤村に読んでもらったけれども、藤村には冷たくあしらわれていた。そこで『改造』に回った次第だが、これが『改造』に掲載されたとき、作家たちや文学青年たちの評判もよくなかったようだ。中野重治も、『死線を越えて』の連載開始当時を回顧して、「大正の、芥川龍之介だ、佐藤春夫だと出てきた、あのころの日本文学の空気のなかで育った文学少年には読めないのだ(8)」と語っている。

それに対し、山本実彦は、藤村や中野とは異なる感覚をもっていた。「山本は事業家であった。製本屋に行ってみると、賀川の作品の第二回目、第三回目をまだか、まだかと、折本の小僧さんたちが待っていて、暇を盗んで読む有様を見て、これは『当たる』と感じた」という(9)。

こういう勘が働くところが山本の特徴というのか、「ちょっと博打打ちのようなところ」であった。

そして、一九二〇年十月、『死線を越えて』が改造社最初の単行本として出版されるや、爆発的な売れ行きを示し、大ベストセラーとなった。「初版発行以後、一ヵ年間に発行部数は二百十版に達し、百五万部が売れた(10)」という。それは、賀川が大争議となった神戸川崎造船所のストライキの指導者となっていたという条件に加え、山本実彦が「出版物の広告としては当時破天荒の半ページ、一ページ広告(11)」をうったことにもよるだろう。

のちの話だが、新聞広告についての山本実彦社長の感覚の一端を補足しておこう。

小川　山本実彦がね、こういう新聞広告はどうかねと語ったことがある。それは、新聞一ページの全面広告についての案で、ページの真ん中に、ごく小さく広告文を書き、周囲は白いままにしておく、というのだ。

太田　それは現代的な感覚ですね。その広告は実現したのですか。

小川　実現はしなかった。だが、山本という人は、こういうアイディアをいろいろ出す人だった。

『死線を越えて』の出版は、初期改造社の経済的苦境、すなわち、『改造』の当初の不振、また、その後の発売禁止によって受けた打撃から救うことになった。

キリスト教社会運動家であった賀川豊彦は、かつては大変な有名人であった。大宅壮一「賀川豊彦論」（一九五二年）によれば、「アメリカのどこかの新聞で、日本人の人気投票をしたとすれば、戦前においても戦後においても、トップはもちろん賀川豊彦であるばかりでなく、二位との間にたいへんな開きが生じるのではあるまいか。その点で吉田ワンマン首相などは問題にもならぬだろうと消息通はいっている」(12)というのである。

改造社初期の動向として注目すべきことの一つは、改造社がイギリスの哲学者ラッセルを、続いてアインシュタインを日本に招待したことである。

ラッセルは、第一次世界大戦に反対して投獄の憂き目にあっていたが、戦後に中国とソ連を訪れている。ラッセルは、一九二〇年五月から六月にかけての一カ月余り、イギリス労働党代表団とともにソ連に入国した。そして、「街路や農村でたまたま出会った普通の人々と多くの会話を交し」、そして、「メンシェヴィキ、さまざまな派の社会革命党員、無政府主義者」にも会い、「レーニンとは、ほとんど二人だけで一時間話し、同席者がいたがトロツキーとも会った。カーメネフとは田舎で一夜をともに過した」という(13)。

『改造』一九二一年一月号には、ラッセルの「愛国心の功過」という論文が掲載され、山本実彦によれば、この論文が「我国の論壇をひつくりかへすほどの騒ぎ」をもたらした。[14] そのラッセルは、一九二一年七月、神戸に着いた。

ラッセルの論文「愛国心の功過」は、その標題が示す通り、愛国心の「功」と「過」、つまり、愛国心の功績と過誤とを論じている。それによれば、愛国心は「人間固有の性情」なのではなく、古代、中世においては見られなかった。それが「宗教戦争の時代」から成立して、イギリスの場合について言えば、スペインやポルトガルに対抗するなかで発達した。当時の愛国心は、「外来の不正の力もしくは暴圧」に対抗するものとして、圧制に対する抵抗の情熱として勃興した。ここまでは愛国心の「功」であろう。

しかし、現代では愛国心は戦争を引き起こす重大な要因、つまり「過」になっているとする。

もしも全欧州が愛国心を教はらなかつたなら、大戦は発し得なかつたにちがひない事は、白日の如くに明らかである。連合国は皆な、独の愛国心が害悪物であつたことを知るの明があつた。けれども、連合国自身の愛国心は、恐らくは独の愛国心よりはいささか弱かつたであらうが、独の愛国心に劣らず害悪ではあつた。これは、連合国が戦勝して締結した和議を見ればわかる。号令一下、欧州の男子らをして、悦んで人を屠り、且つみづから死地に就かしめたものは愛国心であつた。(四行欠)独人をして、中立国に対する潜航戦を黙探せしめたのも、[15]英人をして敵国の女、子供に対する総綱的餓殺策を黙探せしめたのも、悉く愛国心の作用であつた。

ラッセルの論文には、削除の跡が生々しい。ここに引用したところにも(四行欠)というように削除された跡が示されているが、それが全体では八ヵ所にわたり、とりわけ論文末の削除は二十行に及んでいた。

部分的な削除はあっても、論旨は明快である。そして、ここに引用した個所からも明らかなように、ラッセルはドイツの愛国心だけを批判しているのではなく、自国の立場をも相対化して批判している。ただ、この論文に含まれていた日本の愛国心に関する記述は削除された。しかし、たとえ日本の愛国心のあり方に対するラッセルの見解を直接的に読むことはできなかったにせよ、ドイツやイギリスにおける愛国心のあり方に対する批判を考えれば、ラッセルが日本の愛国心のありように批判的であったことは自明で、ただ、その批判の舌鋒の鋭さがいかほどのものかがわからなかっただけのことである。

ラッセル来日中、改造社社長の山本実彦は、もちろんラッセルと話をする機会をもった。山本によれば、「ラッセル教授が、我社の招きで来朝したとき、ふと、私が世界第一の偉人は誰と思ふ！と質問したとき、ラ氏は言下に、アインシュタインと答へた。」(16)

ラッセルのこの答えを受けた山本は、アインシュタインを日本に招待し、彼は一九二二年十一月、来日した。山本は、「アインシュタイン」という文章に、

アインシュタインの演説は、日本各地でいたるところ、文字通りの満員で、公会堂や、劇場でも立錐の余地もなかつたのであつた。彼は、このことが、いとも不思議でたまらなかつたのだ。弐円、参円の入場料を支払つて、私の顔を見にくるのだ、とても、相対性の理論などむづかしくてわかるものではない——などと言つた——。厳密な意味で云へば、その当時は日本に幾人と指お

るくらゐしか、分つてをる人はなかつたのに、毎晩、千人も、二千人もといふ聴衆がくるので、彼はとても駭いてゐたのであつた。(17)

と書いている。ラッセルが「最も新しいタイプの現代雑誌の企業家精神旺盛な」と形容した山本実彦が、この機を活用しようとしたことは当然であった。『改造』は「アインシュタイン特集」(一九二二年十二月号)を組んで、その来日を盛り上げていた。踵を接するようにして、改造社は『アインシュタイン全集』四巻を刊行した。(18)

ラッセルの「愛国心」論文と彼の来日との間の時期に、『改造』所収論文の話題性という意味で、ある事件があった。それは、河上肇の「断片」(一九二一年四月号)をめぐるものである。

河上の『自叙伝』によれば、河上はたまたま山口に旅行に行っていた。「ほぼ用件を了え明夕は立って帰ろうとしていた日の夜、すでに眠っていた私は、真夜中に電報が来たと云って眼を覚まされた。改造社からのもので、四月号の『改造』が発売禁止になったという知らせなのである。」河上は当時、大学教授中の「危険思想家の巨頭」と「極印」をつけられていたし、「もうこれで大学教授という自分もおしまいだろう」と思いつつ、山口から京都に戻った。「京都駅に着いて見ると、急に西下した改造社の山本社長が、プラットフォームに立って私を待ち受けていた。」しかし、河上は別に「免官にもならず、休職にもならず、戒告一つ受けるでもなしに終った。私が愈〻辞表を出さねばならなくなったのは、昭和三年(一九二八年)四月のことで、此の時からあとまだ七年の間、私は大学教授として無事に生き延びることが出来たのである。」

河上の「断片」自体が、その後に大きくクローズアップされる事件が起きた。それは、一九二三年十二月に起こった「虎の門事件」、摂政宮（のちの昭和天皇）狙撃事件である。この事件を起こした難波大助が、河上の「断片」を読んで、「最後の決意」をしたというのであった。[19]

ラッセルの来日とアインシュタインの来日の間の時期、『改造』一九二二年一月号に、小川五郎も読んだという有島武郎「宣言一つ」が掲載された。有島が北海道の有島農場をその小作人たちに無償で解放した同年七月に先立つこと半年。労働問題、社会問題に対する有島の対応であった。『改造』に、志賀直哉『暗夜行路』の連載も始まった。

話題性のある記事を多様に掲載し、ラッセルやアインシュタインを招待したこともあって、改造社あるいは『改造』は、大きな地歩を固めた。

一九二三年九月一日、関東大震災が起こった。[20] 改造社もこの震災で甚大な打撃を受けた。会社の建物が消失し、目黒にあった山本社長宅で編集会議をするような状態だったという。

けれども、改造社は有力出版社に成長した。木佐木勝によれば、彼が『中央公論』に入社した一九一九年ころの「『改造』は『中央公論』の勢力の前に微力だった」が、六年ほどたった「今では『中央公論』と『改造』は並び称される誌界の両横綱のような印象を世間に与えている」[21]というのである。

また、佐藤春夫『退屈読本』（一九二六年）には、佐藤が「いざ、大資本の改造や中央公論に書く段になると精一ぱいに努力した作」を書くと告白しているところがある。[22] これは、大正時代末期には谷崎潤一郎や芥川龍之介をしのぐ名声を有したといわれる佐藤の言葉だけに、『改造』が『中央公論』と並んで二大有力総合雑誌になっていたことを雄弁に物語る。

しかし、震災後には有力な編集者が改造社を去ってしまったことなどもあり、『改造』の経営は、容易ならぬものになりつつあった。一九二六年七月号が、そこに掲載された藤森成吉の戯曲「犠牲」および倉田百三の小説「赤い霊魂」のゆえに発売禁止になったことによる打撃も大きかった。[23]
こうした状況を一挙に打開すべく打たれた手が、「現代日本文学全集」の刊行であった。

第二章　東京高等師範学校と円本

第一節　築地小劇場とロシア文学

改造社の「現代日本文学全集」について述べる前に、小川の経歴に話を戻そう。

小川五郎は、一九二六年に東京高等師範学校文科第三部・英文科に入学した。関東大震災から二年余りのころであった。

小川　先日〔二〇〇三年九月〕、大杉栄の最後の墓前祭が行われたというニュースがあったが、大杉栄はいい文章を書くよね、自由闊達な感じがする。

ぼくは、一九二六年に東京高等師範学校に入ったが、それとともに、アテネフランセに通うようになった。そこの校長をしていたのが、コット（J. Cotte）というエコル・ノルマルを出た人で、この人にフランス語を習った。彼が言うには、よい文章とはクレール・エ・ロジック〔明晰で論理的〕なものだとのこと。大杉の文章は、このクレール・エ・ロジックなものだと思う。加藤周一氏の文章もクレール・エ・ロジックだ。

東京高等師範学校の桐花寮に入ったばかりの私を、ある日、同室の先輩だった成田成寿（のちに東京教育大学教授）が「おい、築地小劇場へ行かないか」と誘った。一九二六年春のことである。彼にいっしょに連れていってもらってはじめて見た「演劇の実験室。」幕の上にえがかれていたひと房の葡萄。開幕の銅鑼。ホリゾント舞台。そして、その舞台の上に見たレフ・トルストイの『闇の力』。――みんな、今も私の記憶のなかに焼きついている。

倉林誠一郎の『新劇年代記』には、築地小劇場で上演された戯曲の作品とその年月が克明に記録されているが、（中略）おどろいたことに私は築地の初期の演目をひとつも欠かすことなく、みんな見ている。『闇の力』『検察官』『桜の園』、それにつづけて一九二八年一月の『伯父ワーニャ』、五月のゴーリキイ『夜の宿（どん底）』など、私が見たロシア文学作品の演出はみんな小山内薫になっている。（『記憶』七六〜七七頁）

太田　経済的に余裕があったのですね。

小川　ぼくの娘も、「お父さん、よくそんなたくさんの芝居を見るお金があったわね」と言っているが、こういう事情があった。高等師範学校にはいると、最初の試験の成績がよかった数名の学生に奨励金のようなものが出た。ぼくはそれに当たって毎月二十五円もらった。

築地小劇場は、一九二四年に、小山内薫、土方与志らが開いた新劇の常設劇場であった。小山内の急死（一九二八年）をきっかけに、築地小劇場は新協劇団と新築地劇団とに分裂したが、ここに加わった人びとのなかから戦後の演劇界を支えた人びと、例えば、滝沢修、宇野重吉、杉村春子、山本安英、千田是也などが育つことになる。小川五郎が築地小劇場に通い始めたのは、まさにこの小劇場の創設間もない時代、その分裂以前の時代ということになる。[1] 小川の築地小劇場通いより少し後ろに時代がずれるが、丸山眞男も「築地の常連」だったという。丸山の回想によれば、

ローザ・ルクセンブルクの読書会をやった連中は、だいたい築地の常連でした。中条百合子さんなんかは築地で見かけた。「あれが中条百合子だ」と言われたのを覚えています。観客も含めて連帯意識というのか、一種の雰囲気があった。[2]

というのであった。

高等師範で出会った教員の一人が英文学者の福原麟太郎（のちに東京文理科大学教授、一八九四〜一九八一）で、小川は福原が顧問をしていた「大塚劇研究会」にも参加した。

築地小劇場でロシア文学の世界に眼を開かされ、小川はロシア文学を幅広く読むようになった。その観劇体験・読書経験は、『文藝』の編集にも大きな意味をもつことになるが、のちにシベリアに抑留され辛酸をなめた小川に、なぐさめのひとときを提供してくれるものにもなった。

ロシア文学への愛着が、高杉一郎の著作に散見される。『極光のかげに』に描かれたイルクーツクの収容所時代に、五十がらみの二人のロシア人が高杉（小川五郎）に声をかけてくる場面が出てくる。この二人は、小川が大学を卒業した人物かどうか「賭け」をしたらしい。二人のうちの一人が小川に

尋ねる。

「君、プーシキンを読んだことがある？」

「『エウゲニイ・オニェーギン』は、僕の好きな本です」

背の低い男は、黙って手をさしのべると、私の手をかたく握った。そして自分のズボンのポケットをさぐって、一〇ルーブリ紙幣を二枚とりだすと、私にわたそうとした。

「僕に？　なんのために？」

「プーシキンのために。それでタバコを買いたまえ」

紙幣を私の上衣のポケットに押しこむと、二人ははなれていった。私は、遠ざかって行く二人の背中に、「ありがとう」と叫んだ。（『極光』二五四頁）

小川は思いもかけずに手に入れた二十ルーブリで、タバコを買う代わりに一冊の本と露英辞典とドイツ語の詩集を買った。

それ以後、私は毎日のようにその『露英辞典』を携えて、作業場に出かけた。休憩時間になると、街路樹の下でそれをアルファベット順に読みくだすのである。多くは耳から覚えたロシア語の単語を、辞書のなかでたしかめ、修正し、さらに深めてゆくのは、なんともいえず愉しい。（同、二五七頁）

というのであるが、ここにロシア文学に対する小川の思い入れと語学に関する特別の才能が鮮やかに描かれている。

プーシキンだけではない。イルクーツクには、アントン・チェーホフが泊まった旅館があり、小川が収容所から作業所に出かける日々、その旅館の壁に掲げられたチェーホフの浮彫に、「おはよう、アントン・パーブロヴィッチ！」と、ひそかに黙礼を送っていたという。学生時代に築地小劇場で上演されたロシア文学関係の芝居はみんな観ていた小川は、少しのちに神西清が訳したチェーホフの『シベリヤの旅』（岩波文庫、一九三四年）ももちろん読んでいた。

小川は、シベリアに抑留されたとき、チェーホフが「流刑制度の現実を直接自分の目でたしかめてこなければならない」（『記憶』七六頁）と考えたに違いないと思ったという。また、恐ろしい寒さのなかで、クロポトキン『ある革命家の手記』に極寒の興安嶺山脈の旅についての記述があったことを思い出し、ラーゲリへ収容されるときにはドストエフスキーの『死の家の記録』の一節を思い出した。（『記憶』）このように、小川のロシア文学作品の記憶にはただならぬものがあり、それが同時にシベリアでの極寒と苦難のなかに身を置いた小川に激励と慰めを与えるものとなった。

しかも、文学一辺倒ではなかった。エイゼンシュテインやプドフキンの映画も見ていたし、マヤコフスキーの詩も読んでいた。

戦後のことになるが、このような素養と体験があればこそ、クロポトキンの『ロシア文学の理想と現実』（原著、一九〇五年）の翻訳がなされたのである。（高杉がこの翻訳を出版したのは一九八〇年代であったけれども、この本を最初に読んだのは、戦前のアルス社版日本語訳であったという。）高杉は同書上巻の「訳者あとがき」に、このクロポトキンの本について、「刊行はいささか古いが、私にはロシア文学の精神を的確にとらえている点で、これにまさる文学史があろうとは思えない」と書いている。ロシア文学への長年にわたる愛着と広範な読書なしには出てこない言葉であろう。[3]

小川　岩波書店の社長だった岩波雄二郎は、東大史学科の学生のとき、クロポトキン研究に没頭していたこともあって、〔高杉一郎訳〕『ある革命家の手記』が岩波文庫に入ったとき、たいへん喜んで御馳走をしてくれた。この本を担当した人は、中央公論社にいたとき横浜事件に巻き込まれて辞めたあと、岩波書店に救われた人で、おなじ連帯感からクロポトキンを岩波文庫に入れてくれたし、『ホメーロスのイーリアス物語』と『ホメーロスのオデュッセイア物語』の出版をひき受けてくれたよ。

学生時代からロシア文学を読み込んでいたことが、シベリア抑留のさいの助けになった点を示す記述は他にもある。たとえば、マカーロフという日本人捕虜に作業をさせる収容所の作業監督のことが、次のように回想されている。

マカーロフは、カザンの町で学生だったときに、日露戦争を知ったという老人で、若い時は役者であった。私がゴーリキイの『どん底』やチェーホフの『桜の園』を東京の舞台で観た話をすると、ひどくなつかしがって、毎晩おそくまで話しこんでいった。ほかの将校たちが帰ってしまったあとの事務所で、「ヴォルガの船唄」や「スチェンカ・ラージン」をまだ張りのある声でうたってくれたのは彼である。（『極光』二五〜六頁）

もう一つの例。シベリアに抑留されているとき、近在の百姓らしい老人に会う。雪の下の苔を探して、住んでいる丸太小屋の丸太と丸太の間に詰めるためだという。少し話をすると、彼は十五年前にアゼルバイジャンからここに来たと言う。『極光のかげに』には、「十五年前と言えば、一九三四年である。それだけ聞けば、このごろでは、その人の辿った運命がほぼ想像できるようになったので、それ以上の無礼な質問はしないことにしている」とある。あえて注釈をすると、三四年というのはスターリン体制が確立された時期。膨大な数の人間が故郷から追放され、シベリアに送られていた時期であり、シベリア抑留者であっても、事実を直視する人ならば、強制収容所の驚くべき広がりを認識できるようになっていた。

「カスピ海とバクウだね。バクウは風の町だということだが？」

私はキルションの「風の町」という戯曲を杉本良吉の翻訳で読み、その舞台も見たことがあった。〔中略〕

「知っているのかい？」

「本で読んだんだよ。アゼルバイジャンは暖かいから、果物がたくさんあるだろう？」

この質問を耳にすると、彼はまるで久しぶりに故郷の葡萄酒でも飲んだように急に生色をとりもどした。深い雪の下で新鮮な緑を回復していた苔のように、十五年の歳月の流れの底から彼の郷愁が老衰したその瞳に光をともすのを私は見た。（『極光』三二七〜八頁）

小川はやがて、東京高師の学内の社会科学研究会に参加するようになり、左翼文献にも親しむようになった。小川のシベリア抑留時代、パナマレンコ中尉という人物が小川たちのいた収容所の「宣伝係（プロパガンディスト）」だったというのだが、この宣伝係から史的唯物論の「講演」をすることを命じられた小川は、かつて読んだ左翼文献の記憶によって、それを準備したという。

小川が高等師範学校の学生だった一九二八年は、共産党員の全国的な大検挙（三・一五事件）があり、それと連動する形で、大学などの社会科学研究会が禁止された年であった。

左翼文献の読書会と築地小劇場の世界は、別のものであったのではない。

ラトヴィア生れのトレチャコフ（一八九二〜一九三九）は、一九二〇年代に一時北京大学で教えていて、モスクワに帰ってその見聞をもとに、『吼えろ！　支那』という戯曲を書き、メイエルホリド劇場に渡した。劇作家の秋田雨雀（一八八三〜一九六二）が一九二七年九月に革命十周年記念祭に招かれてソ連に行ったとき、モスクワでこの劇を見た。そののち、秋田の紹介があったのであろう、一九二九年八月、劇団「築地小劇場」が本郷座でこれを上演した。小川はむろんこの作品を見ていた。

第一次大戦後の上海で、あやまって艀《はしけ》から落ちたアメリカ商人のひとりが溺死したのを苦力《クリイ》が殺したと難くせをつけ、犯人を引き渡さなければ軍隊を上陸させるとおどされ、やむなく上海市長はくじびきで二人の苦力を犯人としてきめる。ところが、広東暴動の組織者だった火夫（ボイラーの釜焚き）の指導で苦力たちが蜂起しかけると、あわてて上海市長はアメリカ海兵隊の上陸を要請し、苦力や家族たちの泣き叫んでいる眼のまえで、二人の苦力を銃殺してしまうという筋である。幕切れの場面で、広東の火夫になった滝沢修（一九〇六〜二〇〇〇）が、群集を前にして「吼えろ支那！　万国の労働者団結せよ」と叫ぶと、劇場全体が熱狂のるつぼと化したものだった。

この公演はたいへんな人気を呼んで、本郷座の周辺には切符を買おうとする学生や労働者が蜿蜒長蛇の列をつくったので、松竹の大谷竹次郎社長は劇団員全員を食堂に招待して、「これからはプロレタリア演劇とも提携していきたい」と演説したほどであった。(『家族たち』二八一頁)

小川　築地小劇場では村山知義(一九〇一〜七七)が演出家の一人で、彼はメイエルホリドやブレヒトから学んでいた。

佐野碩(一九〇五〜六六)はメイエルホリドのところで学んだ。佐野はドイツを追われ、ニューヨークを回って日本に帰ってきた。ぼくは、高等師範の学生のとき、二十歳のときに、佐野碩にフランス大革命史を教わった。十数人の受講生がいて、ア・サイラ・サイラという歌を佐野碩と一緒にうたった。

この夏期大学は、「解放区」のようだった。国際文化研究所の外国語夏期大学でだった。

第二節　外国語夏期大学

小川五郎の高等師範時代に特筆すべきことは、国際文化研究所の外国語夏期大学に参加したことである。この研究所を作ったのは作家の秋田雨雀だった。秋田はロシアから一九二八年五月に帰国し、同年十月、プロレタリア文学運動の理論的指導者だった蔵原惟人らと国際文化研究所を作り、雑誌『国際文化』を創刊した。小川の回顧によれば、この動きの実際上のリーダーは蔵原で、蔵原が秋田雨雀を前面に出していたのだろうと思うという。この研究所は、翌年十月には「プロレタリア文化研究所」（プロ科）に改組され、雑誌も『プロレタリア科学』に切り替えられた。この点も考えれば、実際上のリーダーが蔵原だったというのは、妥当な推定であろう。

国際文化研究所は、一九二九年の夏にだけ東京・駿河台の文化学院で、一ヵ月にわたる外国語夏期大学を開設したわけだが、そこに小川は参加した。トレチャコフの劇の上演に、多くの人がつめかけている同じ二九年夏だった。

その学生募集広告には「教材は新興科学と新興芸術の代表作を使う。従来の語学講習会にあきたらず、世界最新の文化の精髄にふれようとする者は来れ！」とあった。私はすぐに「ああ、これはマルクス主義文献やプロレタリア文学作品を読むということだな」と思った。そして郷里へ帰る予定をとりやめてフランス語のクラスに申し込んだ。（『体験』三五頁）

小川　国際文化研究所夏期大学というのは、ひとつの《事件》だったよ。その雑誌『国際文化』は魅力のある雑誌だった。裏表紙には目次がエスペラントで書かれていた。ここには中国からの留学生も参加していた。それが「プロ科」になると、党派的になった感じがあった。

英独仏に、スペイン語、中国語、ロシア語のクラスがあって、他にエスペラントのクラスがあった。また、午前中のクラスと夕方のクラスがあった。ドイツ語、フランス語には、初級クラス、入門編はなくて、ある程度その言語ができる学生を相手にしていた。エスペラントには入門編があった。ぼくはそこのフランス語クラスに入った。

ドイツ語クラスではマルクス・エンゲルスを読み、フランス語クラスでは佐々木孝丸がジャン・ジョーレスの『フランス革命の社会主義的歴史』（*Histoire socialiste de la Révolution Française*）をテキストにして教えていた。佐々木孝丸は、築地小劇場の俳優だったので、「彼は俳優なのにフランス語ができるのか」と聞くと、友達の一人は、「あれは翻訳が出ているんだ」と言っていた。

佐々木孝丸は、独学の人。ジョーレスはイデアリストで、イデーの力を説いていた。また、佐々木は、フランス語を教えるさいに、フランス語の歌をうたってくれた。他には、トロツキーの「ジャン・ジョーレス論」のフランス語版もテキストになった。他にフランス語で読んだものは、アナトール・フランスの『レ・デュー・オン・ソワフ（神々は渇く）』の抜粋。

この夏期大学への参加は、彼の生涯にとって実に大きな意味をもつことになった。フランス語がよく読めるようになったことは大きかったが、そのほかに、まずは、国際語のエスペラントとの出会いである。小川は、「ぼくはフランス語のクラスでジョーレスの革命史を読んでいたが、佐々木孝丸から勧められたので、エスペラントを独習した」と回想している。

岩波書店の『近代日本総合年表』によれば、一九三〇年九月から翌年十月にかけて、「プロレタリア・エスペラント講座」六巻が出ている。高杉一郎『夜明け前の歌　盲目詩人エロシェンコの生涯』によれば、小川はエスペラントの雑誌に出ていた文通希望者の名簿を見て、ソ連の三人の学生とエスペラントで文通をしたとのことである。

小川　のちにぼくは、エスペラントで短篇小説「ひき潮（Refluo）」を書いた。ぼくの中学時代の先生だった東大新人会の福間敏男のことを書いたんだ。

当時、中垣虎次郎というエスペラント運動のリーダーがいた。中垣は、改造社にいた比嘉春潮の紹介で校正の手伝いに来ていた。社の帰りに野方のぼくの家に寄ったことがあった。彼にこの小説「ひき潮」を見せたら、彼は、「君、こんなに書けるのか」と言って、それを預かって行って、『エスペラント文学』という雑誌に載せてくれた。

こうして小川は、エスペランティストになる。小川がエスペラントを学ぶに至った背景に、第一次世界大戦後の「戦争文学」への傾倒もあった。

第一次世界戦争がおわってからほぼ十年ののちに、ヨーロッパ各国にはいわゆる戦争文学が氾濫した。ちょうどそのころ、東京での学生生活をはじめていたわたしは、それらの戦争文学の読書の過程で、人類をはげしくにくしみあういくつかの集団にひきさく戦争への批判として、しぜんに国際主義的な考えにとらえられた。ロマン・ロランやシュテファン・ツワイクが私の本棚にならびはじめ、ものごとのごく自然な道ゆきで、国際語エスペラントがわたしの心をひきつけはじめた。(4)

夏期大学のもった第二の意味は、夫人となった女性との出会いである。

小川　その外国語夏期大学のドイツ語クラスには相川春喜もいた。相川は、すでにオルガナイザーで、この夏期大学に参加している全学生を集めて演説したことがあった。

その集会に出かけると、後ろの方に二人の女子学生がいた。二人は目白の日本女子大英文科の学生で、一人は宮崎公子さんといい、のちに夏期大学でエスペラントの教師をしていた伊東三郎と結婚した。宮崎さんは熊本の大地主の娘だと聞いたが、伊東と結婚して苦労を重ねたらしい。伊東三郎は大阪外語仏文を出た人。優秀なエスペラント詩人で、『緑のパルナソス』という詩集を出した。ハンガリーのエスペラント詩人で、ノーベル賞候補にもなったカロチャイ・カルマンが激賞していた。

もう一人の女子学生に、英文科の学生なのになぜドイツ語ができるのかと聞くと、上智大学の夏期講座で学長のホイベルス先生からドイツ語を教わったのだという。この女性、大森順子が、のちにぼくの妻になる。彼女は東大の経済学部から派遣されてきたチューターにドイツ語を学ぶことをすすめられたという。当時は、マルクス主義の文献を読むにはドイツ語が大事だという考えがあった。それでドイツ語を学んだらしい。

改造社に入ったあとで、ぼくと順子は結婚した。学生時代にぼくの保証人をしてくれた海軍少将が仲人をしてくれた。

この話を聞いていたとき、偶然に小川の娘さんが現われて、話に耳を傾けていた。そして「お父さん、エスペラントで『君は月よりも美しい』って言ってみて」と言った。彼女によると、この言葉は小川が結婚前に夫人となる女性に愛を告げたときの言葉だったらしい。そのときの小川は、娘の言葉が聞こえなかったかのように、何も答えなかった。

夏期大学がもった第三の意味は、改造社への憧れの気持ちを育てたことである。東京高等師範の桐花寮には図書室もあって、雑誌『改造』もよく読んでいた。夏期大学に仏文学者でパリ大学法学部を卒業した小牧近江（一八九四〜一九七八）がいて、よく『改造』について語った。

小川　小牧は、一九一四年八月一日、ジャン・ジョーレスが暗殺されたあと、ざわざわと人びとがいつまでも歩いたとか、アンリ・バルビュスの『イエス』のことなども話してくれた。(5) 小牧さんは、バスチーユのことを『改造』に書いたし、(6) しばしば『改造』の話をした。ぼくが改造社を受けようという気持ちになったのは、そんな関係もあったのだろう。

当時の『改造』（一九三二年一月号）に、尾崎咢堂（行雄。一八五八〜一九五四）の「墓標の代りに」という論文が載った。これは犬養毅が（五・一五事件で）殺された後で、「自分は今ヨーロッパにいるが、自分ももし日本に帰れば殺されるかもしれない」というようなことを書いた論文をヨーロッパから送ってきた。それを載せた雑誌『改造』をぼくはえらいと思ったのだ。ぼくは改造社で育てられたんだよ。いい職場だった。(7)

尾崎はこの論文の冒頭で、一九三一年末に帰国の予定であったが、「米国到着早々満州事変が勃発」し、予定が覆ったとし、次のように続ける。「近来日本には、暗殺が流行するから、私如き者でも、帰朝の上、忌憚なく国家のために赤誠を吐露すれば、或は殺されるかも知れない。」そこで、「私は暫く帰朝を延期して、英国と云ふ安全地帯に滞留して、墓標代りの意見書を作製することに決定した」というのである。[8]

この尾崎論文には削除のあとが生々しいが、とりわけ「国家主義と国際主義」という節にそれが集中している。その節で尾崎は、「昭和維新の最大方針は、国家主義の代りに、国際主義を高調する事であらねばならぬ」と書いている。「日本にして、苟も将来大に発展せんと欲する以上は、狭隘なる国家主義をすてゝ、国際主義の上に立たなければならぬ」（『改造』版、一五七頁）というのである。そして、国家主義をとらなければ「帝室の安全」を維持できないとするかのような言説をなす者は「偽忠臣」だと批判している。

この尾崎論文は、日本において国際主義を発展させるさいに障害になっているものが日本語であるとして、「日本語の整理改良」の必要性を説く。そして、国際語エスペラントの意義を強調していた。

この尾崎論文については、最近、社会学者の日高六郎も、近著『戦争のなかで考えたこと　ある家族の物語』で言及している。日高は、この書物の出版に先立って、「尾崎行雄『墓標の代わりに』再読」という論文を、『世界』に掲載した。[9]『改造』が当時どのように受け止められていたかということの一端が描かれているので、その雰囲気を知る意味で、ここに補足しておこう。

一九九七年、日高六郎の弟・八郎が死去する直前、八郎は彼が一九三一年から中国の青島の日高家で発行していた「家族新聞」の『暁』のコピーを兄の六郎に進呈したという。それを受けとった六郎は、弟・八郎の死をきっかけに「家族の物語」を書くことに思い至り、父親の書き残した二十首余りの短歌を見つけたという。日高六郎は、その『世界』掲載論文で、父の短歌が、尾崎行雄の『改造』（一九三三年一月号）掲載論文「墓標の代わりに」に触発され、尾崎論文への共鳴の気持ちが表現されていることに驚いたと書き、その理由を次のように書いている。

父は、三宅雪嶺主筆の雑誌『日本及日本人』の永年の愛読者であった。それは、たいへん保守的、人によっては右翼的と位置づけられる雑誌であった。そうした父が、日本全土にわたって、日の丸の旗行列で祝われた「満州」国建国に対して、尾崎に同調して、ほとんど嘲弄に近い短歌をつくっていたのだ。なぜか。

父は、青年時代、清国に移住し、義和団事件を目撃し、以後清国から中華民国の時代にかけて、すでに三十数年を大陸ですごした。中国の内部事情、そして日本国の中国へのさまざまな働きかけの実態にかなり通じていたと思う。彼は、日本軍部があやつる「満州」国の内情を、はっきり見破っていたのであろう。イデオロギーの問題ではない。いかがわしいものは、事実に即して判断する。それが父の姿勢であったと思う。(10)

なぜ日高六郎の父は、『日本及日本人』にかえて『改造』を読むようになったのか。

日高は一九一七年、中国・青島の生まれ、小川五郎より九歳ほど年少である。彼の兄の一人が、一九二九年に東京文理科大学の第一回生として哲学科に入学したというから、この兄は小川五郎の一学年上であった。

マルクス主義の影響を受けるに至っていたという六郎の兄が、一九二八年夏に東京から帰省して青島で夏をすごした。再び東京に戻っていくとき、「兄は父にひとつの提案を残した。『中央公論』と『改造』という二つの総合雑誌を毎月購読してはどうか、ということである。」(『戦争のなかで考えたこと』

五四頁）「その父が、博文堂書店に電話して、『中央公論』と『改造』の定期購読を依頼する。」（五七頁）

そして父の購読誌変更によって日高家に届くようになった『中央公論』や『改造』を、小学校六年生だった六郎少年は、ともかくも読もうとしたという。この尾崎論文について言えば、この論文が「当時一六歳の私の心を強くゆさぶった」ことに触れている。

この記述から、青島のような日本国外の地域でも『改造』や『中央公論』は読まれるようになっていたこと、文理科大学の学生であった六郎の兄がこれらの雑誌を読むようになったことに不思議はないが、『日本及日本人』の長期にわたる購読者であった六郎の父までもが『改造』や『中央公論』を読むに至り、一定の共感を得ていた例があるということを、うかがうことができる。

第三節　中国人留学生たち

先に見たトレチャコフの劇の上演の模様も小川の中国への関心の大きなきっかけになったであろうが、より大きなきっかけは東京高等師範学校にいた中国人留学生たちとの出会いである。そして、この関心がやがて大きく膨らんでゆく。

小川と中国人留学生について見る前に、より一般的な状況を見ておこう。稲葉昭二『郁達夫《いくたつふ》』に、『第一高等学校六十年史』によって戦前の留学生受け入れ状況を概観しているところがあるので、それを借用すると、日本が「東洋諸国人」の留学生を受け入れるようになったのは日清戦争後のことである。

明治四十一年（一九〇八年）以降、十五年間、毎年、第一高等学校ニ六十五名、東京高等師範学校ニ二十五名、東京高等工業学校ニ四十名、山口高等商業学校ニ二十五名、千葉医学専門学校ニ十名、合計百六十五名ノ清国留学生ノ入学ヲ許可ス(11)

とある。留学生たちは中国で非常にはげしい受験勉強をして来日していたとのこと。小川が東京高等師範学校に入学したとき、優秀な中国人留学生たちに接することになったのは当然ではあった。改造社時代に小川が出会った作家の郁達夫は、その「自伝」のなかで、

日本は中国との間に国立の五校を中国留学生に開放収容するといふ契約をしてゐた。中国の留日学生はこの五校の入学試験を受けることが出来、以後卒業まで毎日の衣食から小遣に至るまで官費を支給された。(12)

と書いている。

東京高師にいた留学生として著名なところでは、田漢（一八九八〜一九六九）がいて、古くは陳独秀もいた。田漢は、一九四九年の中華人民共和国成立のさいに定められた「中華人民共和国国歌」を作詞した人として知られている。この歌は、もとは「義勇軍行進曲」であり、「はじめ東北抗日義勇軍にうたわれていたが、抗日戦中に全中国の民衆のあいだにひろがり、民族統一戦線の大きな力となった」という。(13)

以上の手短な記述から、二十世紀初頭の日本各地には、一定程度の数の中国人留学生がいたことが

わかる。次に、小川五郎に直接関わるところを見てみよう。

東京高師英語科の私のクラスに王執中という浙江省出身の留学生がいた。彼は日本へ来るまえにエスペラントの手ほどきを受けたと言っていた。〔中略〕私に魯迅や王魯彦など中国作家の名まえを教えてくれたのは、この王執中だった。私は春休みに一度、彼を伊豆のわが家に連れていったことがあり、もう一度は彼につきあって、魯迅の学んでいた仙台の町を見にゆき、東北大学の構内や青葉城の周辺をいっしょにさまよったこともあった。〔中略〕

その後、王執中は、私など読んだこともない日本のプロレタリア文学雑誌に目を通しては、えらびだしたものを上海の開明書店へ送っていると聞いたが、まもなく卒業ということになった一九三〇年の春さき、開明書店編集部へ招かれて帰国した。（『記憶』二二二頁）

小川が東京高等師範学校に入学する前年、芥川龍之介は「北京日記抄」（『改造』一九二五年六月）を発表している。また、同年十一月、芥川の『支那游記』が改造社から刊行されている。これらの作品の前提となった芥川の中国旅行は、大阪毎日新聞社の視察員としてのもので、一九二一年三月から七月にかけてなされた。小川は高師で『改造』をよく読んでいたというが、当時、芥川のこうした中国紀行も読んでいたのであろう。(14)

芥川の紀行文からうかがうに、芥川が中国人と親密な関係をもったようには見えない。小川には、中国人留学生と心を通い合わせることがあった。接した時期の違い、場所の違いが大きかったのであろう。

芥川が中国に出かけたころ、谷崎潤一郎も中国に出かけた。

千葉俊二編『谷崎潤一郎　上海交遊記』によれば、一九一八年十月、当時三十二歳の谷崎は中国旅行に出かけ、翌一九年十二月に帰国した。その折りの見聞・体験を綴ったものが一九年に矢継ぎばやに発表された。それらの作品は、千葉の指摘する通り、エキゾティシズムに満ちたものだった。[15] 芥川の中国旅行に先立つこと二年余りだが、小川が谷崎の文章をその発表時に読んだかどうかはわからない。

谷崎は、一九二六年一月から二月にかけて、二度目の中国旅行をした。この旅行で谷崎の中国観は大きく変わる。この二度目の旅行の後に書かれた「上海見聞録」（一九二六年）の冒頭には、「今度上海へ出かけて行つて一番愉快だつたことは、彼の地の若い芸術家連との交際であつた」[16] とある。同じ時期に書かれた「上海交遊記」によれば、谷崎は上海に着いてから旧友の銀行員に内山書店の話を聞き、また、「ブローカーの宮崎君」から「現在の支那には青年文士芸術家の新しい運動が起りつゝあつて、日本の小説や戯曲など、目欲しいものは大概彼等の手に依つて支那語に訳されてゐる」という「意外な話」を聞いた。そこで、内山書店に出かけ、内山完造を仲立ちにして谷崎と中国の文学者たちとの「顔つなぎの会」が開かれた。そして、田漢、郭沫若、欧陽予倩などとの交流が始まった。

谷崎の「上海見聞録」「上海交遊記」には、もはやエキゾティシズムは微塵もない。「上海交遊記」の末尾には、「田漢君に送る手紙」が置かれているが、中国人作家との実際の交流が、芥川と谷崎の中国関連作品の差を生み出したのであろう。

しかし、一九三〇年代になると情勢は大きく変化する。先に触れた王執中は「招かれて帰国」ということであったが、左翼活動をする中国人留学生には、もはや日本での活動の余地がきわめて制限されたものになっていた。

第四節　円本

ここで小川の伝記から少し離れ、改造社が始めた「円本」について述べよう。

一九二六年、山本実彦が、やや振るわなくなった改造社を立て直そうと、乾坤一擲、一冊の定価が一円という廉価本、円本の全集を企画した。これが改造社版「現代日本文学全集」全六十三巻である。予約制で、第一回配本は尾崎紅葉集だった。

のちに小川五郎とも親しくなった広津和郎（一八九一〜一九六八）が、『年月のあしおと』（一九六三年）のなかで次のように書いている。

最初は改造社が現代日本文学全集の大仕掛けな募集をやった。震災後本の値段はだんだん上りつつあった頃であるから、菊判五百頁で布製で一円というのは、非常な廉さであった。これを計画した時、一円五十銭という意見も出たが、それを「一円」と云い切ったのは山本実彦氏であったと聞いている。何でも当時市内一円のタクシーが出て来たので、〔円本の名前を〕この円タクから思いついたとかいうことであった。(17)

改造社の円本が生み出した破天荒な状態について、一時は改造社に勤務し、中央公論社の営業部長、支配人をつとめた牧野武夫は、その『歴史の一こま』[18]において、「円本革命」という表現を使っているほどである。

改造社の円本を嚆矢として、新潮社の「世界文学全集」、平凡社の「大衆文学全集」、春陽堂の「明治大正文学全集」、春秋社の「世界大思想全集」などが続々と出され、「円本合戦」（牧野武夫）、「円本出版の嵐」（小林勇）が始まった。

この円本が爆発的に売れた。爆発的という意味は、当時の他の本の売れ行きと比較してみれば明らかである。一九二〇年に岩波書店に入った小林勇が彼の『惜櫟荘主人――一つの岩波茂雄伝』において、改造社の円本が出る少し前の一九二四年の岩波書店について書いているところによれば、

> 〔岩波の〕店は活気にあふれていた。漱石全集はすでに二回発行したが震災後また要求が多かった。また夏目家の必要もあって三たび新版を発行し予約募集をした。こんどの大成功で一万余の読者があった。[19]

という。当時の岩波書店はまださほど大きい出版社ではなかったにせよ、よく売れたという水準がこの程度であったころ、「現代日本文学全集」は、一九二六年十一月の企画発表からまもなく「会員二十五万人を獲得した」のだから、出版界を超えた社会現象になったといえよう。ただし、塩澤実信『定本ベストセラー昭和史』によれば、この「現代日本文学全集」の販売部数は諸説あって実のところ定かでないというが、その「諸説」のうちでも二十五万というのが最低数であって、「六十万部とも八十万部ともいわれ」などというものまであるありさま。いずれにしても、「円本革命」といわれても不

思議はない。[20]

そして、『惜櫟荘主人』によれば、「改造社の円本は成功した。最早その成功が動かし難い事実となったときに出版界は愕然とした。そしてこの開拓者につづいて一仕事しようとする動きが一度にはじまった。〔中略〕新聞に大広告を出すだけでなく、書店に旗を立てたり、のれんを下げたりした。講演会を開き、自動車で街をねり歩いた。〔中略〕改造社の山本実彦は時代の英雄になった。彼によってはじめて書物の大量生産の道がひらけたといってもよいだろう[21]」というのである。

三木清が草案を書き、岩波茂雄が手を入れたという「読書子に寄す——岩波文庫発刊に際して——」という文章は、昭和二年七月の日付をもち、今も岩波文庫巻末に掲載されているが、この文章には確かに、この円本に対する反発あるいは敵意が感じられる。

近時大量生産予約出版の流行を見る。その広告宣伝の狂態はしばらくおくも、後代にのこすと誇称する全集がその編集に万全の用意をなしたるか。千古の典籍の翻訳企図に敬虔の態度を欠かざりしか。さらに分売を許さず読者を繫縛して数十冊を強うるがごとき、はたしてその揚言する学芸解放のゆえなりや。

この「円本出版の嵐」が生じた背景にはいくつかのことが考えられる。関東大震災で本が大量に消失したこと、高等教育機関の拡充、翻訳者層の増大など。

永嶺重敏「円本ブームと読者」によれば、「円本は従来、その名の由来した円タクとともに語られてきたが、現象的には、むしろ同時期に施行された普通選挙と強い類似点をもつ。すなわち、両者ともに、最大多数の大衆の獲得を至上命題とする。〔中略〕円本と普選はこの時期の大衆化社会を象徴する存在である。[22]」

永嶺は、「円本」が「全集」であったことの意味についても指摘している。大衆化社会において、人びとは「体系的教養」を求め始めていたのであって、『叢書』でもなく、『選集』でもなく、ただ『全集』という言葉のみが、完全な体系的教養への幻想を満たした[23]」というのである。この論を延長するならば、現代は、この「幻想」が完全に崩れ去った世界なのであろうか。

永嶺はさらに、大衆化社会のサラリーマンが通勤電車の中で円本を読むようになり、これが流行現象となったことを、当時の新聞記事によって裏づけている。

通勤電車ということで私が連想するのは、時代は少し後ろにずれるけれども、小津安二郎の『生まれてはみたけれど』（一九三二年）である。東京の郊外を舞台とするこの映画では、走っていく電車が繰り返し映され、そこが郊外であることが強調されている。主人公の家族は、麻布から引っ越してきて、一軒家に住むようになった吉井家である。やっとのことで郊外に家をもった吉井さんの家に「蔵書」があるようには見えない。近所には、自家用車をもち、自宅の庭にテニスコートを備えている重役の岩崎さん（戦前の日本でこの姓はいささか暗示的かもしれない）が住んでいて、吉井さんは岩崎さんの車に便乗して通勤することもあるけれど、電車で通勤すれば、途上で本を読むこともあるだろう。吉井さんのようなサラリーマンに、円本はうってつけだったのかもしれない。

ちなみに、『文藝』一九四〇年十月号には、小津の映画『戸田家の兄妹』（一九四一年、松竹大船）のシナリオが、小津安二郎・池田唯雄作として掲載されていた。

社会史的には、ここに見た永嶺の論には説得力があるけれども、微視的には次のような回想も興味深い。

小川五郎と同じ一九〇八年生まれで第三高等学校から京都大学医学部に進んだ松田道雄は、円本をどう受け止めていたか。当時、「文学青年としての蓄積もつづけ」ていた三高生の松田は、この「蓄積にはまことに好都合な時節にまわりあわせることになった。大正十五年の末からは、廉価版全集のトップをきって改造社から『現代日本文学全集』がでだし、翌年三月からは新潮社の『世界文学全集』がでて、円本時代にはいった。蔵書のなかった家にそだったものに、こんないいものはなかった」というのである。(24)

「円本」の成功は、その作品が円本となった作家たちを経済的に潤す効果もあった。一般に明治・大正期には、小説家たちは経済的に恵まれていなかったといえようが、円本による効果は大きかった。中條(宮本)百合子の評論『迷ひの末』――『厨房日記』について」には、「円本時代に頻出した作家たちの海外漫遊」への言及が見える。百合子は続けて、これは「ある一部の日本の作家達の経済的向上を語つたと同時に、微妙な独特性でその后におけるそれらの作家達の社会的動向に影響を及ぼした」と述べている。(25)

ここに指摘されている「経済的向上」については、永井荷風の『断腸亭日乗』にも散見され、山本社長は荷風に「契約手付金として壱万五千円を支払」うなどの条件で、荷風作品の「現代日本文学全集」への収録を、「枉げて承諾ありたし」と語ったと記されている。(26)

「円本」は必ずしも文学に限定されていたわけではない。改造社版の円本、廉価本全集には、『経済学全集』(一九二八年以降)や『マルクス=エンゲルス全集』(一九二八年六月に第一回配本、五年間で完結)が加わった。

このマル・エン全集には「月報」が付されているが、一九二八年八月の第二回配本に付された「月報」を見ると、「本全集は予定部数を突破したため製本、印刷が一時混雑したが、それでも予定通り配本が出来た」とあり、改造社にとっても、予想を上回るものであった。

また、一九二八年十一月の第四回配本時の「月報」所収の「編輯便」には、モスクワに出かけたある人物が聞いたマルクス・エンゲルス研究所長のリヤザノフからの話が書かれている。リヤザノフは、「このやうな大きな書物が僅か一円で手に入れられること」に驚き、モスクワの彼の「研究所から発行されてゐるインターナショナル版が未だ一冊しか発兌されないのに、本全集が二巻三巻と続続発行される用意と精力に、驚き以上の表情を示してゐたとか」[27]というのである。これまた価格が一円とはいえ、販売部数自体はさすがに回を追って減少したようだが、それは、どの円本に限らずあったことだろう。

さらに、この全集刊行中に次々と新資料が現われて、当初予定した全集の巻数が予定をはるかに上回るという事態も生じた。一九三二年に第三十回配本があり、三三年に別巻が出て完結した。この別巻の「編輯後記」は、「現在の日本において可能なる最大限度のマルクス＝エンゲルスの全集である。そして、この程度においてすら、現に世界に存在する唯一の全集であるのである」[28]と書き、この全集に参加した訳者名、九十八名を列挙している。

改造社版マル・エン全集の編集・出版の中心にいたのが、一九二八年の三・一五事件（共産党員やその同調者に対する大弾圧事件）直後の四月に九州大学を追われていた向坂逸郎（一八九七〜一九八五）と、東大を去っていた大森義太郎（一八九八〜一九四〇）であった。

太田　向坂逸郎と大森義太郎については、どのような記憶がありますか。

小川　大森も向坂も改造社に頻繁に出入りしていた。向坂は派手ではないが真面目な感じの人で、ぼくにマルクス主義の勉強をするようすすめた。大森は、曲筆舞文を弄する感じで、ぼくはあまりよい印象は持っていなかった。(29)

太田　雑誌『改造』に掲載されている左翼の論文を見ますと、いわゆる講座派系は少なく、労農派系が多い印象です。向坂や大森はむろんその系統ですが、改造編集部にいた水島治男という人は、労農派系にシンパシーを感じていたようですね。

小川　そうね。水島君はそちらの系統だったようだ。『改造』編集部にいた村上という人は、カー・ペー〔共産党〕の側の人だったと思う。この二人が『改造』編集部のなかでは力をもっていた時期があったかな。水島君は早稲田を出た人。社交的で、広い付き合いがあった。村上氏は自分の世界に閉じこもっている感じだった。

このマル・エン全集について、丸山眞男は、「どの位売れたかと申しますと、第一回配本は十五万部、全部を平均しても一冊十二万部であります。この数字はアメリカはもちろん、ヨーロッパでもほとんど信じられない部数です(30)」と語っている。第一回配本があった一九二八年六月というのは、同年に三・一五事件があって、全国で約千六百人が検挙（記事解禁は四月になってから）されて間もない時点であるだけに、いっそう信じがたいほどの出版部数である。今さらマル・エン全集の話でもない気もするが、このマル・エン全集が中国にも影響を与えたことは書いておきたい。

魯迅と親しかった内山完造の『花甲録』の「円本時代」に関する記述のなかに、「上海内山書店は、現代日本文学全集を千部、世界文学全集四百部、経済学全集五百部、マルクス・エンゲルス全集三百五十部〔中略〕等の取次ぎをして毎月の荷物の入荷には露路の中は山のように荷物を積み上げるようになった」[31]とある。そして、「私の店を通じての日本文化の中国人への影響は相当なものであるわいと、私は独り鼻をピコツカすのである」とも書いている。[32]

一九二〇年代の改造社という点では、二九年二月に「改造文庫」が創刊された。岩波文庫の創刊に遅れること約二年、小川五郎が外国語夏期大学に入る半年前であった。「改造文庫」巻末に付けられた言葉を引用しておこう。

我社は世界に於ける出版界の革命者である。廉価全集の創始者である。我社が大正十五年十一月多大の犠牲を予期して廉価全集を発行するや、感激の声国内を震撼し、日日数千通の感謝状が舞ひ込んだ、今迄特権階級のみの芸術であり、哲学であり、経済、美術、科学であつたものが無産階級の全野に解放されてからは全国を通じて読者階級が一時に数十倍となつた。この画期的現象を招来し、我国の文化を一時に引上げ文化史上赫々たる我社は、尚当時の宣言の徹底を期して茲に「改造文庫」を発刊せんとす。尚その内容は別記の如くであるが、我社は数十年を期してあらゆる権威ある著作を本集に網羅して民衆的一大文庫を建設せんと欲す。諸君の期待と支持を俟つ。

やや大仰な文体ながら、大衆化時代の到来、それを前提とする改造社の意気込みがうかがえる。

第五節　東京文理科大学への入学と放校

太田　高等師範学校を卒業されて、先生は東京文理科大学〔東京教育大学・筑波大学の前身〕の英文科に入学されたのですか。

小川　そうではない。ぼくが入学したのは教育学科だった。それはこういう事情だ。

国際文化研究所の夏期大学が終わったあとの一九二九年の暮れ、ぼくは、ジョン・デューイの著作を読むようになった。最初に読んだのは、『ソヴェト・ロシア印象記』だった。

ソヴェト初代の教育人民委員ルナチャルスキーに招かれた彼は、アメリカの教育者たちをひきつれて、二八年七月二日に空路レニングラードに到着している。〔中略〕

彼らは主としてソ連の文化施設や教育施設を見て廻ったのだが、その印象をデューイは一週間ごとに雑誌『ニュー・リパブリック』に書きおくっている。〔中略〕単行本として出版された『ソヴェト・ロシア印象記』はこれらの報告記事をまとめたもので、スターリニズムが完全に根を張ってしまうまえの社会主義社会を実にいきいきと伝えている。いたるところデューイ独自の眼と文明論が光っているので、秋田雨雀の報告よりもずっと面白いし、現象の背後の真実をついていると私は思った。それまで大学へ入ったら英文学か言語学をやろうと思っていた私が、教育学というものが私が想像していたようなドイツ観念論哲学の焼き直しではなく、現実社会に結びついたこんなにも包括的な生きいきとした学問であるなら、教育学を専攻しようかと思ったほどであ

る。(『体験』一〇一頁)

こうして小川は、東京文理科大学の英文科ではなく、教育学科に入学する。デューイの思い出に関しては、次のような回想も聞いた。

小川　ぼくは、若いときにデューイの『中国と日本からの手紙』を読んだ。デューイは、コロンビア大学の教授をしていて、サバティカル・イヤーで日本に来た。日本では桑木厳翼(一八七四〜一九四六、哲学者、東大教授)などに会った。

そのあとデューイは中国に行った。中国には、デューイの教え子の中国人が少なくなかった。胡適もその一人だった。デューイがあるとき街を歩いていたら、女性たちが集団でどこかへ行こうとしているのに出会った。「何をしに行くのか」とデューイが聞くと、民主化運動をした学生が捕らわれているので、それを救出に行くのだという答えだった。

デューイは感激し、中国に強い関心を持った。そして、コロンビア大学に連絡し、一年間のサバティカル・イヤーを二年間にしてもらう。そして、中国各地を回った。

その間に、米国にいる妻と子どもに宛てて送った手紙をまとめたのが、この『中国と日本からの手紙』だ。デューイは、桑木厳翼など、日本のリベラリストと中国のリベラリストを比べ、「日本のリベラリストには道徳的勇気がない」と言っている。日本のリベラリストはリベラリストと言いながら行動しない、と言う。『日本と中国からの手紙』ではなく、『中国と日本からの手紙』となっているところに、それが現われている。

ぼくは、この『中国と日本からの手紙』を読み、デューイを大いに尊敬するようになった。ぼくは、このデューイの本との出会いのことなどについて、もう一冊本を書きたい。
その後、デューイは、一九二七年に革命一〇周年ということでロシアに呼ばれた。しかし、その時は行くことができず、翌二八年に娘を連れてロシアに出かけた。そしてサンクトペテルブルクの島で、浮浪児を集めて教育するコロニーを見た。それを見たデューイは、子どもたちがどこの国よりも生き生きしていると感動した。君は『人生案内』（一九三一年）というソ連の映画を見たかい。

太田　はい、岩波ホールで見ました。浮浪児の更正の話ですね。

小川　ああいう感じだね。そういうデューイだから、デューイはスターリン主義に共鳴するのかと思ったら、そうではなかった。

太田　それが、メキシコでのトロツキー裁判へのデューイの関与につながるのですね。

小川　デューイによるその裁判の記録を、日本の知識人はほとんど読んでいないのではないか。あれは、今でも訳される価値があると思うがね。

ここに言うトロツキー裁判については、のちにまたふれる。
教育学への関心を強めていた小川五郎は、一九三〇年四月、前年の二九年に新設された東京文理科大学の教育学科の第二期生として入学した。
その教授だった乙竹岩造（一八七五〜一九五三）には『日本庶民教育史』三冊（一九二九年）などの著作があり、現在その蔵書は筑波大学に「乙竹文庫」として収められているというが、デューイに魅力を感じて教育学を学ぼうとした小川の関心を引きつける存在ではなかったようだ。また、篠原助市〔一八七六〜一九五七〕の授業にも魅力を感じなかったという。

小川　文理大の教育学科はドイツ語を重視していた。ドイツ観念論の牙城だった。教授の乙竹岩蔵は、ドイツ語は達者だった。ドイツに行ったとき、ドイツの小学生に授業をしたし、駄洒落もドイツ語で言ったという。篠原助市のドイツ語は、コツコツ勉強した感じのものだった。

ぼくは教育学科の学生だったとき、研究室でデューイの『デモクラシー・アンド・エデュケーション』を読んでいた。そこにたまたま背の高い紳士が通りかかり、デューイを読んでいるのかと声をかけられた。それが梅根悟〔一九〇三〜八〇〕さんだった。梅根さんは、岡山師範学校の教授だったが、妻子を連れて上京し、ぼくと同じクラスに入学した学生だった。当時、乙竹岩造はシュプランガーの『*Kultur und Erziehung*〔文化と教育〕』を、篠原助市はナートルプの『*Philosophie und Pädagogik*〔哲学と教育学〕』を読んでいたが、梅根さんは、これからはデューイの『ザ・スクール・アンド・ソサイアティ』などを読まないといけないと言った。これがきっかけで梅根さんと知り合うようになった。

梅根さんは、後に和光大学を作ったとき、ぼくに和光に来ないかと言ってくれた。そのとき、すぐには移らなかったが。

デューイに魅力を感じていた小川が当時の教育学科の授業に魅力を感じなかったのは当然ともいえるが、ただ、そこで第二外国語として精力的にドイツ語を学んだことは、その後の小川には大いに役立った。改造社時代に、さまざまなドイツ語文献を読むことができたということのほか、シベリア抑留時代に、ドイツ語のできるロシアの軍人との間に意思疎通が可能になったからである。さらには、のちに述べるドイツ語文献からの翻訳とその『文藝』への掲載、さらには戦後におけるシュテファン・ツヴァイクの『権力とたたかう良心』の翻訳・出版（一九七三年）にもつながった。

それはともかく、小川が文理科大学に入学して間もない一九三〇年八月、新興教育研究所（山下徳治所長）が結成された。

小川　一九二〇年代の終わりに、自由学園の教師だった山下徳治（一八九二～一九六五）がドイツ留学を終え、その帰途にモスクワに立ち寄ってソ連の教育を視察して帰国した。そして、新興教育運動というのを始めた。

ぼくはその運動に参加した。文理科大学の教育学科から、ぼくと安部綱義、石川五三二《ごぞうに》の三人、東大から宮原誠一。ほかに、社会人の波多野完治と依田新。毎月一回、東中野にあった山下徳治の屋敷に集まって、新興教育の理論づくりのために、ジョン・デューイの『ザ・スクール・アンド・ソサイアティ』を読んだ。

保守的な文理大当局はびっくり仰天して、学外の運動に参加した三人の学生を放校処分にした。東大の宮原誠一はなにごともなかったのに。

ただし、この話は、小川の娘さん（田中泰子さん）の記憶とは違っている。彼女の記憶によれば、「父は訪ねていった友人の下宿先で『赤旗』を読んだかどで退学になり、決まっていた研究社への就職もだめになった」(田中泰子『けやきの庭の若者たちへ』八九頁)[33]という。退学理由に関して二つの話は違ってはいるけれども、新興教育研究所の運動に参加したがゆえに、当時非合法だった『赤旗』に接することになったと考えれば、矛盾する話ではないのかもしれない。

その時期について言えば、小川の文理科大学教育学科への入学は一九三〇年四月であるから、就職が決まっていたとすれば、それは三二年のことだろうし、それが「だめになった」とすれば、「処分」されたからと推定できよう。小川の『ザメンホフの家族たち』巻末の年譜には、三二年に教育学科を「中退」とある。

一九三二年ごろの状況は、岩波の『近代日本総合年表』の一九三一年の項によれば、「この年、学生・生徒(中等学校以上)の〈左傾思想事件〉、頂点に達する(三九五件、学校処分九九一人)」とある。また、長野県教員赤化事件の検挙は三三年二月以降であった。

いずれにせよ、小川五郎は東京文理科大学の教育学科を去らざるを得なかった。

ここに名前が出てくる人びとのうち、宮原誠一は教育学者(東大教授)として、波多野完治は心理学者(お茶の水女子大学学長)、依田新も心理学者(東大などの教授)として、名を成した人びとであった。

ちなみに、一九三三年二月末から三月上旬にかけて、バーナード・ショーが改造社の招きで来日した。

第三章　改造社入社から『文藝』編集者へ

第一節　改造社入社

東京文理科大学を放校になった小川五郎は、改造社の入社試験を受ける。当時のことを小川は、次のように回想している。

小川　ぼくの学生時代の保証人は、三竝貞三という海軍少将だった。ある日その家に行くと、夫人が改造社の社員募集の広告が新聞に出ていると教えてくれた。しかし、その日が課題論文の締め切り日だったので、急いで下宿に帰り、ジョン・デューイに関する論文を書き上げると、郵便で出したのでは間に合わないので、改造社に直接持参した。木造三階建ての建物の玄関に大きな郵便受けがあったので、そこに投げ込んだ。

のちに高杉一郎（小川）の書いた短篇小説「冬を越す宮本百合子」には、明らかに小川本人と言える

「大見三郎」という人物が登場し、百合子と話をする場面が出てくる。「大見」は言う、

「うちの雑誌は、むかし、バートランド・ラッセルやアインシュタインやバーナード・ショオなどを招んだことがあるでしょう。それは、僕たちにとってはまあ一種の誇りみたいなものになっているわけです。改造社のそういう歴史にひかれて、僕たちは入社試験を受けたようなものですからね(1)」

というのである。その、あこがれの改造社の試験を、小川は受けた。

小川　論文審査のあと、二次試験として学科試験があった。受験者の数が多く、近くの愛宕小学校の教室を借りて試験が行われた。学科試験では、「国民革命」について説明を求めるものが出題された。ちょうどナチスの政権掌握の直後だった。たまたまある雑誌で、ゲッベルスの演説を読んでいた。そのなかに、「われわれはベルリンの窓ガラス一枚も割ることなく政権をとった。これは国民革命だ」というところがあり、その記事を引用して答案を書いた。

太田　小津の映画『大学は出たけれど』〔一九二九年〕の少しあとの時代で、就職がなかなか困難な時代でしたね。

小川　学科試験もパスして、最後に改造社の社長室での面接試験になった。山本実彦社長をまんなかにして、主だった編集者たちが面接に当たった。

雑誌『文藝』の編集長だった上林暁が、このときのことをのちに「入社試験」というエッセイに

書いているよ。上林は熊本の第五高等学校から東大の英文科に進んだ。本名は、徳広巌城《とくひろいわき》という。上林というのは、熊本時代に彼が住んでいたところだとのことだ。

小川はこの入社試験に合格して一九三三年四月に改造社に入社した。

このことは、上林の「入社試験」からも裏づけ得る。このエッセイには、上林が一九三三年秋に創刊される雑誌『文藝』の編集主任に擬せられるようになり、「その頃、新入社員の募集が行はれ」たとあるからである。

この試験では、最初は小論文を募って篩にかけ、そののちに口述試験をした。その口述試験の採点を、上林は担当したという。このエッセイ「入社試験」には、次のように書かれている。

この時採用と決定した中に、後年名を成すところの三人の秀才が含まれてゐたのである。この三人の秀才を選抜したことによつて、私達銓衡にあづかつた者は、面目を施してもいいのではないかと思ふ。〔中略〕

その一人は、淡い青色の、フランネルのやうな地の、瀟洒な背広を着て、ロイド眼鏡をかけてゐた。その背姿は、今でも一番鮮やかに私の眼前にありありとする。私は背後にゐたので、私の印象に残つたのは、何れも肩から背にかけての姿ばかりなのである。

「君は、今まで何をしてゐましたか。」

「伯父が郷里で豚や兎を飼つてゐますので、その手伝ひをしてゐました。」と青年は答へた。

「君の郷里はどこですか。」

「静岡県です。」

この青年は、小川五郎と言つて、東京高等師範の英語科出身で、大きな声で非常にハキハキとした返事をして、明るい感じだった。私はその人物を買つて、八十点くらゐつけたやうに思ふ。

小川君は、改造社では、私とゆかりの深い「文藝」の編集長になつてゐた。(2)

というのである。「三人の秀才」の二番目として書かれているのは、慶応義塾国文科出身の石橋貞吉。この人は、改造社の雑誌『俳句研究』の編集に携わり、「いつの間にか、志賀直哉や、岡本かの子や、葛西善蔵や嘉村礒多などの文学を犀利に論ずる山本健吉となつてゐたのである。」

そして三番目はのちに作家となった檀一雄（一九一二～七六）。ただし、檀はいったん入社が決まったものの、すぐに入社を取り消された。それは、彼が「東大の学生時代に、左翼運動に関係してゐたらしいといふデマが飛んで、それで改造社では慌てて」入社を取り消したからだという。(3)

小川五郎は、東京文理科大学を放校となったあと、上林の記憶するところにしたがえば、郷里で農業の手伝いをしていて、文理科大に在籍していたことは伏せて、改造社を受験したことになる。檀一雄の例から見て、文理科大を放校になっていたと明かせば、入社できなかったであろう。

いずれにせよ、小川は改造社にはいることができた。そのころのことは、次のように回想されている。

私が改造社に入ったのは昭和八年の春のことで、最初の二年間ほどは出版部で働き、その後雑誌『文芸』の編集部に移された。

入社した年も暮れようとしているころ、出版部長の高平始さんから「こんど改造社で出すことになった露和辞典を担当してくれ」と言われ、その編纂者となる淡徳三郎と直井武夫の両氏に紹介された。なにひとつロシア語を知らない私がなぜ担当者にえらばれたのかわからないが、私が英文科の出身だったからかもしれない。出版部にロシア語のわかる人は誰もいなかったが、私はロシア語のアルファベットぐらいは弁別ができた。(『家族たち』一四頁)

淡徳三郎(一九〇一〜七七)は、京都大学の大学院生のときに「学連事件」に連座、一九二七年末に日本共産党に入党したものの、三・一五事件で検挙され、実践活動から身を引くことを条件に保釈されたという。淡の恩師だった京都大学の米田庄太郎(一八七三〜一九四五、社会学者)教授から改造社の山本実彦社長に、淡の生活を助けてやってほしいという依頼の手紙があり、山本は『最新露和辞典』の企画をしたとのことである。

ただ、淡も直井もロシア語ができたわけではなく、ソ連で出されていた露英辞典、露独辞典を「翻訳」して「編集」し直すというものだった。現在からすれば考えられないような「企画」であるが、出来上がった辞典の売れ行きは悪くなかったという。

直井は彼の姻戚に日本共産党の指導者だった市川正一(一八九二〜一九四五)がいるとのことで、校正の合間に、しばしば市川のことを話題にしたという。(『記憶』三一三頁)

この辞典の校正刷りに目を通してもらうため、早稲田大学でプーシキンを教えていたワルワーラ・ブーブノワの家を、小川は訪ねたことがあった。そのとき、たまたまそこに居合わせたのが、ドイツから亡命してきたばかりの建築家ブルーノ・タウトで、「度のつよい眼鏡をかけた、ものしずかな紳士」（『家族たち』一五頁）だったという。そうした経緯もあり、小川はタウトの著作はあらかた読んだという。[4]

この『最新露和辞典』は、一九三四年十一月五日に刊行された。淡は翌年春、フランスに向かって旅立った。そのとき、歓送会を開いたのは福間敏男と浅野晃だったという。福間は、韮山中学で小川にコミュニズム入門を教えた人だが、福間も浅野も東大新人会出身で、彼らは一九二八年の三・一五事件で検挙されたあとに転向する。三三年六月には、佐野学、鍋山貞親の転向声明が出され、以後、なだれのように転向が相次いだ。

小川は、新人会の歴史は、中野重治のような若干の人をのぞけば、惨憺たるものだったとみる。それは、転向者への厳しい目ということでもあるが、身近にそのような転向者の姿を見ていたことも大きく作用したのであろう。

第二節　雑誌『文藝』創刊

太田　『文藝』の創刊についてですが、山本実彦はどのような考えで創刊をしたのですか。

小川　ぼくが改造社の入社試験を受けたとき、改造社には「文芸復興」というスローガンが大きく掲げられていた。ぼくはずいぶん大げさだと思ったけれど。

山本実彦は、イデオロギッシュな作品が栄えている状況に不満をもっていたのだと思う。それで文芸復興などと言いだした。それが『文藝』につながった。彼はこういうカンが働く人だった。

太田　そうしますと、『文藝』は、先生が改造社に入られた一九三三年四月には、すでに計画が進行中だったのですね。

小川　そう。山本のアイディアと言える。

山本が「イデオロギッシュな作品が栄えている状況に不満をもっていた」ということは、別の言い方をすれば次のようなことであろう。

一九三三年二月、小林多喜二が逮捕され、即日、虐殺された。小林の作品は『改造』にもしばしば掲載されていた。例えば『工場細胞』（一九三〇年）などがそうだし、『地区の人々』は一九三三年三月号に掲載されたところであった。

『文藝』創刊号は一九三三年十一月号。小林の死がこの創刊と直接関係があるのではないにせよ、商売人としての山本実彦が「文芸復興」というスローガンを掲げて『文藝』創刊に踏み切ったのは、やはりプロレタリア文学運動の退潮を意識してのことだったのではなかろうか。

ただ、このアイディアは、山本の独創ということとも言えないかもしれない。同年秋には『行動』『文学界』が、一カ月遅れて『文藝』が創刊されているからである。

山本のアイディアがそのようなものだったとしても、次のような点を付け加えることはできるであろう。

それは、「現代日本文学全集」で多大な読者を獲得した改造社が、引き続き文学愛好者たちをつなぎ止めておきたいと考えたことにあろう。それとともに、新進作家たちと改造社との関係を密接にしておこうという意図である。

一九三〇年に改造社から『新鋭文学叢書』という小型本が出版された。高見順（一九〇七〜六五）によれば、「いずれも二百五十ページ内外で、定価三十銭。当時の新進作家の短篇集であって、その顔触れを見ると、横光、川端以後の新進作家の花形が、どういうのであったかが分かる」[5]という。高見は、それに続けて、この叢書の「第一期」として刊行された作品、その後に刊行された作品を列挙しているが、そして、全員が「新進」というわけでもないが、ここではその「第一期」の作家名だけを引いておこう。

竜胆寺雄、久野豊彦、中村正常、井伏鱒二、藤沢桓夫、武田麟太郎、立野信之、黒島伝治、平林たい子、岩藤雪夫、中本たか子、林芙美子、岡田禎子、窪川いね子（ママ）、芹沢光治良、堀辰雄。

『改造』にも文芸欄はあったけれども、このような作家が続々出て来るとすると、『改造』の創作欄だけでは十分ではなかったろう。それに、『文藝』があれば、新進作家に誌面を提供できるし、『改造』よりは原稿料が安くてすむという利点もある。

雑誌『文藝』創刊の背景は以上のようなことであった。

そして、まもなく一定の評価を得るようになった。その評価を示す例をあげておこう。

一九三四年五月、中野重治は「転向」を約束して出獄した。その後の八月、旅先から妻まさのに宛てた手紙の中に、次のような箇所がある。

もし九月号の雑誌類があったら送ってほしい。「文芸」「改造」「中央公論」「新潮」、その他何でも。しかし無理する必要絶対になし。[6]

この手紙を見ると、『文藝』は中野にとって、すでに大いに気になる雑誌になっていたといえよう。

別の例。中島健蔵（一九〇三～七九。仏文学者・評論家）は、三四年ごろ、東大の講師をしていたが、講義をすませると、新橋の「よしの屋」、出雲橋の「はせ川」、新宿の「樽平」などの文学仲間のたまり場によく出かけたという。「はせ川」の常連だったのは、「井伏鱒二、三好達治、河上徹太郎、小林秀雄、永井龍男、深田久弥、横光利一、青山二郎、木山捷平」などで、「文芸春秋社の編集者も常連」だった。「大岡昇平、中原中也、坂口安吾などともよく会った。そのころは、発表機関がまだ少なかったので、互によく読んでいた。『中央公論』、『改造』、『文藝春秋』などの総合雑誌、『新潮』、『文芸』などの文芸雑誌の常連になれば、文壇的地位が確立したことになる」と、中島は回想している。(7)

中島の回想が間違っているということではないが、『改造』と『文藝』とでは「格」が違うと見ていた人びともいた。発行部数が違うのだが、ありていに言えば、原稿料が『改造』のほうがはるかに高かった。一九三七年六月に改造社に入り、一九三八年二月から『文藝』編集部に移った木村徳三が回想しているところにしたがえば、正宗白鳥（一八七九～一九六二）のところへ原稿執筆の依頼に行った木村は、正宗から、

僕は『文藝』なんてちっぽけな雑誌には書かんよ。『改造』なら書くがね。寄らば大樹の蔭というからな。

と言われたという。(8)

木村が『文藝』編集部に移った前年、永井荷風の『濹東綺譚』が「朝日新聞」に連載された。編集部に移ったばかりの木村は、「荷風氏に『文藝』に執筆してもらえまいか」と編集会議に提案したという。すると、小川五郎、桔梗五郎の二人は、賛成とも反対とも言わず、「まあ、とにかく電話してごらん」とのこと。木村によれば、

写真脇に「目黒茶寮にて」と書き込み。後列左から、桔梗五郎、小川五郎、木村徳三で、以上の三人が「文藝」編集部員。前列左は正宗白鳥、右は馬場恒吾

「改造社の『文藝』編集部の者ですが、永井先生御在宅で……」と言い終わらないうちに、「いま、いません」乱暴に電話は切られた。翌日再び電話した。また同じ声の同じ返事で電話は切れた。「どうだった」と桔梗さんに訊かれて、「いつも留守番らしい男の声で……」と答えると、とたんに先輩は笑い声を上げながら、「その声が荷風さんだよ」(9)

という具合だったという。

いずれにせよ、一九三三年秋に誕生した『文藝』について、文芸評論家の川西政明は次のように評定している。

〔「文藝」〕創刊の辞で「我国の文学が最近萎微として振はず、文芸の貧困をかこつもの多きは何に起因する。我々は我文学の徒が社会の飛躍に心到せず、依然狭隘の文壇意識、社会意識に支配せられて広く世界の新しき主潮を

取入れるのを怠つてゐたのだと断ずるに躊躇しない」と述べているように、「文芸」は海外文学の紹介に多大な功績を残した。欧米だけでなく、中国、朝鮮、インド、台湾などのアジアの文学が紹介された。魯迅の作品が数多く掲載され、日本人に魯迅が受容されていった。(10)

ここに言われている欧米や中国などの文学の紹介というのは、基本的に小川五郎の功績であり、本書はその内実を描こうとするものであるが、このことはのちに立ち入って書くことにする。

第三節 『文藝』編集部へ

小川五郎の改造社入社は『文藝』創刊のほぼ半年前ではあった。しかし、小川が入社後すぐに『文藝』担当になったわけではないことはすでに述べた。

では、小川が『文藝』担当となったのはいつかという点になると、これが必ずしもはっきりしない。というのは、小川自身が相矛盾するように思われることを述べているからである。すなわち、一方では、

改造社の「文芸」は、昭和八年の十一月に創刊され、昭和十九年七月に改造社が東条内閣によって解散を命じられるまで通巻一二九冊を数えた。初代の編集主任は徳広巌城（上林暁）で、酒匂郁也、小川五郎（高杉一郎）、木村徳三がそれをひきついだ。私は昭和十一年の六月に編集に参加

し、昭和十九年の四月ごろまで、およそ八年間その編集主任をつとめた。(11)

と書いている。この記述にしたがうなら、『文藝』担当は一九三六年六月からということになる。初代の「編集主任」上林暁が三四年の四月に改造社を退社したあと、「編集主任」を務めた酒匂郁也は鹿児島高等農林出身の人というが、山本実彦が同郷の縁で「抜擢」したものだったと小川は見ていた。

他方では、「戦争に征くまで一一年あまり改造社の雑誌『文藝』を編集していた私」（『記憶』一五三頁）という記述もある。この記述にしたがうと、創刊が一九三三年秋、廃刊が四四年七月号である『文藝』の編集に、小川はほとんど全期間携わったことになる。

しかし、『露和辞典』完成が一九三四年十一月五日刊行という日付があり、また、ロシア語のわかる社員が改造社内にいなかったらしいことを考えれば、小川は『露和辞典』担当であり続けただろうし、そのことから推定すれば『文藝』編集部に移ったのは、三四年末ごろ以降ということになるであろう。すると、「戦争に征くまで一一年あまり改造社の雑誌『文藝』を編集していた私」という記述は、期間という点では記憶違いということになる。

要約すれば、次のようになる。

まず、改造社入社は一九三三年四月で、同年末ごろから『最新露和辞典』の編集担当。この編集に辞典の完成まで携わり、その完成とともに、三四年末ごろに雑誌『文藝』編集部に移った。そのときの「編集主任」は酒匂郁也。酒匂はとりたてて文芸方面に見識を有する人物ではなかったらしく、小川がやがて編集主任となった。それが三六年六月ごろだったと考えれば、「私は昭和十一年の六月に編集に参加し、昭和十九年の四月ごろまで、およそ八年間その編集主任をつとめた」という記述（そのうちの編集部所属の開始時点についての記述）と矛盾しないであろう（ただし、一九四四年四月という記述には問題があると思われる。この点については第七章第三節でふれる）。ただ、「編集主任」という肩書きがいつ与えられたかは、さほど重要ではないかもしれない。というのは、一編集部員であっても実質上編集部のリーダー格となっているということはあり得ることだからである。

太田　先生が『文藝』の編集担当になったころ、どのようなスタッフがいたのですか。

小川　桔梗五郎と野間寛二郎がいた。

ぼくには、文学青年時代がなかったので、日本の文壇に人脈がない。そこで、そういう人脈は、編集部の桔梗君に頼ることになった。桔梗君は、山本有三が作った明治大学の文芸科を出ていた。彼はいわゆる文学青年だったし、お兄さんが早くから文藝春秋にいた関係もあって、文壇事情に詳しかった。そこで、月々の編集方針はぼくが考え、評論関係はぼくが担当するが、創作欄の人選は桔梗君にすべてまかせた。

『文藝』のライバル雑誌『新潮』は、編集者の楢崎勤さんが文壇に密着した編集をしていた。ぼくには、『新潮』のような編集は到底まねできないし、またそのような編集方針では今の時代の文学的表現はできないと考えた。そこでぼくは、ドイツやフランスの文芸雑誌などからの情報も得て、それらを誌面に反映させようとした。

その結果、『文藝』は一種の思想雑誌のようになって、若い学生たちによく読まれるようになった。

太田　一九三三年の『文藝』第二号の「編輯室」を見ると、創刊号がよく売れて「驚異的な部数を獲得するに至った」とありますが。

小川　そりゃあ、そうだ。創刊号には志賀さんの文章〔志賀直哉「『女の学校・ロベエル』を読む」〕と、ゴーリキーの特別寄稿「肥大漢」が載ったから。

太田　すると、『文藝』は当初からよく売れたが、上林編集主任を継いだ小川編集主任のもとでさらによく売れたということですか。

小川　そう。しかし、桔梗君はやがて兵隊にとられ、ロシア語教育隊に入った。石原吉郎も入ったところ。しかし、桔梗君は北方には行かず南方へ送られた。ぼくがシベリアから帰ってから聞いたところでは、彼はルソン島に送られ、その島の北の方で餓死したという。

桔梗君が編集部からいなくなると、編集部には日本の文壇に通じた人がいなくなった。そのため、非常に観念的な編集をすることになった。しかし、それがかえってよかったと思う。

桔梗君はどういうわけだか、当時「小説の神様」と言われた横光利一をよく知っていて、その家に出入りしていた。横光は、箱根の川で「みそぎ」をし、そのことを『改造』〔一九三七年一月号〕に書いた。中條百合子が、それに対し、「迷いの末──『厨房日記』について」という文章を書いてくれたのを、ぼくは『文藝』〔一九三七年二月号〕に載せた。これは加藤周一がほめてくれた。(12)

太田　『改造』にも文芸欄がありましたが、そこと『文藝』とは、編集上の連絡や調整はあったのですか。

小川　何もなかったと思う。『改造』の文学担当は深田久弥だった。彼は登山家だった。

太田　日本百名山の人ですね。
小川　そう。
太田　先生の当時の収入のことをおうかがいしてもよいですか。
小川　『文藝』の編集長になったころは給料もよかったよ。初任給は、一ヵ月六十円だったが、執筆者を訪問するための交通費が付いたし、編集長には編集手当が付いた。

『文藝』編集部にいたもう一人の人物は、野間寛二郎だった。

野間は、小川より四歳年少。慶応大学医学部中退だと聞いた小川は、当時の慶応大学医学部中退というのは、左翼思想による放校だったのではないかと推測している。野間は、やがて改造社が一九三八年に創刊した雑誌『大陸』の編集部に移った。（『記憶』一二一頁）

小川によれば、この『大陸』は、国策に沿う雑誌だったとのこと。改造社は、『改造』という国策に批判的な雑誌を出しているので、これは続けるけれども、国策に合わせた『大陸』も出すということで、改造社への圧力を弱めようと、山本実彦は考えたのであろう。

野間が『大陸』に移って人手が足りなくなったので、『文藝』の編集部員を補充したが、そのとき編集部に移ってきたのが木村徳三だった。木村自身の回想によれば、木村の改造社入社は一九三七年六月。そして、翌三八年二月に『文藝』編集部に移り、編集担当は、小川、桔梗、木村の三人になったという。(13)

小川　山本実彦は、社員が他社に執筆することを禁止していた。『文藝』の最初の編集主任だった徳広巌城は、上林暁というペンネームで、雑誌『新潮』〔一九三二年八月〕に「薔薇盗人」という小説を書いた。しかし、それがやがて徳広のものだということが発覚し、結局、〔一九三四年四月に〕改造社を辞することになった。上林さんには『文藝』に「安住の家」〔一九三八年六月号〕という小説を書いてもらった。彼は、このことについてぼくのおかげと書いているけれども、ぼくこそ改造社に入るときの試験で上林さんに八十点をつけてもらったわけで、上林さんのおかげと思っている。(14)

太田　先生は、『文藝』にいくつも翻訳を載せられていますが、小川五郎訳となっているものはありません。それは、編集者が実名で翻訳を掲載することを山本実彦社長が許さなかったので、ペンネームを使われたというわけですね。

小川　そう。

太田　三七年八月号には、スメドレーの「馬」が載っています。『文藝』には、訳者名が出ていませんが、これは、先生の翻訳小説集『レマン湖のほとり』(15)に収められていますから、当然、先生が訳されたのですね。

小川　そう。この「馬」は本当にいい作品だと思うな。この作品はたいへん評判になったよ。

この「馬」については、のちに述べる。

高杉の『家族たち』には、「入社後およそ二年間、私は自分でも感心するくらいによく勉強した。勉強というのは、内外の定期刊行物をできるだけ数多く、できるだけ丹念に読むことだった」（七頁）とある。「入社後およそ二年間」というのは、雑誌『文藝』編集担当になって以降かもしれないが、それ

はともかくとして、この引用に続けて、

そして二年後には、私はあらゆる編集者に特有な、あの同時にさまざまな世界をのぞくことのできるふしぎな複眼を完全に身につけていた。私は、島木健作や村山知義の転向文学も、小林秀雄や河上徹太郎の評論も、中条百合子や中野重治の小説も、おなじような距離からおなじ程度の関心で読む技術をいつのまにか覚えこんでいたし、ソヴェトの同伴者文学にも、ドイツの亡命者文学にも、あるいはフランスの行動主義文学にも、おなじように注目する習慣を身につけた。〔中略〕だから、保田与重郎が昭和十一年の『コギト』に「戴冠詩人の御一人者」や「日本の橋」を発表したときにも、私はそのとっつきにくいスタイルと耳なれない語彙にすこしの不平も言わないで、謙虚にこれを読んだばかりでなく、あくる十二年の『文芸』には、三号にわたって彼の「明治の精神」のために大きなスペースをさいた。（『家族たち』同）

とある。『文藝』を検するに、一九三七年二月号に保田の「明治の精神」、三月号に「続明治の精神」、四月号に「勝利の悲哀」が載っている。また、同じ二月号には中條百合子の「『迷ひの末』――『厨房日記』について」が載っているから、のちに述べる小川と中條との関わりからしても、遅くとも三六年末には小川が『文藝』編集主任となっていたことは確かであろう。

『文藝』編集者としての小川五郎がその力量を遺憾なく発揮した理由は、第一に、おびただしい雑誌をじつに広く深く読んだことによって養われたものをもっていたからであった。そして、その背景には、すでに述べたロシア文学の読書があり、のちにも述べるような大戦間の国際主義的な戦争文学の読書経験があった。

加えて第二に、小川には、ジャーナリストとしての資質も備わっていた。それは、文字通り自らの足で何が起こったかを確かめ、取材しようとする果断さである。それは、二・二六事件（一九三六年）に関連しての次のような回想に、明瞭に語られている。

一九三六年は、事の多い年であった。二・二六事件の日、私は雪のなかを終日永田町附近を足を棒にして歩き廻った。どういう性格の反乱か、自分の眼でたしかめたいと思ったからである。首相官邸のまえではひとりの将校が自動車の屋根の上から演説をしていた。日枝神社のまえでは埼玉の農村出身だという下士官が彼をとり巻いた人々に話しかけていた。二人とも、農村の疲弊と君側の奸のことを言っていた。（『体験』六四頁）

ジャーナリストとしての資質といえるかどうかわからないが、小川にはある種の気概を発揮できるところがあった。その例を、節を改めて、一九三六年における郁達夫と郭沫若との再会に関して見ておきたいが、その前に、小川が同年五月に来日したジャン・コクトー（一八八九〜一九六三）に会ったことにふれておこう。

五月、「八十日間世界一周」の旅に出ていたジャン・コクトーが日本に立ち寄った。西川正也『コクトー、1936年の日本を歩く』（中央公論新社、二〇〇四年）によれば、五月十六日、コクトーの乗った船は神戸に入港した。同じ船には香港からチャップリンも乗り合わせ、二人の間に友情が成立したという。三六年といえば、チャップリン『モダン・タイムス』公開の年であった。

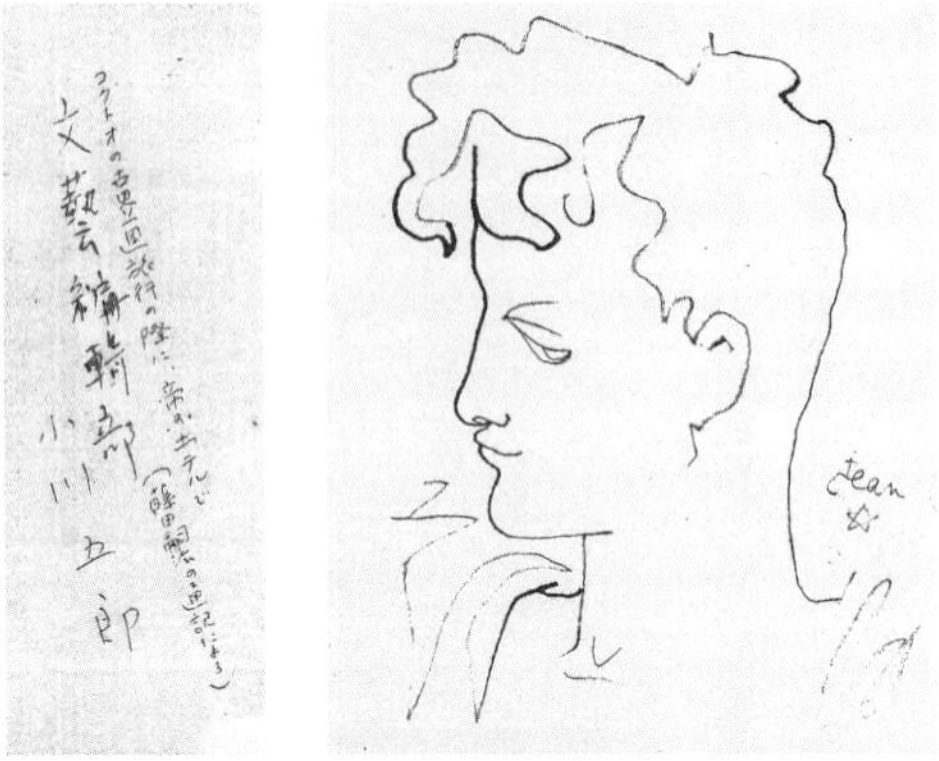

コクトーの描いた高杉一郎のイラスト

写真の脇に「ジャン・コクトオを帝国ホテルに訪ねて」と書かれている。眼鏡をかけているのが、このとき通訳をつとめた画家の藤田嗣治

西川の本には、当時の日本の新聞などがコクトー来日を大々的に、チャップリンよりも大きな扱いで、報じていたことが具体例を挙げて紹介されている。十七日は京都に立ち寄り、十八日に東京に着いたコクトーは、東京では相撲や歌舞伎を見て、文学者や芸術家たちと交流をし、二十二日、横浜港からアメリカに向けて旅立ったという。雑誌『文藝』一九三六年七月号には、「ジャン・コクトオ来朝」という小特集があり、藤田嗣治「コクトオとの交友」、林芙美子「コクトオ」、芹澤光治良「コクトオと一晩」という三作品が掲載されている。小川五郎は、コクトーに取材するために、コクトーが宿泊していた帝国ホテルを訪ねてコクトーに会ったという。

私は、小川の遺品として一枚のコピーを田中泰子さんからいただいたが、それはコクトーの描いた小川五郎の肖像画であった。その裏側に「コクトオの世界一週〔ママ〕旅行の際に、帝国ホテルで（藤田嗣治の通訳による）文藝編輯部　小川五郎」というメモが残されていた。日付は不明。

この絵を描いたとき、コクトーは、手元に絵を描ける道具がなかったので、マッチを擦ってその燃えさしの炭化した部分で描いたのだったという。「Jean」というサインも見える。

第四節　郭沫若と郁達夫

編集者としての小川は優れた読み手であり、現場感覚をもち合わせていたと書いた。しかし、それだけではない。中国の文学者たちの連携のために自ら動くというような気概を発揮できる人でもあった。このことは、郭沫若《かくまつじゃく》と郁達夫《いくたつふ》の交わりの復活に関わったところによくうかがえる。

郭沫若（一八九二〜一九七八）は、中華人民共和国成立後、国務院副総理、科学院長をつとめた政治家で、作家でもあった。郭沫若の『亡命十年』によれば、一九一四年に日本に留学、東京で一年半、日本語を習い、岡山の第六高等学校で三年間を過ごし、九州帝国大学医学部を卒業した[16]。平凡社「東洋文庫」に『郭沫若自伝』全六冊が収められている。

郁達夫（一八九六〜一九四五）は、名古屋の第八高等学校を出て、東大を卒業した作家。日本の敗戦直後、スマトラで日本憲兵に殺害された。丸山昇の紹介を借りれば、「戦後、東大講師も務めたことのある女流作家の謝冰心《しゃひょうしん》は、第二次世界大戦で中国文学が受けた最大の損失の一つは、郁達夫を失ったことだ」とまで書いているという[17]。

郭沫若や郁達夫、田漢《でんかん》など在日中国人留学生は、五・四運動と連動して起こった中国の新しい文学運動の息吹を受けつつ、一九二一年に東京で文学団体の創造社を設立。その雑誌『創造季刊』創刊号は二二年五月一日に上海で刊行された。創造社は、魯迅などと「革命文学」論戦をすることになる。

郭沫若は、一九二三年、中国に帰国した。郭沫若たちは東京と上海の間の行き来をしながら文学活動をしていたが、二三年、北京大学のある教員がロシアに留学することとなり、その教員が担当していた統計学を担当してくれないかという話が郁達夫にあった。郭沫若は、郁達夫が北京に行くと、創造社を支えている「鼎《かなえ》の三本足」の一本がなくなると考え、その北京行きに賛成しなかったが、郁達夫は創造社への寄稿もしないと言いだし、「彼はとうとう行ってしまい、しかもまるで絶交してしまったような行き方であった。」(18)

その後、北洋軍閥の握る北京政府打倒を目指した中国国民政府による北伐に、郭沫若は総政治部秘書長として加わったが、蔣介石による「四・一二クーデタ」のあと、郭沫若は北伐軍を離れ、日本に亡命した形になっていた。郭沫若と郁達夫の交流は途絶え、十年以上の歳月が流れていた。その間、郭沫若は日本で『支那古代社会研究』(藤枝丈夫訳、一九三五年)を刊行するなど、歴史学の研究に従事していた。

一九三六年の秋も深くなったころ、郁達夫が福建省参事の資格で日本を訪れ、麹町の万平ホテルに投宿していることを知った私は、すぐに作家としての郁達夫を訪ねていった。ホテルの受付で名刺を一枚さしだしただけの私を郁達夫はすぐに二階の自分の部屋に通し、向かいあって腰をおろすとすぐに「僕はあなたの雑誌をいつも愛読していますよ」と言った。

彼が日本の文壇消息によく通じているのにはおどろいた。ほんのしばらく邪魔するつもりだった私を彼はひきとめて、ほとんど半日ぶっつづけにしゃべりつづけた。（『記憶』二六六頁）

太田　郁達夫が日本に来たと知って会いに行ったわけですね。

小川　そう。新聞記事で読んで知ったんだったかな。郁達夫は旧制第八高等学校の出身で東大を出た。だから日本語がよくできるだろうと思ってすぐに出かけて行った。日本語がよくできて、ほとんど日本人とかわらない日本語を話した。『文藝』もよく読んでいた。作品に対する好みもはっきりしていた。実によくしゃべる人だった。いい人だったよ。

この「すぐに出かけた」というところが、編集者としての小川の面目躍如たるところであろうか。高杉の書いているところを再び引けば、

いよいよ私が辞去しようとして腰をあげると、郁達夫は「こんど僕は郭沫若と仲なおりをして帰ろうと思っているのです。けんか別れをしたままですからね」と言った。そのとき、私はその意味を理解できなかったが、あとで郭沫若の『創造十年』を読んで、そのいきさつがわかった。（郁達夫と郭沫若の絶交状態の経緯は当時は）知らないまま、「郭沫若さんとお会いになるのでしたら、僕がお使いをしましょう」と言った。そして、たぶんその翌日だったと思うが、市川の国府台に住んでいた郭沫若を訪ねて、郁達夫の意志を彼につたえたのだった。（『記憶』二六六～七頁）

政治家としても文学者としても著名になっていた郭沫若が日本に亡命している。作家・郁達夫が福建省参事の資格で、その郭沫若と連絡を取りたいと来日した。小川の胸には、日本の満州侵略が始まったとき、学業を放棄して故国に帰っていった中国人留学生たちのことが、去来したのであったろうか。

中国での日本の力が「満州」を越えて広がりつつあった時代に、蔣介石による四・一二反共クーデターを避けて日本に来ていた郭沫若との仲介を引き受けるというのは、むろん政治的な意味が伴うと考えるべきで、それは単なる「現場感覚」を超えたことであろう。それをあえて引き受けたところに、小川の気概を感じる。それは「ミリタリー・ファシズム」のもとで、「頭を下げずに前を向いて歩」く（『体験』、二六九〜七〇頁）ことであった。ここに、私は小川のジャーナリスト魂を見る思いがする。

小川　「僕が郁達夫の意を受けて郭沫若を訪問した」と山本実彦に報告をしたら、山本は喜んじゃってね、さっそく星岡茶寮(19)だったかに席を設けて二人を招いた。

このときのことを、郭沫若は書いている。

黄昏時であった。近所の医者が、私の住居にたずねて来て，医学上の話をしていたとき、突然玄関に達夫の姿が現われた。

——やあ、達夫じゃないか。私は思わず歓声をあげた。

達夫は十年前とすこしも変らず、満面に喜色をうかべ愉快そうな声で、庭からついて来た妻と話していた。

私は、玄関に迎えに出た。もう一人、日本人がいっしょに来ていた。薄明かりで、誰かわからなかったが、向うから口をきいたので、やっと改造社のSとわかった。

Sは、むろん達夫を案内して来たのである。私は上にあがるようにすすめたが、Sは断っていった。

――突然お伺いして、失礼ですが、実は今晩、社長が郁先生の歓迎会を開きますので、この機会にぜひ先生にも御出席ねがいたいと思いまして、いま車でお迎えにあがったわけです。すぐにおでかけ頂けませんでしょうか。

これは全く「突然の来訪」であった。私はちょっと躊躇した。〔中略〕結局、彼らといっしょに行くことにきめた。(20)


私は、この個所を示しながら、質問をした。

太田　先生が郁達夫と郭沫若を引き合わせることが可能だという感触を得て、それを山本実彦に伝えた。それを喜んだ山本は、Sという人物に呼びに行かせたのですね。
小川　その人は、『改造』編集長の鈴木一意だ。
郭沫若と郁達夫の再会と仲直りということがあって、山本はぼくのことを認めたらしい。それでぼくは雑誌『文藝』の編集主任になったのだと思う。ぼくはこの郭沫若と郁達夫のとりなしには大きな役割を演じたと思っているよ。(21)

この出会いの後、次のような状況に置かれたことも加わり、郭沫若は中国に帰っていく。事変〔日中戦争〕勃発以来、憲兵、刑事、警官がしょっちゅう監視にやって来て、つまらない話をしてゆく。こんなことはもう慣れて、別になんともないが、故国の同胞が危機に瀕している時、誰が安閑として己が一身一家の安全のみを顧みておれようか。[22]

というのであった。「商売人」としてであれ、郁達夫と郭沫若の仲立ちをした山本や小川の動きに見られるような日中間の関わりがあったという歴史は今ではほとんど「記憶」されず、「忘却の穴」〔ハンナ・アーレント〕に落ち込んでいるがごとくである。

小川　ぼくが一九六〇年に中国文字改革学術使節団の一員として中国に行ったとき、郭沫若に会った。三〇年代の話をしたら、郭沫若はよく覚えていて、彼は四川省の出身なので、人民大会堂の四川省の間でお茶会を開いてくれた。

山本実彦には中国を中心にしてものごとを見ていこうという発想があった。デューイの教え子で、北京大学の教授をしていた胡適が、ぼくが改造社に入って間もなく来日した。山本は、胡適に会うためにぼくを誘った。英語ができるからという理由だった。

それから、魯迅の弟の周作人が日本に来たことがあった。周作人は北京の「北京教育特弁」だったし、日本でもよく知られた人物だった。山本は魯迅とつき合いがあったから、周作人にも魯迅のところで会って知っていた。周作人が東京駅に着いたとき、山本はぼくと車で東京駅に出かけた。多くの人が周作人を迎えに来ていた。そこに山本が出ていって、「やあ、周さん」とか言って、車に乗せて連れて来ちゃった。みんな呆気にとられていたよ。

周作人は「北京に踏みとどまる」という論文を『文藝』〔一九三八年一月号〕に寄せた。これはぼくが原稿を取ったのだった。このときは松枝茂夫さんが仲立ちをしてくれた。松枝さんは周作人と親しかった。というのは、二人ともエスペランティストだったから。

松枝さんからは、エロシェンコの『或る孤独な魂』という冊子をもらった。これは上海で出されたものだった。ぼくが、雑誌『文藝』〔一九三七年十二月号〕に中国文学研究会編の「現代支那文学事典」を企画したことへの返礼だったと思う。

山本は、魯迅のところによく行っていた。山本が魯迅から聞いたとして話してくれたものの一つに、次のようなことがあった。それは、日清戦争のさいの黄海海戦における日本軍の勝利に関して、山本が「わるかった」というような意味のことを言ったところ、魯迅は「清国は中国ではないよ」と言ったという。

魯迅が亡くなった後、山本はすぐに魯迅の全集を出すことを提案した。そして、増田渉を呼んで、その全集の責任者にした。『大魯迅全集』というのも、山本の命名だ。大は魯迅にかかるんだ、と山本は言っていた。

全集で思い出したが、改造社が出した『ゴーリキー全集』もよく売れた。ぼくはこの『ゴーリキー全集』を全巻持っていたが、古本屋に売ってしまった。訳があまりよくなかったこともあってね。今考えるとバカなことをしたと思うし、娘たちからもなぜ売ったのかと批判されたよ。

山本には繊細な政治感覚があった。例えば、ロシア革命後にシベリアに二回旅行していて、ある時、冗談めかしてトロツキーを招待しようか、と言ったこともあった。シベリア旅行も、新しい時代のもつ意味について考えようということであったようだ。山本には、政治的野心もあったと思う。

太田　先生からご覧になって、山本の著作のなかで印象に残っているものはどれですか。

小川　『興亡の支那を凝視《みつ》めて』(23)というのは力作だと思う。

『新欧羅巴の誕生』〔改造社、一九四〇年〕に書かれた旅行のさいには、山本実彦を横浜まで送って行った。そのとき彼は、「欧米では誰に会うのがいいか」と聞いた。ぼくは、「それなら、ゆかりのあるデューイ、ラッセル、ロマン・ロランあたりがよいのでは」と答えた。デューイには会えなかったらしいが、ロマン・ロランには高田博厚の案内で会った。そのとき山本は、ロランに鯉のぼりをプレゼントしたという。その思いつきがいいじゃないか。ロラン夫人がいたく喜んだという。この夫人はロシアの貴族の出身だった。

　山本という人は、こういうように人の気を引くことをする人だった。

太田　岩波書店にいた小林勇の本を読みますと、岩波は上海の内山書店を通じて魯迅との接触をしていたことがわかります。

小川　山本は、魯迅との会見は、つねに内山完造にアレンジしてもらったのではないかと思う。

太田　『改造』には、毛沢東の「持久戦論」などが載ったことがありますが、毛沢東とはどのようにして連絡をつけたのでしょうか。

小川　さあ？　ぼくが『文藝』で日中文学者の往復書簡を連載したときは、鹿地亘《かじわたる》に仲介を頼んだ。(24)鹿地は、亡命者のような生活をしていた。

太田　先生は、鹿地亘とはどのような経緯で知りあわれたのですか。

小川　中野重治に紹介されたと思う。ぼくは、彼の詩を愛読していたし、中野さんが小滝橋の方に住んでいたころから親しくしていた。

第四章　日中文学者往復書簡の時代

第一節　一九三七年という時期

『文藝』に関わる小川五郎の仕事が最も充実していたと思われる時期は、一九三七年である。この年の七月七日は盧溝橋事件の勃発した日、日中全面戦争開始の日であった。しかし、この事件はのちの時代から振り返れば全面戦争の開始を告げるものだと位置づけられはするものの、その時代に生きていた人びとにとっては、この戦争の開始時期や性格が事前にわかっていたわけではない。

そこで、この一九三七年の状況の一端をうかがうため、雑誌『改造』一九三七年一月号（発売は三六年十二月）を見てみよう。一月号は最後に九十頁ほどの「ファシズム辞典」（宮沢俊義・木下半治監修）まで含め七百頁ほどの大冊である。目次に出ている執筆者だけでも七十名ほど。少しだけ抜き出すと、次のごとくである。

馬場恒吾「軍部は国民を指導し得るか」

特集「張学良の反乱」（山川均「打倒蒋介石のクーデター」など）
特集「日独協定批判」（横田喜三郎「日本の国際的地位」など）
斎藤隆夫「国民は議会を監視すべし」
特集「準戦時統制下の日本」（有沢広巳「統制方式としての民有国営」、戸坂潤「文化統制と文化の『自粛』」など）
特集「本年度の景気」（鈴木茂三郎「跛行性の激化」など）
清沢洌「新官僚の『退却』」

馬場恒吾は、一九二六年に社会民衆党結成に協力し、三〇年代には政党政治・議会制擁護の主張をしていたし、山川均は、すでにふれた通り『改造』初期からの常連執筆者で、労農派の指導者だった。横田喜三郎は東大教授で、満州事変を国際法違反とする軍部批判の論陣を張っていた。斎藤隆夫は二・二六事件後の「粛軍演説」で著名である。このような執筆陣が、『改造』で堂々とその論を展開していたのであった。

もう一つ、この時代の雰囲気に関わるものとして、永井荷風の『濹東綺譚』の一節を見ておこう。この小説は、一九三七年四月から『朝日新聞』夕刊に連載された作品だが、その冒頭近く、主人公が古本屋で古本などを買って暗くなった外に出る場面。

芝生の上に風呂敷を平に広げ、頻に塩梅を見ていると、いきなり後の木蔭から、「おい、何をしているんだ。」と云いさま、サアベルの音と共に、巡査が現れ、猿臂を伸してわたくしの肩を押えた。[1]

そして、この巡査に「わたくし」は派出所に連行され、今度は派出所の巡査の執拗な尋問を受ける。結局は釈放されるのだが、「後で考えると、戸籍抄本と印鑑証明書とがなかったら、大方その夜は豚箱へ入れられたに相違ない」と書かれている。

新潮文庫版『濹東綺譚』「解説」(秋庭太郎)によれば、この作品は「その圧倒的な好評から朝日新聞の夕刊立売りが売切れとなるほどであったという。[2]」また、中村光夫の回顧によれば、「この名作も、この年の秋だったら新聞に発表することは不可能だった」だろうし、「それだけに『現代』に背を向けた主人公の感慨と行動は、叙情的行文と相まって、読者の時勢への鬱憤を代表した形になり、ひろい反響」をよんだ。この作品をきっかけに、知識階級は荷風を「反俗の英雄」と見るようになったという。[3]

一九三七年という時期に関して、坂野潤治は『昭和史の決定的瞬間』において、『改造』一九三七年五月号掲載の大森義太郎論文を引用して、その論を展開している。そこで大森は、間もなく行なわれる総選挙にさいし、読者に無産政党候補者への投票を呼びかけ、その候補者が複数いる場合には、より明確に反ファッショ的人物を選ぶべきだが、無産政党候補者がいない場合には、既成政党候補者への投票もあえて勧めるとし、ともかくファッショ的候補者には絶対に投票しないように呼びかけた。

この大森論文が掲載された『改造』五月号の発売十日後の四月三十日、第二十回総選挙が行われ、民政党は二〇四議席を一七九議席に減らしたものの、社会大衆党は二〇議席を三六議席に増やした。政友会は一七一議席を一七五議席にわずかながら増やし、全部で四六六議席とした。

坂野は、こうした政治状況を分析し、一九三七年一月の宇垣内閣「流産」を含め、三七年の日中戦争開始前までが戦争を回避できたかどうかの「決定的瞬間」だと解釈している。この解釈の是非はともかくとして、このときの議会がまだ戦争とファシズムに邁進する配置にはなっていなかったとは言えよう。坂野によれば、当時の雑誌『中央公論』の発行部数は六万部前後で、毎月の発売日の二十日ごろの新聞には今日以上に大きな広告が出ていたという(4)。『改造』の発行部数も同じくらいであろう。当時の総合雑誌は、論文、創作、中間読み物から成り、その影響力は、今日のそれより大きかったと思われるし、批判的機能も備えていた(5)。『改造』はここに見たような明確に反ファッショ的な論調を展開していたし、『中央公論』もほぼ同様の傾向を帯びており、小川五郎も、そのような雰囲気のなかで雑誌『文藝』の編集に当たったのである。

太田　『文藝』に載ったもので、いい作品だとして先生の印象に強く残っているものは何ですか。

小川　（しばらく考えてから）中野重治の「空想家とシナリオ」（一九三九年八月〜十一月号）かな。中野さんの苦しみがよくわかった。いい作品だと思った。

第二節　日中文学者往復書簡

私は先に、小川五郎の改造社時代の仕事が最も充実していた時期は一九三七年だったと書いた。そのとき、一方に「日中文学者往復書簡」の企画があり、他方にいくつかの翻訳があった。前者から見

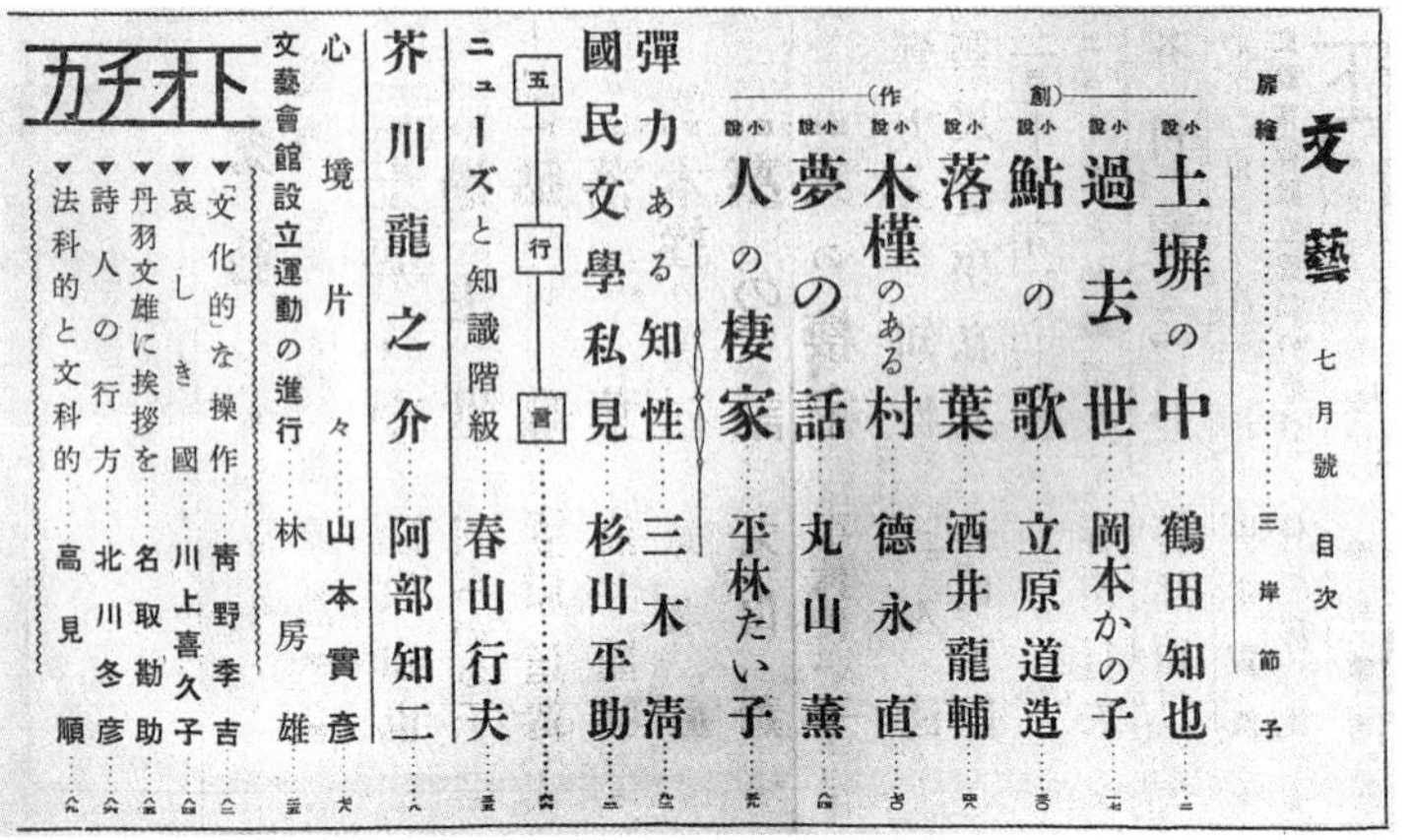
文藝 七月號目次

扉繪……三岸節子

（創作）

小說 土塀の中……鶴田知也

小說 過去世……岡本かの子

小說 鮎の歌……立原道造

小說 落葉……酒井龍輔

小說 木槿のある村……徳永直

小說 夢の話……丸山薫

小說 人の棲家……平林たい子

彈力ある知性……三木清

國民文學私見……杉山平助

五行言

ニューズと知識階級……春山行夫

芥川龍之介……阿部知二

心境片々……山本實彥

文藝會館設立運動の進行……林房雄

カチオトト

▼「文化的」な操作……靑野季吉

▼哀しき國……川上喜久子

▼丹羽文雄に挨拶を……名取勘助

▼詩人の行方……北川冬彥

▼法科的と文科的……高見順

「文藝」1937年7月号目次

てみよう。高杉一郎『征きて還りし兵の記憶』には、一九三七年の日中全面戦争開始のころのことについて、次のように書かれている。

戦争に征くまで一一年あまり改造社の雑誌『文藝』を編集していた私には、作家としての中野重治とのつきあいがたびたびあった。そのなかでもとくに忘れられないのは、一九三七年、日中戦争がはじまる直前、日中両国の作家がとりかわす往復書簡に参加してもらったことだった。編集プランでは、魯迅の推薦する新人作家蕭軍《しょうぐん》と中野重治、劇作家の夏《か》衍《えん》と久板栄二郎、女流作家の丁玲《ていれい》と宮本百合子の手紙のやりとりを三号つづけて発表する予定で、中野重治にはその一番バッターに立ってもらったのだった。この編集プランの意図は、当時の文芸雑誌に許されたぎりぎりの政治的な発言として、中国に対する日本の侵略戦争に反対することにあった。編集の技術上、発信はつねに中国の作家からとし、それを当時上海に住んでいた鹿地亘に翻訳して『文

俳句に關する隨想……山口誓子
萬葉集の戀歌に就て……三好達治
人物素描 ★中條百合子 ★杉山平助
漂泊者の文學……萩原朔太郎
俳句 夏川……小杉余子
或る場面……中村草田男
世界文化の架橋……H・G・ウェルズ
「惡靈」に就て―その二……小林秀雄
淺草新繁昌記……濱本浩
「北東の風」上演日記……久板榮二郎
囚人―未發表遺稿……故十一谷義三郎
映畫の欄
小說採點簿……麻四門
散文詩 蛇（ポオル・ヴアレリイ）……菱山修三
文藝評論懸賞募集
文藝通信 ★中國から日本へ……蕭軍
★日本から中國へ……中野重治
出版便り
編輯室

藝』編集部へ送ってもらうと、それに答える日本の作家の返信とあわせ、往復書簡を同時におなじ号に発表する計画で、最初の蕭軍と中野の手紙は一九三七年七月号に、つぎの夏衍と久板栄二郎の手紙は九月号に発表されたが、第三回に予定していた丁玲と宮本百合子の往復書簡は、丁玲が南京で国民党政権に監禁されていて書いてもらうことができなかったためと、日中戦争がすでにはじまってしまったために、実現しなかった。（『記憶』一五三頁）

中野重治（一九〇二～七九）は、一九三一年に非合法下の日本共産党に入党し、三二年四月に多くのプロレタリア文学同盟員とともに逮捕され、刑務所に拘留された。その後、三四年五月に転向して出獄した。「転向」の問題について最も優れた考察をした藤田省三（一九二七～二〇〇三）は、中野を「転向・非転向者」だとしたが、簡単に言えば、中野は出獄後も実質的にはほとんど「転向」することなく、戦争の進行に批判的であり続けた人物である。だからこそ、一九三七年十二月に、内務省警保局は、中野重治、宮本百合子、戸坂潤など七人を名指しで、彼らの原稿掲載を見合わせるようにという「内示」を雑誌社に出したのだった。(6)

その中野が、日中文学者往復書簡という『文藝』の企画の第一回目に登場した。中野と蕭軍（一九〇七～八八）との間の「文藝通信」が一九三七年七月号、つまり日中全面戦争が始まる七月七日の直前に出た。(7)そして、第二回目が同じ年の九月号に夏衍（一九〇〇～九五）と久板栄二郎（一八九八～一九七六）の「演劇通信」として出た。(8)

この往復書簡のなかで、蕭軍は次のように書いている。

私は今後中国と日本とが新文学の創作と評論との方面で、一層多く相互にこれらを系統的に紹介し、かくて文学上に相互の研摩と両国の人民たちが共同に求めてゐるものは何かをもつと了解する効果とを収めるべきだと思ひます。だから私は相互に毎月一回「中日文学通信」をやることが必要だと主張します。それらは実に両国の文学に従事する者と読者らとに、各自の長所と短所とを、かくて又両国の文学上の運行の主流が、どのように進展してゐるかを、明瞭ならしめることを援けることが出来るのです。(9)

中野は、蕭軍の書簡への返信に、この部分をそのまま引用し、「あなたのこの言葉はそっくりそのまゝ私達の言葉です」と書いた。ここに提案された月々の「文学通信」は、その当時においてはむろん実現されないままに終わった。中野の文章も短いものであり、内容的に充実していたというより、双方のエールの交換という趣ではあった。

第二回の夏衍と久板栄二郎の「演劇通信」では、まず夏衍が久板の長編戯曲「北東の風」（『文藝』一九三七年四月号・二百枚）を読んで、資本家である豊原恵太という登場人物の描き方に対して率直な批判をしているが、ここでは内容に立ち入ることは省く。

この第二回の「演劇通信」の最後に、「読者諸氏へ」という編集部の断り書きが出ていて、そこには、次のように書かれていた。

常に本誌が隣邦中国の現代文学の情勢に関心を持ち、その翻訳移入に努力し、併せて文学を通じて両国間の親善に多少尽くして来たことは読者諸氏の先刻御承知の通りである。

現在、好評裡にある両国文壇の花形作家諸氏による文芸通信もその一企画であった。

然し、今般の事変突発の為に、暫くの間中止するのやむなきに至つたことは残念である。

この友情と親愛に満ちた通信が再び本誌上へ一日も早く復活することを読者諸氏とともに切望したい。(10)

ここに書かれている通り、この往復書簡の第三回目、宮本百合子（一八九九〜一九五一）と丁玲（一九〇四〜八六）の往復書簡は実現しなかった。『征きて還りし兵の記憶』では、当時丁玲は国民党政権に捕らわれていたかのように書かれている。『丁玲自伝』(11)を見ると、丁玲はすでにそこから逃れていたことがわかるが、当時の日本人にはそこまでの情報は行き渡らなかったのだろう。

私は先に、谷崎潤一郎が一九二六年の中国旅行のさいに、「彼の地の若い芸術家連」と交流したことにふれた。その交流と『文藝』の「日中文学者往復書簡」の企画とを比べるとどうであろうか。

その点を、竹内好の論文「支那と中国」（一九四〇年）も併せながら考えてみよう。のちに名著『魯迅』（一九四四年）を刊行する竹内は、中国文学研究会の発行した『中国文学月報』に言及し、

その後の芳しからぬ成績を除外して云えば、当時いかに僕らの片々たる冊子が一部支那人の信頼を博したか、疑う人はそのころの『文学』その他を見よ。僕らの会はまず支那に存在を知られた。僕らの雑誌が日本の雑誌目録にさえ載せられぬ中に支那で翻訳され紹介された。(12)

と書いていた。(13)

また、一九二〇年代末から三〇年代初頭にかけての時代に言及し、竹内は次のように書いている。

とにかく、文学の面だけを見ても、日本と支那が共時的に接近したのは左翼運動流行の時代あるのみである。マルクス主義が一種の世界主義であり、その風潮が世界的であったためであろう。日本の文学の課題が同時に支那の文学の課題であり得た。その後の支那文学は日本文学からの影響を絶った。(14)

ここに引用した竹内の言葉と、先に見た谷崎と中国文学者たちとの「交遊」を併せ考えてみよう。谷崎の「交遊」が基本的に谷崎個人のものだったのに対し、『文藝』の「交流」はもう少し幅広い交流を目指していた。中国文学研究会の「中国文学月報」も一定の影響力はあったろうけれども、『文藝』はより広い読者層を対象としていた。

『文藝』における「日中文学者往復書簡」の企画は、「左翼運動流行の時代」が終わった後になされたものではあるが、思想的系譜としてはそれに近いものであり、日中の文学者たちの継続的な連携を図ろうとするものであった。

谷崎潤一郎の「きのうけふ」（一九四二年発表）という『文藝春秋』連載のエッセイは、彼の「上海交遊記」（一九二六年）の時代を回想して、次のように書いている。

もう一遍あゝ云ふ親善の光景に廻り会ひたい願望の切なるものがあり、今の上海へ行つてもあの時の主な人達には殆ど誰にも会へないのだと思ふと、転た寂寥の感なきを得ない。これは今云つてもう追つ着かないことではあるが、せめてあの時分から日支双方の文壇人の間にあゝ云ふ会合がもつと頻繁に催され、又相互の作品の翻訳紹介がもつと盛に行はれてゐたならば、それが両国民全般の融和と諒解とを促進する上に何程か役立ちもし、引いては不幸なる事端の発生に対しても幾分の防壁になつたことであらう。(15)

これは、日米開戦から数カ月後の谷崎の文章である。『文藝』における「日中文学者往復書簡」の企画は、日中「相互の作品の翻訳紹介」を行ない、「両国民全般の融和と諒解とを促進」しようとしたものであったと言うべきだが、中途で断念を余儀なくされた。一九三七年とは、そういう年なのであった。

第三節　『文藝』と中国人作家たち

「日中文学者往復書簡」を企画・掲載した雑誌『文藝』が、中国人作家の作品や中国関係の記事をどのくらい掲載していたかを並べると、次のようになる。

一九三四年二月号　郭沫若「自然への追懐」
一九三六年二月号　魯迅「ドストエフスキーのこと」
一九三六年五月号　鹿地亘「魯迅と語る」、魯迅「阿金」
一九三六年十二月号　池田幸子「最後の日の魯迅」、木村毅「魯迅さんとショオ翁」、魯迅「死」、魯迅「中国文学の統一戦線」、竹内好「最近の中国文学」
一九三七年六月号　周作人「日本に居た頃の魯迅」
一九三七年七月号　簫軍「中国から日本へ」、中野重治「日本から中国へ」
一九三七年八月号　スメドレイ「馬」
一九三七年九月号　座談会（鹿地亘・武田泰淳）「今日の中国文学」、夏衍「中国から日本へ」、久板栄二郎「日本から中国へ」
一九三七年十月号　周作人「東京を懐ふ」
一九三七年十一月号　林語堂「わが郷土」、パアル・バック「若き支那の自覚」、周作人「二つの支那の礼讃」、蕭紅「馬房の夜」

一九三七年十二月号　蕭軍「(小説) 同行者」、中国文学研究会編「現代支那文学事典[16]」
一九三八年一月号　周作人「北京に踏みとどまる」
一九三八年二月号　老舎「『大いなる時代』と作家」
一九三八年三月号　スメドレイ「太原へ向ふ」、景宋「医者」
一九三八年四月号　トレチャコフ「四川の少年」
一九三八年十月号　山本実彦「この頃の周作人」
一九三八年十一月号　増田渉[17]「最近支那文学消息」
一九三八年十二月号　張天翼「(小説) 華威先生」
一九三九年五月号　魯迅「(未発表) 最後の日記」
一九三九年八月号　胡風「昏迷の中にて」

という次第である。

このように見ると、三三年秋創刊の雑誌『文藝』には、山本と連絡のあった魯迅関係の作品や記事を除けば、当初は中国関係の作品はほとんど見られなかったと言える。それが、三七年・三八年に急増する。それがまさしく編集者小川五郎の方向性であった。その流れのなかで、日中文学者の往復書簡も企画されたのだった。

日中戦争が開始された一九三七年の夏から秋にかけてという時点での、このような往復書簡の試みは、政治的・軍事的な観点からは影響力はないと言えるにしても、日中の交流史において、あるいは思想史的な遺産として無視されてよいことではない。また、当時、中国人作家たちの作品がこれだけ紹介されていた点も注目に値する。

先ほど引用した高杉の文章のなかに、「当時の文芸雑誌に許されたぎりぎりの政治的な発言」という言葉が見える。これは、当時の雑誌は政治問題を取り上げるには「供託金」を出しておくことが必要だったので、「供託金」を出している時局雑誌、出していない文芸雑誌にわけられていて、文芸雑誌は直接的に政治問題を扱うことはできなかったけれども、『文藝』が実質上はかなり政治に関わるものを取り上げていたことを指す。

改造社の場合、時局を論じた文章を掲載できる雑誌は『改造』だった。『改造』にも、中国人が執筆した記事は少なくない。ここでは便宜的に、郭沫若、蒋介石、孫文、毛沢東、魯迅の作品だけ（戦後に掲載されたものは除く）をあげておこう。

郭沫若「創作　王昭君」一九二六年七月増刊
「現代支那政治家論」一九三三年十月号
「創作　武昌城下」一九三五年五月号
「日本を去る」一九三七年十一月増刊
「蒋介石を訪ふ」一九三七年十二月増刊
蒋介石「民族復興運動」一九三六年四月号
「日支事変に対する宣言」一九三七年九月号
「近衛声明に応ふ」一九三九年二月号
「全国軍民に告ぐるの書」一九四〇年四月号

孫　文「大亜細亜主義の意義と日支親善の唯一策」一九二五年一月号
「民国の誕生するまで」一九三七年十月増刊
毛沢東「持久戦を論ず」一九三八年十月号
「抗日游撃戦論」一九三八年十一月号
「世界新情勢と中国の前途」一九三九年十一月号
「対談　毛沢東・スノー」一九四〇年四月「時局増刊」
「憲法促進と抗日」一九四〇年六月号
魯　迅「文豪ショウを迎えて　SHAW とSHAW を見に来た人々を見る記」一九三三年四月号
「火・王道・監獄　二三の支那の事について」一九三四年三月号
「現代支那に於ける孔子様」一九三五年六月号
「私は人をだましたい」一九三六年四月号
「諷刺詩三篇　散文詩集『野草』より」一九三六年九月号
「深夜に誌す」一九三六年十二月号

『改造』における中国人執筆者の登場回数を多いと見るべきか否かは、判断するのが難しい。何と比較するかも問題である。『改造』と『文藝』を比べるなら、『文藝』よりは『改造』の方が頁数は多いことも勘案すると、回数あるいはその比率は『文藝』の方がまさるかもしれない。しかし、蒋介石、孫文、毛沢東と並んでいるのを見れば、頁数だけ比べてもあまり意味がないだろう。

改造社では、山本社長が中国に大いに関心をもつ一種のアジア主義者であったし、魯迅とも親しかった。『改造』編集部も中国関係の記事を積極的に載せていたように見える。改造社はそういう会社だったから、改造社の『文藝』に日中文藝通信が載っても不思議はないかもしれない。

では、『文藝』の編集主任だった小川五郎、つまり高杉一郎は、そういう出版社にいたから、日中文学者間の往復書簡という企画をしたのか。


一九三一年九月一八日、日本の軍部がいわゆる「満州事変」をひき起こしたとき、私は東京高等師範学校から東京文理科大学へ進んでいた学生だった。東京高師にはむかしから多くの中国人留学生が学んでいたが、このとき愛国主義的な留学生の多くは学業を放棄して祖国に帰っていった。そのなかには私が親しくしていた友だちもまじっていた。黙ってそれを見送る以外、どうすることもできなかった日のことは、いまもつらい思い出として残っている。(『記憶』一七頁)

小川が『文藝』担当になった一九三六年ごろは、日本国内は軍国主義化の度を強め、中国にいた日本軍は、その占領地域を広げつつあった。それがやがて三七年七月の日中戦争開始に至るのだが、その直前の時期に、『文藝』の「日中文学者往復書簡」が企画され、一部が実現したのだった。そこに時代に対する小川五郎の抵抗の意思が働いていたとみるべきである。

小川は、「日中文学者往復書簡をやることになったのは、東京高師に中国人留学生たちがいて、親しくしていたことも大きい」と、その抵抗の意思の前提について回想している。

中国関係の記事を載せれば売れるというような商売上の判断とは別に、中国人留学生との間の友情が、編集者としての小川のあり方に多大な影響を与えていたと言えよう。

以上を要すれば、「日中文学者往復書簡」の企画も中国の文学者たちへの誌面提供も、一九三七年という「昭和史の決定的瞬間」において、「当時の文芸雑誌に許されたぎりぎりの政治的な発言として、中国に対する日本の侵略戦争に反対する」という小川の意思から生じたのであるし、これが編集者としての小川の最も重要な仕事であったとしなければならない。そして、それを具体的にサポートした人びとは少なくないが、代表的なのは、『文藝』三七年十二月号付録の「現代支那文学事典」作成などに協力を惜しまなかった竹内好たち中国文学研究会の面々であった。

そして、その抵抗の姿勢、それを貫くための連帯、そして勇気は、特定の政治的党派的な立場からのものではなかった。それは、小川が改造社に入る動機のひとつになった尾崎行雄の論文「墓標の代わりに」を継承するような姿勢であり、これが小川の場合にはエスペラントを学んだ国際主義的な精神ともつながっていたと見るべきであろう。

このように見るならば、『文藝』における日中文学者の交流は、記録され、記憶されなければならない。

次に、この日中文学者往復書簡のトップバッターとなった中野重治と小川との関わりについて述べたいが、その前にこの節で言及した蒋介石や毛沢東の『改造』所収論文がどのようなものであったかを、ここで見ておきたい。小川五郎自身は『改造』の編集を担当したことはないので、以下の記述は小川の伝記からは少し離れることになる。それゆえ、当時の『改造』の一面を、「補説」として言及しておくことにする。

《補説》蒋介石と毛沢東の『改造』所収論文

『文藝』における「日中文学者往復書簡」のころ、つまり、一九三七年七月の盧溝橋事件直後に、蒋介石の「日支事変に対する宣言」が『改造』九月号に掲載された。これは、同年七月十七日「盧山談話会席上での演説」だという。ここから少し抜き書きをしてみよう。

第一、中国民族は本より甚だ平和を愛好し、国民政府の外交政策は、従来主張せる通り、内に対しては自存を求め、外に対しては共存を求めてゐる。（一八三頁）(18)

第二、今回の盧溝橋事件に就て、これを偶然突発の事件と見做す者もあるが、一月以来、対手方の与論と、外交上直接間接の表示によると、我等をして事変発生の徴候を感ぜしめ、かつ事変発生前後には、種々の新説が伝へられた。〔中略〕してみると、今回の事件は決して偶然ではない。（一八四頁）

第三、万一真に避くべからざる最後の関頭に到着したならば、我等は当然ただ犠牲あり抗戦あるのみである。（一八五頁）

第四、盧溝橋事件の中日戦争に拡大するやいなやは、全く日本政府の態度にかかる。和平希望の断続の鍵は、全く日本軍隊の行動にかかる。（一八五頁）

もし戦端が一たび開かれたら、即ち地に南北の分なく、年に老劫の別なく、何人に拘わらずみな守土抗戦の責任あり、みな一切の犠牲を抱定する決心がなければならぬ。（一八六頁）

というのである。

これは、資料紹介のような形で掲載されており、国民政府側の姿勢を伝えるものである。

その約一年後、毛沢東の「持久戦を論ず」が、『改造』一九三八年十月号に掲載された。ちなみに、当時の『改造』や『文藝』は、一冊を通じて一貫した頁付けがなされておらず、この十月号の場合は三種類の頁付けがなされている。その最初の部分は政治・経済を主内容とする部分で百十二頁、最後の部分に小説などが百四十四頁あり、中間にその他の「中間読み物」四百十六頁が配置されている。全部で六百七十二頁という大冊である。「持久戦論」は「中間読み物」の部分に入っている。

それはともかくとして、「持久戦を論ず」の内容は、今さら紹介するには及ばないかもしれないが、当時の雰囲気の一端を知るために、少し引用してみよう。

冒頭に、「問題の提起」とあり、次のように始まる。(19)


われわれの抗日戦争の一周年、七月七日がもうやつて来た。全民族の力量を団結して、統一戦線を堅持し、抗戦を堅持し、敵人に向つて勇敢な戦争をはじめてから、もう一年になるのだ。

そして、「問題の根拠」が、いささか教義問答風であるが、次のように書かれている。


抗日戦争は何故に持久戦であるか？　最後の勝利は何故に中国のものであるか？　それはどこに根拠をおくものであるか？

日支戦争は何も特殊な戦争ではない、つまりは半植民地半封建の中国と日本の間に、二十世紀

四十年代に進行する一つの決死的な戦争だ、すべての根拠がここにある。（三九八頁）

とし、以下、「持久戦の三段階」が説明され、「抗日民族統一戦線」が堅持されれば抗戦・持久戦が堅持され、それが最後の勝利につながるのだと語られる。

こうして、「日本は必ず敗れ、中国は必ず勝つ」（四一一頁）と結ばれる。

この論文には訳者名は付けられていない。この『改造』の巻末にある「編輯だより」には、「中国共産党梟首毛沢東の最近発表された一文も亦た読者の参考の資になり得るものだ」とある。注目すべきことに、この「持久戦論」には伏せ字がない。「読者の参考に資」するとして掲載したのだと当局には説明できると編集サイドは考えたのであろう。

翌月の『改造』十一月号にも、毛沢東の論文「抗日遊撃戦論」が掲載された。その論文の前に、編集部の紹介文が付けられている。ここにも、編集部の同じスタンスを見て取ることができる。それは、

本稿は支那共産党中央機関紙「新華日報」六月二十一日の紙上に発表されたものである。敗退に次ぐ敗退の彼等が、最後の必死のもがきとして試みんとするのが此の「遊撃戦術」である。吾々はその如何なるものであるかを了知して、之に対処することが必要であると思ふ。[20]

というものである。この論文にも伏せ字はなく、「編輯だより」にも言及はない。

増田渉がのちに回想するところによれば、これらの毛沢東の論文は、当時、山本実彦社長が中国か

ら持ち帰った資料に含まれていたものだったという。

〔山本〕氏は上海で〔抗戦資料について〕聞いてきたようで、これを翻訳して雑誌に載せろといわれ、毛沢東氏の『新段階論』(或は『遊撃戦論』か)を「改造」に訳載したことがある。但し「毛沢東」という署名だけで、訳者名は出さなかった。社内の私の翻訳だったからである。同じく毛氏の『遊撃戦論』も、この方は「大陸」ではなかったかと思うが訳載した。これは山本氏の指示というより、私が山本氏に諮って出したように思う。このころ私は「毎日新聞」社へよく立ち寄って、東亜部の田中香苗君(のち「毎日新聞」社長)に原稿を依頼したり、情報を聞いたりしたものだが、また特派員が持ち帰った中国の出版物をもらったりしたので、その中から選んだようにも思う。とにかく毛氏の『新段階論』や『遊撃戦論』を訳して雑誌に載せたが、ひょっとしたら日本で毛氏のものを訳して紹介したのは「改造」が、そして私が最初期に属するのではないかと思う。

それで思い出すのは、毛氏については当時はまだ一般にはほとんど知られなかったし、それを初めて雑誌に載せたとき、内務省だか警視庁だかの外事課から社に電話があって(訳者の私がその電話を受けた)、あれは毛沢東が直接、寄稿したものかと訊いてきた。もちろん当時毛氏は延安にいて、また国民党の監視下にあったときだ。延安のような中国でも僻地から、どんなルートで、またどんな理由で、侵略者日本の商業主義雑誌に、直接毛氏が投稿することがあろうか。日本の治安関係役人も、まだそのころはそれほど無知であった。[21]

という。毛沢東の「遊撃戦論」は、『大陸』ではなく『改造』に掲載されているなどということもあり、増田の回想にはいささか不正確なところがなくはないが、この回想からは、次のようなことを指摘できよう。

第一に、山本実彦社長は「中国通」を自任するだけあって、自ら中国関係の資料を収集し、それを改造社の出版物に反映させようとしていたこと。

第二に、毎日新聞社にも中国情報にかなり通じた人材がいたらしく、山本のような存在が「特殊」ではなかったらしいこと。

第三に、当局は、『改造』などを弾圧の対象としてのみ見ていたのではなく、資料収集の一手段とも見ていたらしいこと。

ついでながら、ここに第三として書いたような具合に見られない雑誌は、じつは有力雑誌の資格をもつとはいえないのかもしれないが、それはともかくとしよう。

『改造』一九三九年二月号に、蒋介石「近衛声明に応ふ」が掲載されている。これには編集部の前書きがあり、「汪兆銘の脱出以来、蒋政権はいま重大な危機に瀕してゐる。崩壊し行く抗日政権の首領蒋介石は、果して何を感じ何を考へてゐるか。」彼は、近衛前首相の談話を取り上げて、これに「ヒステリカルな攻撃」を加えた。それをここに紹介する、とされている。その蒋介石の言葉は、例えば次のようなものである。

我々はただ日本といふ国を惜しむ。往年の維新の志士が幾多の心血と精神とを犠牲にして始めてかかる強盛な国家を造り上げたのに、今や民衆は力無く、政治家は節操と識見を有せず、みすみす国本を動揺せしむる路を辿りつつあるのを傍観してゐるのである。このままで行けば日本といふ国家は実に危険千万、考へるに堪えないものがある。吾人は日本と両立しない地位にある敵であるが、我々と日本の民衆は何といつても隣邦であり、同文の氏族であるが故に、彼の歴史に由つて彼の前途を思ひ、まことにその危機を感ずるのみならず、彼等のために惜しまざるを得ないのである。（四四二頁）

このような中国側からの呼びかけを、『改造』は発信していた。

この後も、先に示したように、蒋介石「全国軍民に告ぐるの書」（一九四〇年四月号）、毛沢東「世界新情勢と中国の前途」（一九三九年十一月号）、と掲載される。

さすがに、蒋介石「全国軍民に告ぐるの書」になると、「（中略）」という個所が出てくるが、これは検閲を考慮してのことであろう。また、××という伏せ字が十数カ所にわたっている。単に「資料」として紹介するという形も許されなくなってきていることがうかがえる。しかし、ここではこの程度の紹介にとどめておこう。

第四節　中野重治

ここでは、「日中文学者往復書簡」第一回目に登場した中野重治と小川の関わりがどのようなものであったかを見たうえで、一九三七年ごろの中野のことを素描しておこう。

高杉『記憶』には、シベリアから帰還した小川が、その体験を聞いてほしいと、日本共産党の参議院議員だった中野重治を訪ね、語った日のことが鮮やかに描かれている。

中野重治は私をあたたかく迎えてくれた。向かいあって坐った私は、シベリアに連れていかれてからの自分の経験を話しはじめた。集中営の生活や労働のことからはじめて、バアム鉄道建設路線沿いにならんでいたたくさんの囚人ラーゲリや、密林のなかで働いていたロシアの労働者たちのことを筋道もたてずに話した。イルクーツクの街路のいたるところにならんでいたスターリンの肖像のことも話したし、労働の現場でいっしょになったロシア人たちの多くがスターリンのことを「あの口ひげ野郎が！」とののしったことも話した。中野重治は辛抱づよく私の話を聞いてくれて、いちいち反駁することはしなかった。（『記憶』一五七頁以下）

という。中野に話をしたことをきっかけに、小川は彼のシベリア抑留記である『極光のかげに』を書き始めたのである。また、別の箇所では、次のようにも述べられている。

中野重治さんは私にとってはたいへんなつかしい作家である。という意味は、中野さんと私とのあいだにいくらか個人的交渉があったからということもあるが、それよりなにより私が中野さんの文学のなかに「同時代の作家」を発見するからである。〔中略〕

私は中野さんの文学のなかに私自身が生きてきた時代、人生のところどころで私自身が直面してきた知的、道徳的な問題が最も集約的にえがかれているのを感じる。〔中略〕

昭和のはじめ、二十歳ぐらいであった私が、社会科学研究会というのに参加すると、そこに韓植という朝鮮の詩人がいて、詩人中野重治の風貌をよく語った。もっとあとで知りあった王執中という中国の留学生は、中野重治の評論を翻訳しては上海の本屋に送っていた。そういう友だちのなかで、私自身も中野重治をよく読んだ。（『家族たち』一二二〜三頁）

太田　中野重治の作品を最初に知ったきっかけは何でしたか。

小川　「雨の降る品川駅」などよりも前に書かれたゴーリキー論に感銘を受けたと思うが、はっきりしない。

中野の詩「雨の降る品川駅」は、『改造』一九二九年二月号に掲載されたが、そこには多数の伏せ字があった。

松下裕によれば、「『春さきの風』が中野重治の小説の処女作とすれば、文壇的な意味での出世作は、一九三〇年二月号の『改造』にのった『砂糖の話』だった。」[22]

中野重治が一九三七年七月号以前の『文藝』に載せた作品を検すると、三五年には「戦うことと避けて通ること」（二月）、「鈴木・都山・八十島」（四月）、「青梅記」（七月）などが、三六年には「批評家と作家との間」（五月）などがあるから、『文藝』編集者になった小川が中野の面識を得るのは時間の問題であったろう。同じころ、中野の「転向」後の小説「村の家」が『経済往来』（一九三五年五月）に出て、さらに『改造』一九三六年一月号には、「小説の書けぬ小説家」が発表されていた。

他方、読者は中野の作品をどう受け止めていたか。

京都大学の医学部を出て医局に入っていた松田道雄は、先にふれた『私の読んだ本』の中で、中野にしばしば言及している。——

「文学評論」で知った小熊秀雄の詩[23]はよかった。みんながうなだれていたとき、この詩人は、その重い心臓疾患にかかわらず頭をまっすぐにしてうたった。

〔詩の引用略〕

おなじ意味で中野重治氏も鞭打ってくれた人だった。蔵原〔惟人〕や小林〔多喜二〕がいなくなったあとで、彼がいちばん正統派の立場をまもっているように思えた。総崩れのなかで、ひとりふみとどまって叱咤していた。日記のすみっこに、めだたぬように中野の「三つのこと」は実にいいとかいてあるが、それは昭和十年三月号の「文学評論」にのった「三つの問題についての感想」のことであった。[24]

そうかんたんに理性は窒息するものでないことをしめしてくれたのは、やはり中野重治氏の作品であった。「空想家とシナリオ」〔『文藝』一九三九年八月号～十一月号。単行本は改造社、一九三九年〕がでたのは〔松田の自著〕「結核」をかいている途中だった。[25]

松田道雄が読者の代表ということではむろんないが、ある程度の数の読者の読みの傾向を示しているとはいえよう。当時の松田も、小川の場合とは別の感受性であったにせよ、中野に「同時代の作家」を見ていた点では共通であった。

中野は、「汽車の罐焚き」〔『中央公論』一九三六年六月号〕の前に「小説の書けぬ小説家」を発表していた。

その小説で、小説の書けない小説家である高木高吉は、「刑務所で死ぬのがいやになって、悪うございました、もうこれからは決していたしませんとあやまって勘弁してもらった人間だった。」しかし、「高吉の書きたいのは戦争がかもし出した問題そのものだった」と書き、次のように続ける。

彼は威勢をつけたくて永井荷風を引きだして読んでみた。永井荷風はうまかった。しかし古くさかった。彼は鷗外を引きだして読んでみた。鷗外は新しかったけれども固まっていた。彼は手あたり次第に雑誌を引きだしてやくざな新進作家たちを読んだ。どれも下手でたわいがなかった。そうして、そういうやくざな小説が小説で通っているのに元気づけられるのを感じ、すぐまたそのことの情けなさを感じた。(26)

このように書いていたころの中野のことを調べてみると、中野は、「三七年ちゅうは、三六年末から保護観察処分を受けたままそれでも私は書くことができた。八月はじめには戸坂潤と二人で富山へ講演に行つてもいる」(27)と回想している。

三七年始めの評論のうちから、「文学における新官僚主義」を見よう。その書き出しは、

横光利一のしばらくぶりの小説「厨房日記」を読み、小林秀雄の『東京朝日』の「文藝時評」を読み、『読売新聞』の文学者座談会と『文学界』二月の「現代文学の日本的動向」座談会との記録を読み、どこでもかしこでも私は非常にいやなものを感じさせられた。そのいやさ加減というのが、それについて書いたり考えたりすること自身しんそこいやなような、同時にそれについて考

えもし書きもしずにいられぬといつた種類の、やつかいないやな感じで、去年（一九三六年）の暮れのたしか二十五日の真夜中、非常な大ごえで日独防共協定の成立がラジオで発表されたが、いま言つたいやな感じの性質があれにやや似ているなと感じ、日本で今いちばんいやなものの一つが例の新官僚主義とかいわれるやつなのだが、私はいよいよ文学にも新官僚主義の擡頭ということになつたわいと感じたことだつた。(28)

となっている。そして、横光や小林の「いうことが正しいということになれば、日本のナショナリストがデマゴーグでなくなつて私などがデマゴーグだということになり、日本にたいするやくざな『絶望主義者』、役にたたぬ『現代の予言者』ということ」になるのだから、「私としてはいやな気持ちになつたのも当たりまえのことかも知れぬ。ところで再び彼らのいうことが正しいとすれば、日本は現在あるがままでしごく明るいことになり、日本の現実生活は絶対相容れぬ二つのものに裂けた状態から調和ある純粋な統一物になることになり、私たちはそれに愛情をそそがねばならぬということになる」のだ。しかし、「彼らのいうところは読めば読むほどたわいのないものだつた」と断じる。

この迫力。小川はこのような中野に注目していたに相違なく、だからこそ、「日中文学者往復書簡」の劈頭に中野を据えたのであろう。

小川と中野重治の関わりという点で私には印象深い話があったので、ここに付け加えておこう。それは、二〇〇三年九月、小川五郎がその妻・順子夫人を亡くした直後のことである。結婚以来、シベリアに抑留された時期もあったが、七〇年をともにしてきた夫人の逝去を小川からの葉書で知らされた私は、九月二十五日に小川宅に出向いた。そこには、骨壺を入れた箱が置かれ、花が飾られていた。何枚か写真が掛けられていた。一枚は、小川氏復員の時の写真とのこと、真ん中に順子さんの母堂が座り、小川夫妻と、三人のまだ小さい娘さんが写っている。この母堂について、

小川　この人は水戸藩の藩士の娘。心の広い人で、結婚したぼくのことを「いい婿さんだ」と喜んでくれた。阿佐谷に家があり、順子とその妹の寿恵子はここで育った。戦中はこの母は寿恵子とともに〔「満州」の〕「新京」にいて、敗戦とともに日本に戻ってきた。この母は、伊豆にいた順子の所で暮らすこととなり、寿恵子は空き家になっていた阿佐谷の家に戻って職探しを始めたという。一九四六年のことだった。そのさい、順子は〔宮本〕百合子さんに手紙を書き、いい就職先があったら紹介して欲しいと頼んだ。すると、百合子さんから返事があって、自分の秘書としてどうかということになった。当時の百合子さんは、「歌ごえよ、起これ」を書いていて、全集も出ることになり、忙しい生活を送っていた。そこで秘書にやとったわけだ。

と話した。この人間関係も複雑だが、本書のテーマである改造社時代のことではないので、ここでは割愛しよう。また、宮本百合子については、のちにまたふれよう。

私が訪ねたとき、夫人を亡くして悄然としていた小川は、「ぼくが今一番話をしたいのは、もし生きているなら、中野重治だ。彼は、なつかしい人だ」と述べた。小川にとって中野は、このように偲ばれる人なのかと強い印象を受けた。

第五節　トーマス・マン「往復書簡」

「日中文学者往復書簡」の企画が進行していた一九三七年に、小川五郎訳の小説や評論が『文藝』に登場しはじめた。その嚆矢と言うべきは、『記憶』に言及のある三七年五月号のトーマス・マン（桜庭武一〔小川のペンネーム〕訳）「往復書簡」であろう。『文藝』の編集に取り組んだ小川が、「今の時代の文学的表現」を目指したという点にはすでにふれた。これを言い換えれば、「現代の文学的把握」と言ってもよかろうが、この把握への志向から、次のような考えが出てくる。

小川　当時、ぼくは『マリアンヌ』というフランスの週刊文化新聞とトーマス・マンが創刊した『マース・ウント・ヴェルト〔尺度と価値〕』を購読していたが、これをなんとかして編集の中に取り入れたいと思った。

そこでぼくは、トーマス・マンのブリーフ・ヴェクゼル〔往復書簡〕を訳した。ぼくはこのことを誇りにしている。これは、ボン大学がかつてマンに与えた名誉博士号を破棄すると哲学部長名で伝えてきたことに対するトーマス・マンの抗議だった。

このブリーフ・ヴェクゼルを、ぼくは日本橋三越本店の書籍部で手に入れた。ここにはドイツ語のよくできる小松太郎さんがいて、時局にかかわるいい本を揃えていた。

それから、ゴーリキーが死んだとき〔一九三六年〕に『マリアンヌ』に未発表として載っていた短篇「夏の夜」を訳すとか、トーマス・マンが『ネイション』に書いた「マサリックを憶ふ」（『文藝』一九三八年二月号）を訳したりした。

太田　そういう方向性が読者に受け入れられたということですね。

小川　ともかく『文藝』はよく売れた。ぼくは『文藝』を思想雑誌にしてしまった。それは、当時の学生などによく読まれた。やがて、売れ行きで『新潮』を追い抜いた。『文藝』の編集部員はみんな、支配人の山本三生（山本実彦社長の実弟）から金一封をもらったよ。

小川が構想した「現代の文学的把握」のためには、日本の作家や評論家たちに原稿を依頼しているだけでは足りない。こう考えた小川は、ここに明瞭に語られているように、自らも外国文学や評論の紹介を始めたのだった。

マンの「往復書簡」は、次のようなものである。まずは、ボン大学からの書簡。その全文を引けば

――

ライニツシエ・フリードリツヒ・ウイルヘルム大学哲学部　第五八号

ボン　一九三六年十二月十九日

本哲学部は貴下の市民権喪失後、貴名を名誉博士名簿より削除するの必要を認むるに至りし旨、ボン大学総長と申し合せの上、小生より御通知申上候。貴下の本称号に対する権利は、本学博士号授与法第八条により効力を喪失すべきものに御座候。

（不明）学部長

作家　トオマス・マン殿

というもの。これに対する「公開書簡」であるマンの返信の冒頭――

学部長足下！

十二月十九日付の足下よりの悲しき御通知を拝受いたしました。それについて、以下御返事申し上げたいと存じます。

ドイツの大学は、歴史的な時期に対する恐しい誤解から、ドイツを道徳的にも、文化的にも、経済的にも破壊する極悪無道の権力の養士と化し、以て今日の一般的な不幸に対しては大きな責を負つてゐるわけでありますが、このドイツの大学の犯した罪は、嘗つて授与された学位に対する私の喜びを早くから嫌悪させ、私がこれを帯用することを妨げたのであります。而し今日も尚私は哲学博士の称号を持つて居ります。何故かと申しますと、ハーヴアード大学が趣意書を付して新にこれを私に授与したからであります。学部長足下！　その趣意書を私はあなたに御目にかけようと存じます。

原文のラテン語をドイツ語に訳しますと、その文書には次のやうに述べてあります。――「本学総長及び評議員会は厳粛なる会議の席上、名誉ある大学督学官の賛成を得て、多数の我等同市民に生活を指し示し、寥々たる時代の同志とともにドイツ文化の高き尊厳を維持せる高名な作家トオマス・マンを名誉の為に哲学博士と呼び、これを布告し、本学位に付与されたる一切の権利と名誉を授与せり。」

奇妙なことに私の存在は海を越えた国の自由にして教養ある人々の頭の中には、現行のドイツの解釈と全く異なつて現はれてゐるのであります。而もその国に許り限られてゐるのではないと言ふことを私は一言付け加へておきたいと思ひます。上の文書中の言葉を自慢しようなどと言ふ考へが私の心に浮んだわけでは決してありませぬ。而るに今日こゝで私はそれを引用しなければならないのです。そして若しも、学部長足下（私は習慣を存じませんので）、私に送られた通告を貴大学の黒板上に貼りつけなければならないのでしたならば、この私の返事も同様の名誉を与へられることを私は衷心から望んで止みません。[29]

と始まり、以下十六枚ほどの文面が続くが、それはここでは割愛せざるを得ない。

ここに訳出された「奇妙なことに私の存在は海を越えた国の自由にして教養ある人々の頭の中には、現行のドイツの解釈と全く異なつて現はれてゐる」という箇所など、『文藝』読者は、日本の侵略戦争への批判とも重ねながら読んだに相違ない。

先に『改造』一九三七年一月号の一部を紹介し、一定の言論の自由は存在していたかのように書いたけれども、むろんそれ以前も言論弾圧にははなはだしいものがあった。三六年七月には、「講座派」の学者たちが検挙される「コム・アカデミー事件」が起こっていたし、プロレタリア文学者たちは激しく弾圧されていた。

そのような時代状況を考えれば、ナチスによるトーマス・マンへの圧迫がある時代に、それに対するマンの反論を掲載することにはむろん一定の政治的意味があった。

小川五郎編集主任は、『文藝』に「反時代的」姿勢を盛り込み、進もうとしていた。

小川はどのような作品を『文藝』に訳載したか。その主なものは、高杉一郎訳の短篇小説集『レマン湖のほとり』に収録されている。そのうち、一九三八年発表のものまでに限ると、スメドレイ

「馬」、蕭紅「馬房の夜」、ゴーリキイ「夏の夜」である。
しかし、小川が三七、八年に『文藝』に訳載したのは、これだけではない。

太田　先生の『レマン湖のほとり』に収められた作品以外にも、マンの「往復書簡」や「マサリックを憶ふ」を『文藝』のために訳されたとのことですが、そのマサリクの方には勝呂宏訳とあります。この勝呂というのは、じつは小川先生なのですね。

小川　そう。ゴーリキーの「夏の夜」もね。これはとてもいい作品だと思う。

太田　「夏の夜」は、マンの「往復書簡」の場合と同じく、ペンネームで桜庭武一訳となっていますね。

このようにして私は、『文藝』に掲載された翻訳のうち、小川の訳したものはどれかを尋ねた。それによって判明したもののうち、一九三七年から三八年にかけての翻訳を発行順に並べると、以下のようになる。(人名表記は原文にしたがう。『レマン湖のほとり』収録作品については、のちにもふれるので、便宜上その末尾に＊を付けておく。)

トオマス・マン「往復書簡」(桜庭武一訳)一九三七年五月号
H・G・ウェルズ「世界文化の架橋」(訳者名なし)一九三七年七月号
スメドレイ「馬」(訳者名なし)一九三七年八月号＊
蕭紅「馬房の夜」(訳者名なし)一九三七年十一月号＊

トマス・マン「マサリックを憶ふ」(勝呂宏訳) 一九三八年二月号
アグネス・スメドレイ「太原へ向ふ」(山宮薫訳) 一九三八年三月号
ゴーリキイ「夏の夜」(桜庭武一訳) 一九三八年五月号＊

マンの「往復書簡」については、すでにふれた。そして、同年七月号には、本書の最初および第四章第二節に紹介した「日中文学者往復書簡」の企画の第一回目が掲載された。

同じ七月号には、小川の訳したH・G・ウェルズ「世界文化の架橋」が載った。この論文には、「世界百科全書の提唱」という副題が付けられ、文末には「米誌ハーパーズより」と書かれているが、訳者名の記載はない。訳文は四百字詰めで二十五枚ほど。

この論文のなかでウェルズは、一九一四年の第一次世界大戦以降、世界の様相が一変したとし、「大戦が古い戦争とは異なつた全く新しい戦争で、昔のままの遣り口で戦争の後始末をしたりしようものなら、今日見るやうな混乱錯雑の悪結果を招くだけ」(四一頁)だと書いていた。

H・G・ウェルズの名前は、かつては日本でも有名であった。彼の『世界文化史概観』(岩波新書、上・下、一九三九年、長谷部文雄訳)は、戦後もよく読まれたし、『透明人間』や『タイム・マシン』などのSFでも知られている。戸坂潤が「俺はH・G・ウェルズだよ」と言っていたというが、それは戸坂が幅広い文明批判者としてのウェルズを想定しての科白だったのであろう。

次に、スメドレイ「馬」「太原へ向ふ」、蕭紅「馬房の夜」、マン「マサリックを憶ふ」をそれぞれ一瞥しよう。

第六節　スメドレー「馬」と蕭紅「馬房の夜」

『文藝』一九三七年八月号にスメドレーの短篇「馬（レポルタァジュ）」が載った。この短篇が「本当にいい作品」だし、「たいへん評判になった」と小川が回想していることについては、すでにふれた。「馬」は、四百字詰め原稿用紙なら十枚ほどの短篇で、『文藝』では四頁を占めているにすぎない。その冒頭は、次のようである。

馬ちゆう奴あ重宝な畜生だて、と背がヒョロ長く、色の黒い年老つた百姓は考へるのだつた。この百姓はいま自分が坐つてゐる地面の色にも紛ふ黒い色をしてゐるのだが、それがまるで石のやうにぢいつと動かないで坐つてゐる。この男が身につけてゐるものと言へば浅黒い木綿の股引だけで、それがまた地面の色と融け合つてゐる。重宝な畜生だ、とこの年老つた百姓は思ひ続けるのだつた。この男の考へてゐることは何もとりとめのない空想ではない。その証拠には、この男の眼は清河の向う側でゆつくり動き廻つてゐる一群れの馬のあとを一心に追つてゐる。あの馬がみんな第五白軍のものだなんて、なんてえ糞いまいましいこつた――ふんとうに糞いまいましい！　紅軍でもあゝいふ素晴らしい馬をせめて一匹でも使えたらなあ。この男の息子は紅軍の兵士だが、一度白軍から二匹の馬を奪つて来て紅軍の本営に引つ張つて行つたことがある。もちろん彼はそのために英雄とされてゐた。

老人は清河の北側にある紅区に坐り込んで、白軍が占領してゐる南岸の一群れの馬を河越しに見やつてゐる。敵はそこから紅区に向つて絶えず侵入兵をもぐり込まして寄越す。河が両区の境界線であつた。河向うの住民たちは、彼等の力で出来ることでさへあれば、みんなよく紅区を援けた。が、白軍がそれを見つけでもしようものならひどい目にあはせるのであつた。いま、ちようど彼の眼の前には百匹はあらうかと思はれる一群れの馬が静に草を食んでゐる。ほかには人つ子一人見えない。河を横切つてつて、あん中の一匹を引つたくつて来たらどうづら？　彼はまるで石のやうにぢいとしやがんで、思ひをめぐらし凝視めつゞけた。たしかにゐない、人つ子一人ゐない。この調子ならば、彼は河を泳ぎ渡り、見廻して見て誰も人がゐなかつたなら、馬たちがどう出るか確めて見ることも出来ようといふものだ。

　彼は河へ[30]下り、徒渉し、泳ぎ始めた。それあそおと、馬の奴あ俺の言ふなりに河を泳ぎ帰るもんづらか？

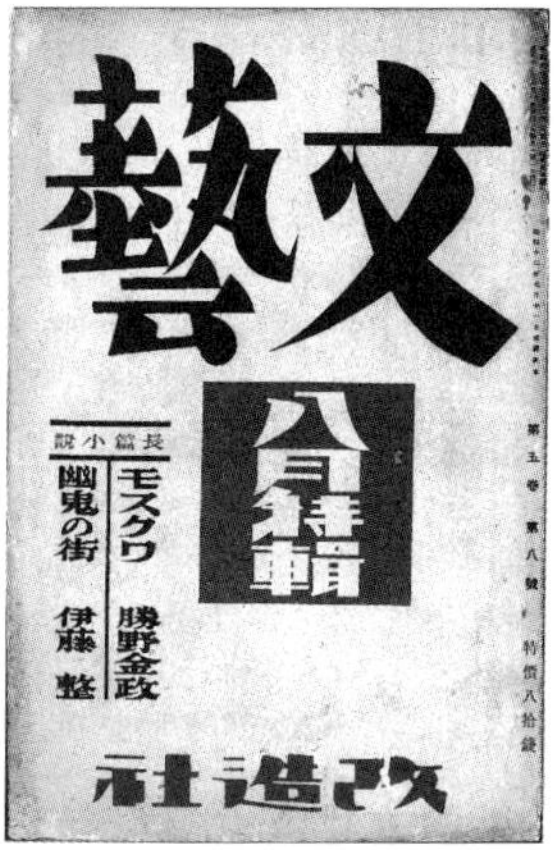

「文藝」1937年8月号表紙

　百姓の言葉が静岡弁ふうであるところに微苦笑を禁じえないが、それはともかくとして、男はやがて対岸にたどり着き、一頭の馬をなでて、その馬に乗り、泳いで河を渡り始めた。国民党支配下の白軍地区と、共産党勢力が支配的な紅軍地区との境界で、とある日に起った馬をめぐる話である。

　この老人は、うまく馬を連れ戻せるだろうか、と思いながら読んでいると、驚くべきことが起こる。文字通り手に汗を握らせるように話は展開し、なるほどこういうことがあり得るかもしれないと思わせる短篇のようでもあり、メルヘンのようでもある作品に仕上がっている。とともに、読者に、中国の一角で起こっているのかもしれない事態への想像力を喚起するものになっている。人びとの哄笑が聞こえるようでもある。

小川五郎は、戦後、スメドレーの『中国の歌ごえ』や『中国は抵抗する　八路軍従軍記』を訳して出版し、やがて、スメドレーの評伝である『大地の娘』を出すに至る。小川のスメドレーとの関わりがこの「馬」の翻訳に始まるのである。

この「大地の娘」という表題は、じつはスメドレーの著作から借りたものでもある。スメドレー自身の『大地の娘』は、一九二九年にニューヨークで出版されたが、すぐに大変な反響を呼び、高杉の評伝によれば、「日本語をふくむ二十近くの外国語に訳された」という。そして、その日本語訳は、一九三四年に改造社から白川次郎訳『女一人大地を行く』という題名で出版されていて、小川は当時、この訳書を読んだという。白川次郎というのは、尾崎秀実（一九〇一～四四）だった。

一九三四年に改造社から出版ということになれば、小川はすでに改造社の社員であったのだが、尾崎秀実に会ったことはなかったという。

太田　尾崎秀実がスメドレーの本を訳したりして、スメドレーの名前は、先生が「馬」を訳されたころには、少しは知られていたのですか。

小川　有名人ということではなかったと思う。

ぼくが戦後にスメドレーの本を訳したのは、侵略戦争への償いの気持ちがあったのだと思う。

「馬」のことを書いたついでに、『文藝』一九三八年三月号に小川が訳して掲載したスメドレーの「太原へ向ふ」についてもふれておこう。

これも、訳文では四百字詰め十枚程度の短いもの。おびただしい数の戦傷兵の様子を伝えるルポルタージュである。「馬」の場合も「太原へ向ふ」の場合も、その終わりに、「スメドレイ作、白川次郎訳、女一人大地を行く、改造社版」という小さい広告が載せられている。

ところで、この「太原へ向ふ」の冒頭には、訳者・小川のものと思われる次のような一文が添えられている。


上海に、膚施に、漢口にととびまわつてゐるアメリカの婦人通信員スメドレイは昨年〔一九三七年〕十一月上旬、潼関から太原〔山西省〕に向つた。これはそのとき彼女が目撃した敗戦支那のレポルタアジュである。日本では夢想することさへできぬこの戦傷兵の扱ひを見ても、国民党・軍閥の衰滅が必至であることがよくわかるのである。（一九〇頁）

日中全面戦争開始後の中国の一端を伝えるこのルポルタージュは、日本軍の「強さ」を伝えるものと言えなくはないが、戦傷兵たちの悲惨な姿を伝えるものであった。

『文藝』一九三七年十一月号には、当時蕭軍の夫人であった蕭紅《しょうこう》の作品「馬房の夜」が掲載された。

改造社に入ってはじめて中国の現代文学作品にふれることになった。雑誌『改造』には、魯迅の文章がしばしば発表されたし、そのなかには、魯迅がみずから日本語で書いた文章もいくつかあった。魯迅に推薦された蕭軍という満州の若い作家の「羊」という作品を私がはじめて読んだのも、『改造』誌上でだった。

蕭軍は、日本の侵略を逃れて満州から上海に移ってきた青年作家で、「羊」は魯迅が中心になって発行していた文学雑誌『作家』に発表された作品だった。

蕭軍の妻は蕭紅と言って、やはり満州から逃れてきた作家だった。彼女は雑誌『作家』に「馬房之夜」という作品を発表したが、私には中国語で書かれた文学作品を読む力はなかった。あるとき、三越本店の洋書部へいって外国の雑誌をあさっていると、*Life and Letters of Today* というロンドンからとどいた雑誌にエドガー・スノーが中国語から訳した"Night at a Stable"という文学作品がのっているのが見つかった。舞台は満州、故郷の村を離れて北大荒の地を馬で駆けめぐっている当時の日本の新聞では馬賊と言われていた抵抗者が久しぶりにふるさとの家へ帰ってくるのを年老いた主家の作男が迎える話で、しみじみとした思いのこもった美しい作品だった。私はその作品を『作家』に発表された原作を横において英訳から重訳し、自分が編集していた雑誌『文藝』に発表した。

この時をきっかけにして、私は中国の現代文学作品を日本語訳や英訳でつぎつぎに読みあさるようになった。魯迅の死後、改造社が出版した『大魯迅全集』はもちろん全巻を通読した。（『記憶』一八〜一九頁）

この短篇小説の翻訳が出た時には、むろん日中戦争の戦火は拡大し、日本軍は南京に迫りつつあった。「馬房の夜」は、「馬賊と言われていた抵抗者」が、孤立した存在ではなく、民衆のなかに溶けこんだ存在であることを、声高にではなく静かに語っているようでもある。

小川は、文芸雑誌の編集という仕事に携わりながら、視野を日本の文壇という狭い範囲に限定することなく、その時代の緊急の問題、日本の中国侵略という問題に向きあい、それを可能な言論の枠のなかで取り上げていた。

「馬」「馬房の夜」は、日中文学者往復書簡などと綯い交ぜになって、「日本の侵略戦争に反対する」「ぎりぎりの発言」だったというべきである。

第七節　「マサリックを憶ふ」

一九三七年末に起こった「人民戦線事件」で大森義太郎や向坂逸郎などの、そして、翌年二月に有沢広巳など労農派系「教授グループ」などの、『改造』常連執筆者が検挙されたことは、『改造』にとっても痛手であった。三七年末における中野重治や宮本百合子への執筆禁止の「措置」は、『文藝』にとっても打撃であった。
しかし、その困難に立ち向かうかのように、翌一九三八年二月号には、小川の訳したトーマス・マン「マサリックを憶ふ」が訳載された。四百字詰め原稿用紙で十枚ほどのものである。この追悼文は、アメリカの雑誌『ネーション』に発表されたものだという。（『記憶』一五九頁）
マサリク（一八五〇〜一九三七・九・十四）は、チェコスロヴァキア初代大統領だった。プラハのボヘミア大学で社会学と哲学を教授した（一八八二〜一九一一）経験のある哲学者でもあった。そのマサリクの死を悼んで、トーマス・マンが書いたのがこの一文である。マンは、ナチスの政権獲得の年、一九三三年にドイツを去っていた。

マンは、この「マサリックを憶ふ」で、チェコで起こった「写本合戦」のことを取り上げている。この「写本合戦」は、「チエッコの国民なら誰一人知らないものはないが、他国の読者にはおそらく説明を必要とするであらう」と、その「写本」の説明がなされる。それによれば、「チエッコ史の英雄時代に書かれた抒事詩及び叙情詩集であると称された」写本が、百年ほど前の一八一七年に「発見」されたとされていたが、ヤン・ゲバウアという言語学者がこの「写本」は後世の作り物だと主張し、その主張が新聞などから激しく攻撃されると、ヤンは作り物であることを立証する論文を書き、それを大学教授時代のマサリクが編集していた文芸雑誌に持ち込んだのだった。

マサリクは断固としてこの論文を掲載した。マンは、そのときのマサリクの次のような言葉を引用している。

写本問題は私にとつては特に道徳問題であつた。若しこれらの写本がほんたうに偽作であるならば、われわれは世間の人たちが見てゐる前でこれを認めなければならない。われわれの誇り、われわれの文化が嘘を土台にして立つてゐるやうなことがあつてはならない。それにわれわれが出鱈目な過去に引つかゝつてゐる限りは、国史を正当に理解することなどは到底できないのだ。(31)

というのである。新聞は、マサリクが「祖国を傷けるものだ」と攻撃し、「暴民はマサリックをやつつけろと云つて騒ぎ立てた。その上に、一部の大学の同僚たちの反感までも買つて、教授の職を奪はれるに至つた」という。

しかし、やがてこの「写本」が偽作であることが一般に認められるようになったし、マサリクも、第一次世界大戦後にチェコスロヴァキアが誕生したとき、その初代大統領となったのだった。

今ここに引用したマサリクの言葉は、当然ながらチェコのことを書いているのだが、マンが「出鱈目な過去」と書いたとき、そこには、ナチスの「二十世紀の神話」が念頭にあったことはすぐにわかることである。マンは、次のように書いている。

若しもこの「写本合戦」が徹底的に戦はれなかつたとしたならば、チエッコスロヴァキア共和国が拠つて立つ道徳的な足場は、おそらく今日のやうにゆるぎないものではあり得なかつたであらう。決定的に黒白を明らかにしなければならぬひとつの精神的危機によつて、未だ曾つて一度も、といふほどではないにしても長い間、清められることのなかつた民族の社会進化、或ひは道徳意識の中には、何かしら足りないところがあるものだ。そのやうな民族は馬鹿正直なので、災難な乱世がやつてくるとまんまとそれに引つかかり易いのである。今日のヨオロッパの中に、ちやうどそのやうな危機――それはその民族の善悪についての知識を押し広げてくれるので結局は身のためになるのであるが――の挑戦を受けてゐる、あるひは受けてゐると私に思へる民族がひとつある。(32)

というのである。ここの最後に言われている民族がドイツ人であることは、明記されてはいないけれども、明らかである。マンは、マサリクを追悼しながら同時にナチス批判を行ない、ドイツ民族に警告を発している。

それを訳している小川五郎の念頭には、「出鱈目な過去に引つかゝつて」いて、「国史を正当に理解することなどは到底できない」民族が東アジアに「ひとつある」という思いであったことも疑いない。二年後の一九四〇年は「皇紀二千六百年」に当たるとされるような時代だったからである。

「改造」1921 年 1 月号表紙（左）、1942 年 8 月号表紙（右）

ちなみに、例として一九二一年の『改造』一月号の表紙を見ると、上から「RECONSTRUCTION」「改造」「新年号」「１９２１」とある。それが、一九四二年八月号になると、「改造」「八月号」「国家と学問（座談会）」「世界史の動向と日本　細川嘉六」「２６０２」となっている。「RECONSTRUCTION」という表記は削除され、西暦も排除されたことを示している。

小川が、日本における文芸雑誌といえども、扱う対象を日本の「文壇」にのみ限定していたのでは「現代」を「文学的立場」から把握することはできないと考えたという点はすでに述べた。このマンのエッセイの紹介に関しても、同じことが言える。

話は戦後のことになるけれども、ここで私が連想するのは、小川が高杉一郎の名前で一九七三年に訳して出版したシュテファン・ツヴァイクの『権力とたたかう良心』のことである。ツヴァイク（一八八八～一九四二）は、オーストリアの作家であるが、ナチス政権成立後の三四年、イギリスに逃れ、ついでブラジルに移っていった。その受難経験の初期のころにツヴァイクが書いた作品の一つが「カルヴァンとたたかうカステリオン」であった。

小川がツヴァイクのこの本を知ったのは、一九三六年だったという。当時、小川は京都を中心とした戦時下抵抗誌で、海外の反戦・反ファシズム運動の情報誌でもあった『世界文化』に注目していた。その同人の一人に、ドイツ亡命作家の動きを紹介していた和田洋一がいた。そこで、小川は『文藝』にも同種の論文をと和田に依頼、それに応じて和田が執筆した紹介文に、ツヴァイクのこの本があったという。高杉は、『権力とたたかう良心』の「解説」に、『文藝』（一九三六年十一月）に寄稿した和田の文章の一節を引用している。それを拝借すれば、「カステリオンは槍をとりあげる気でペンをとった。ツヴァイクもまったくおなじような気持で、カルヴァン――二十世紀ドイツの独裁者、歴史上の全独裁者を相手にペンを走らせているのである」ということになる。

片山敏彦の創意と監修によって、戦後にみすず書房から『ツヴァイク全集』が刊行されたとき、小川は戦前からの片山との関係もあって、その一冊『権力とたたかう良心』を担当したのだった。戦後に小川がこの翻訳をしたときのことは、本書の「終章」でふれよう。

話を一九三七年に戻す。

『文藝』の編集者小川五郎は、「昭和史の決定的瞬間」、一九三七年に、トーマス・マン「往復書簡」（五月号）を訳載することから始めて、七月号には「日中文学者往復書簡」の第一回目を掲載し、同じ号にはウェルズの「世界文化の架橋」を訳載した。八月号にスメドレーの「馬」を載せ、九月号には「日中往復書簡」の二回目を掲載、十一月号には蕭紅の「馬房の夜」の重訳を敢行した。「中国文学研究会」の協力を得て、『文藝』十二月号に「現代支那文学事典」を付録として付けた。

東大の「漢学」や京大の「支那学」などのアカデミズムの学者たちにではなく、一九三四年に組織されたばかりの中国文学研究会にこの事典の編集を委ねたのは、小川がこの会の雑誌『中国文学』（当初は『中国文学月報』）を愛読していたということもあろうが、「現代」中国に注目しようという姿勢の表われと見ることができよう。

こういう小川の仕事は、一九三八年二月号のマン「マサリックを憶ふ」、三月号のスメドレー「太原へ向ふ」の翻訳にも及ぶと考えることができる。

文芸誌とはいえ小川が取り上げた作品あるいは企画は、実質上は高度に政治的であったにもかかわらず、あるいは、それだからこそ、弾圧されないような周到な配慮もともなっていたと見るべきであろう。そこには、この時代を「直視してゆずらない知的勇気」が遺憾なく発揮されていたのだった。だが、一九三七年十二月には南京占領という事態に至り、『改造』や『文藝』の編集にも、さらなる制約がかかってきた。具体的には、『改造』一九三七年九月号が発売禁止の処分を受けた。

発禁について言えば、一九一九年に創刊された『改造』だが、すでに同年九月号が発売禁止の処分を受けていたことはすでにふれた。それゆえ、『改造』の発禁は三〇年代に初めて起こったことではないにしても、やはり発禁の打撃は大きかった。このときに問題になった論文は、大森義太郎の巻頭論文「飢ゆる日本」であり、そして、数人の執筆者が書いた「北支事変の感想」のうち、鈴木茂三郎、水野広徳、鈴木安蔵、杉森孝次郎の論文が問題になったという。

『文藝』は「時局雑誌」ではなかったけれども、それに近い雑誌となっていたことも事実で、小川たち編集者は苦しい状況に直面していた。

第五章　ジャーナリストとして

第一節　一九三七年十二月以降

これまで見てきたように、小川五郎は、一九三七年を通して、さらに三八年初めにかけて見事な仕事をした。

しかし、一九三七年末、情勢は大きく変化しつつあった。「人民戦線事件」の検挙があり、『文藝』に直接関わるものとしては、中野重治たちへの執筆禁止措置があったことはすでに書いた。

岩波書店の編集部にいた吉野源三郎は、やはり時代に対する抵抗の意思を含めた「岩波新書」創刊を決めた一九三八年二月ごろのことを回想し、人民戦線事件のことに触れている。そこでは、検挙された「山川均、荒畑寒村、鈴木茂三郎氏他四百余人」は、「それまでは安全圏内にいると思われていた人々」だったという(1)。

吉野源三郎はコミュニズムに接近していたが、吉野とは違う立場の人でも同じような感慨を抱いた人はいた。一九三三年に文藝春秋社に入社し、編集者となっていた池島信平（一九〇九〜七三）は、その

『雑誌記者』（一九五八年）のなかで、

それまでに共産党に対する弾圧はしばしば号外などに出ていたが、足許に火のついたような感じを受けたのはこの二十年前の教授グループ事件であった。〔中略〕雑誌記者になって初めてのショックであった。私は共産主義に対しては最初から余り強い同情はなかったが、いわゆる自由主義の人達に対しては親近感を持っていた。これらの教授たちが検挙されたのは如何なる理由によるのであろうか。私には到底、彼らが留置場にブチ込まれるようなことをしたとは考えられなかった。ただ感じられることは、怖ろしいファシズムの跫音が、とうとうわれわれの仕事のすぐ隣りまで来たということであった。

というのである。そしてまた、この事件に伴う出版社内の変化にも言及している。

この教授グループ事件以来、急速にジャーナリズムは変貌を遂げたと思う。みずから新時代便乗のポーズをとる人が急速にふえてきた。私の同僚などでも、「これで新しい時代が来たよ」と広言した人のいるのを見て、愕然としたものである。いままで自分とおなじような考えをもち、おなじコースにあるものと思っていた人が或る瞬間からガラリと変った言動をする。また自分のいうことが正しくその人に理解されていたと思っていたのが、実はそうではなくなったのだ。しかも、その理由すら、わからない。(2)

このように、日本の情勢は大きく変化しつつあった。

中野重治の父で、福井県の「村の家」に住んでいた中野藤作は、一九三七年末に息子重治に宛てた葉書のなかで、

「改造」や「中央公論」やが切られたということですが、御身等のも如何やと案じております。「大阪朝日」の広告には「改造」、御身等の仲間の人は誰も見つからぬを見れば、閉め出しを喰うたのではないかと思われます。(3)

と心配している。具体的情報が乏しい地方に住んでいても、具眼の人には事態の進展を推察することができるような変化であった。

中野の回想によれば、一九三七年の「十二月になつて例の『執筆禁止の措置』というのが内務省警保局から出てきてそれに引つかかつた。ただしこれは本人に来たのではない。宮本百合子、戸坂潤、岡邦雄ほか何人かには書かせるなという命令が、命令でなく『示唆』として出版社、雑誌社、新聞社などに与えられたのだつた。それは命令よりも悪質だつた。(4)」「肝腎の書きたいものがでなくて書くこと——書いて発表するそのことができなくなつたのだから私は困つた。一年ばかりそれが続く。(5)」

この「示唆」のゆえに、雑誌『文藝』一九三八年二月号掲載予定だった中野の「島木健作氏に答え」という迫力に満ちた評論、そしてそれは「転向」した文学者がどうあるべきかを論じて中野の決意を披瀝した力作だったが、この評論は、ボツになった。

中野自身の言葉を借りれば、

「島木健作氏に答え」、これも私としては或る程度書けたと思つている。読めばすぐわかるいきさつがあつて、これを私はごく真面目に、やはり作品と作者の自己弁護とを詳しく読んで書いた。しかし私にたいする作者の腹の立て方、それをもつともに世間へ見せようとする作者の或る種のやり方に私自身腹を立てていた。〔中略〕幸か不幸かこれは発表されないでしまつた。『文藝』に載るはずのところ、ゲラ刷りの出たところで或る種の「検閲」に引つかかつたのである。[6]

こうして中野は、一九三七年暮れの「示唆」ゆえに、筆で生活する途を絶たれ、東京市社会局調査課千駄ヶ谷分室で「失業救済事業」による臨時雇いの仕事を始めた。「私は生れて初めて勤め人というものになつた。」[7]

中野たちが執筆禁止に追い込まれたころ、中央公論社、改造社は、軍部などから一段と敵視されていた。そして、『中央公論』は、石川達三の作品「生きてゐる兵隊」の筆禍事件に見舞われた。

一九三七年、新人作家として知られるようになっていた石川達三を、中央公論社は中国に送り、石川の「生きてゐる兵隊」が『中央公論』一九三八年三月号に発表された〔発売は二月十八日〕。しかし、この作品が発売と同時に発禁の処分を受けたのだった。

ここで、この『生きてゐる兵隊』から一カ所、引用しよう。それは、蔣介石政権が首都とする南京に向かって日本軍が迫り、「兎もかくも南京だ。みなはそう思っていた。生きて入城するにしても死ぬにしても、兎も角も南京攻撃までは生きて行かなくってはならない。〔中略〕もしも首都の陥落をもって戦いが終るものならば、華々しい凱旋の日を迎えることも出来るだろう」という気分の広がる三七年「十二月四日の正午ごろ」の事件だった（南京の占領は十二月十三日）。

第三部［大］隊の加奈目少尉が部隊の警備状態を巡視して帰る途中で殺された。

彼はある露地の曲り角で、日向にぼんやりと立っている十一二の少女の前を通りすぎた。少女は過ぎて行く少尉の顔色をじっと仰向いて見つめていたが、少尉は気にも止めないで彼女の立っている前をすれすれに通った。そして三歩とあるかない中に彼は後から拳銃の射撃をうけて舗道の上にうつ伏せに倒れ、即死した。

少女は家の中に逃げ込んだが銃声を聞いてとび出した兵はすぐにこの家を包囲し、扉を叩きやぶった。そして唐草模様の浮き彫りをした支那風な寝台のかげに踞って顔を伏せている少女に向かってつづけざまに小銃弾をあびせ、その場に斃した。この家の中には今一人の老人がいたが彼もまた無条件で射殺されることになった。

こういう事件は、占領都市にあっては屢々くりかえされることで少しも珍しくはなかったが、相手が全くの非戦闘員でありしかも、十一二歳の少女であるということが事件を聞いた兵たちの感情を赫と憤激させた。

「よし！　そういう料簡ならかまう事はない、支那人という支那人はみな殺しにしてくれる。遠慮してるとこっちが馬鹿を見る。やれ！」(8)

というのである（傍線部が伏せ字部分）。

この事件で、作者石川達三、『中央公論』の発行人牧野武夫、編輯人雨宮庸蔵は起訴され、いずれも有罪の判決を受けたのだった。

ここに引用した部分では、十一、二歳の少女ということは伏せ字になっているが、「非戦闘員」で、日本軍の少尉が「気にも止めないで」いた女性までもが日本軍に抵抗する存在となっている。そして、それに「遠慮」することなく対抗しようとする日本側の「論理」が、ここに明瞭に描かれている。発行人として起訴された牧野武夫は、戦後にその『雲か山か』(9)において、この事件を回想して書いている。

「生きている兵隊」が当時の報道文学として、異色あるものであったことは万人の認めるところである。そこには、強くて勇ましい日本兵の生態が、手にとるごとく如実に描かれていた。と同時に、戦争によってかもし出される罪悪、汚辱、非道というようなものもあますところなく抉り出されていた。強くて勇ましい面だけが報道されるなら誰も文句は言わない。汚くひどい面もいっしょに暴露されたのだから穏やかではない。しかもその強くて勇ましい戦闘の姿と、眼を蔽わしめる鬼畜野獣のごとき振舞いとが、同じ日本兵によって演ぜられる消息を、アケスケにぶちまけたのであるから、軍部はカンカンにおこってしまったのである。(『雲か山か』一七二頁)

というのである。原稿締切を三日も過ぎて送られてきた石川の原稿はすぐに印刷所に回ったらしい。一通りの校了ゲラをうけとり、それを読み終えた牧野は、「戦争について、こういう報道と描写を見たこともない私は、憑かれたもののごとくに一気に読み了えた。そして吾にかえって愕然とした」(同前、一七四頁）という。これは、いくら伏せ字で処理しようとしても到底対応できるものではなく、しかし、印刷機を何度も止めさせて、伏せ字を繰り返したという。しかし、結果は発禁であった(10)。

この『中央公論』三月号の発売日二月十八日から数日後の二十二日、雑誌『新潮』に掲載するための座談会が二組行われた。一方は中島健蔵と岸田國士、他方は谷川徹三と阿部知二。この日のことを記録していた中島によれば、対談終了後、この四人が一緒に食事をした。そのとき、「削除を命じられた石川達三の『中央公論』三月号の小説『生きてゐる兵隊』が話題になる。編集で苦労している『新潮』の楢崎勤は、作家も編集者も、時勢を甘く見すぎ、高をくくりすぎている、と特に強調する。弾圧が底なしになれば、今日の四人もあぶなかろうと笑いあう。いずれもこれが現在のおそるべき常識なのだ」というのであった(11)。

小川と懇意であった中島は、同じようなことを小川とも語りあったのであろうか。

いずれにせよ、一九三七年七月の日中戦争開始以後の時代に、「現代の文学的な把握」を雑誌の使命と考えれば、戦争にふれないでいることはできない。しかし、「生きてゐる兵隊」事件のような事態を繰り返すわけにはいかないと考えて当然であったろう。

ここで、戦前における雑誌の検閲について、先に引いた池島信平『雑誌記者』の説明を引用しておこう。引用が長くなるけれども、ここには、体験者としての臨場感がある。

池島によれば、「検閲は最初警視庁がやり、つづいて内務省がやるようになった。実際に削除命令は出さなかったが陸軍省報道部、海軍省報道部もその独自の立場から雑誌を検閲して、憲兵隊に命じて削除することができた。のちにこれらが統合されて情報局が統一的に検閲をした」という。そして、

写真脇に「1940年7月　大日本印刷食堂」と書き込み。帽子をかぶっているのが小川。雑誌校正中

> だいたい雑誌の見本は発売四、五日前に出来上がるが、この見本をもって、すぐ検閲当局へ提出するわけである。それから専門の検閲官が読んで、不許可になると、ただちに警視庁から呼び出しが来て、その旨を伝えられる。〔中略〕（果して今度の文章のあの個所は無事に検閲が通るであろうか。〇〇や××で消したつもりだが、まだ安心はできない。）心はいつも不安であった。〔中略〕発売禁止、或いは削除処分は、だいたい書店に出る前に決まることが多かった。まだ印刷所で製本中のところへやってくると、われわれ編集部員はただちに印刷所に行き、山のような雑誌を一冊、一冊開いて、物指しで禁止になった頁を裂く。編集部員だけでは足りず、社の営業部員も加わり、それに印刷所から女工さんなんかがたくさん手伝いに出て、何十人の人が雑誌の山の陰にあって、一冊、一冊、むいて行く。その時の侘しさと煩雑さは筆舌に尽しがたかった。
>
> しかも切りとった部分は、それだけをちゃんと枚数をかぞえて、何十万ということを正確に当局に報告しなければならない。また削除済みの雑誌の表紙には印鑑で削除済という判を捺さなければならない。とにかく戦場のような騒ぎであった。[12]

というのであった。

太田　『文藝』は、発禁処分を受けたことはあるのですか。

小川　ないと思う。一度、宇野浩二だったかの作品で、戦場のことを書いた部分が、削除になった。ごくつまらない部分だった。それだけだと思う。

削除になると大変だ。定規などを使って問題の箇所を破り取る。発禁というのは、文字通り、雑誌が出せなくなるわけだ。削除の場合、社員が動員されて作業をする。発禁になると、出版社は経済的にも大きな打撃を受けるわけだ。

太田　『改造』や『中央公論』は当局から結局つぶされるのですが、『東洋経済新報』はつぶされなかったですね。政治を中心に扱う雑誌だったかどうかということでしょうか。

小川　石橋湛山のことは尊敬していたよ。それから、正木ひろし〔一八九六～一九七五〕の『近きより』も愛読していた。[13]

すでに述べたように、『文藝』は制度上、政治問題を扱える雑誌ではなかった。したがって、政治問題に関連して発禁になる可能性は低いとはいえた。ただ、日中文学者往復書簡や、トーマス・マンの往復書簡、マサリク追悼文など、政治に関わるものではないといえばないかもしれないが、これらを掲載した意図が政治的であったことは確かである。したがって、雑誌編集者としての小川は、当然のことながら、処分を受けないように細心の注意を払っていたはずである。

小川が大森義太郎の文章を「曲筆舞文を弄する」と評したのは、『改造』掲載の大森論文「飢ゆる日本」というような表題自体がいささか挑発的だと思われたことなどから出た評言であったろうか。

小川　この時代はつらい時代でしたよ。

太田　『改造』も発禁処分を受け、日中戦争は進み、中野たちが執筆できない状態に追い込まれていたわけですね。

小川　そう。『文藝』もつぶされようとしている、圧迫が来ると思っていた。

そういうとき、「満州」の関東軍司令部にいた義兄の大森三彦《かつひこ》が、「満州国」文教部の仕事があるから来ないかと誘ってくれた。ぼくは、もうこれは「満州」に行くしかないとも思った。日本国内の極端な言論弾圧にがんじがらめにされて、小さな雑誌を続けてなんの意味があるのか。このなかではもうやっていけない。それに、文教部の仕事をするのは、今の状況で雑誌の仕事を続けることに比べて悪いことなのかという思いもあった。つらい選択だった。(14)

ぼくの女房は「満州」行きには危惧があったらしく、「満州」行きには消極的で、彼女が「百合子さんのところに相談に行こう」と言い、ぼくたちは百合子さんの所へ相談に行った。

中條（宮本）百合子は、小川にとって昵懇の間柄だった。

次節で宮本百合子のことに言及するに先立って、当時の雰囲気をより多面的に把握するため、一九三七年の日中全面戦争開始直後のことについて、先にふれた日高六郎『戦争のなかで考えたこと』に出てくる回想に言及しておきたい。この本によれば、小川五郎の一年先輩に当たる日高六郎の兄は、当時、

日本の内部の動きを話した。とくに一九三五年には、政府は二度も「国体明徴声明」を発表した。

そして、美濃部達吉博士の「天皇機関説」を反国体的であるとして、完全に否定する。学問の自由、言論の自由はなくなった。父に『中央公論』や『改造』をすすめたが、そのうちこの雑誌も弾圧されてしまうだろう。[15]

と語ったという。これは、同時代の記録ではないけれども、日高にとっては印象深い会話であったに相違ない。また、『改造』や『中央公論』は弾圧によってつぶされてしまう可能性があるということが、一部の人にではあっても既に危惧されていたことがうかがえる。

日高はまた、尾崎行雄の『改造』掲載論文「墓標の代わりに」について、「尾崎の声は小さくても、声は声である。一九三三年には、この論文は発表可能であったろうが、一九三七年、盧溝橋事件以後では絶対に不可能であったろう」[16]と書いている。

そして、尾崎の『改造』論文では伏せ字とされた部分を、戦後の『尾崎行雄全集』によって復元している。日高の復元しているところを借りれば、第一に、「軍備を撤廃し、保塁を破壊し」などという平和主義的な主張の部分が伏せ字となっており、第二に、「朝鮮台湾においてもまた民族自決主義を」という部分が伏せ字になっているという。

しかし、最近一部には、このような弾圧を過小評価しようとする傾向も見られる。日高は一九三七年の日中戦争開始後の一時期、日本経済が「活性化」し、失業問題も解消し、そのとき「新橋、赤坂、柳橋などの高級料亭は、連夜、政治家、高級官僚、高級将校たちでにぎわい、空前ともいえる景気に沸いていたという」[17]と指摘しているが、そういう将校などの意識を基準にするなら、言論弾圧とか朝鮮台湾の民族自決主義など、まったく意識の外だったことも「事実」であろう。そういう「意識の事実」にもっぱら依拠するような主張が支配的になれば、およそ『改造』が時局に抵抗する論陣を張っていたこと、やがて『改造』が廃刊に追いこまれたことなど、幻想となってしまうではないか。

第二節　宮本百合子

私は小川五郎からさまざまな人びとについて直接に話を聞いてきた。そのなかでも、小川が回想してやまないのは、中野重治と中條（宮本）百合子（一八九九〜一九五一）である。

日本の敗戦の後、シベリア抑留を経て帰国した小川は、その経験を『極光のかげに——シベリア俘虜記——』（一九五〇年）につづったのだった。そして、この本が出版されるや、小川はこれを百合子に送り、語りあったという。

小川　『極光のかげに』を最初に認めてくれたのは、宮本百合子と三枝博音[18]の二人だったよ。百合子さんは、「あなた、よくこれだけの事実を見とどけてきたわね」と言ってくれた。

三枝さんは、『文藝』の編集者時代から知っていた。ぼくが『極光のかげに』を発表したとき、三枝さんはすぐに長い手紙をくれて、「私はどんなに mitleiden〔共感〕したか分からない」と書いてあった。

太田　中條百合子の出世作『貧しき人々の群れ』は、『中央公論』〔一九一六年九月号〕に載ったのでしたね。

小川　そう。あれは坪内逍遙が『中央公論』に推薦したんだと思う。「伸子」が『改造』に連載（一九二四～二六年）されたあと、百合子さんは湯浅芳子とロシアに行く（一九二七～三〇年）。このモスクワ行きには、山本実彦がお金を出している。これは、原稿料の前払いということだね。

それから、後藤新平が、中條百合子のモスクワ行きにいろいろ便宜を図ってくれたようだ。ビザの発給からモスクワでの人脈など。

百合子さんと湯浅芳子は、本郷の菊富士ホテル(19)に住んだことがある。そのときに、広津和郎も菊富士ホテルにいた。

広津さんは立派な人だった。百合子さんが亡くなって葬儀のとき、共産党系の作家の出席は少なかったが、中野重治や壺井繁治と一緒に、広津さんが仕事をしているのが見えた。ぼくはそれを見て、感動したね。広津さんは、トハチェフスキー元帥粛清事件のときも「これは間違いだ、インチキだ」と言っていた人だったから。

小川五郎が中條百合子作品に注目するようになったのはいつか、直接の面識を得た時期は定かではないが、百合子の「一本の花」（『改造』一九二七年十二月号）を、小川は愛好していたというから、雑誌『文藝』の編集者となった小川が、中條百合子と親しくなるのは自然なことだった。

一九三七年（昭和十二年）の一月、宮本百合子は豊島区目白三丁目に引越し、詩を志している若い女性といっしょに住んだ。そのころ私は改造社から出ていた『文芸』の責任編集者をしていたが、

荻窪の片山敏彦、中野の三木清、目白に移った宮本百合子の家は、十日に一度ぐらいの割合で必ず訪ねる習慣にしていた。〔中略〕
私がシュテファン・ツヴァイクを読んだのは片山敏彦のすすめ、ベルジャーエフを読んだのは三木清のすすめによるが、エドガー・スノーの『中国の赤い星』は宮本百合子のすすめによったのだったと記憶している。（「目白時代の宮本百合子」『家族たち』三三〜四頁）

一九三七年末までに、『文藝』に掲載された中條百合子の作品には、以下のようなものがある。
「小祝の一家」（一九三四年一月）
「日記」（一九三五年三月）
「有島武郎の『或る女』」（一九三六年十月）
「「迷ひの末」──『厨房日記』について」（一九三七年二月号）
「山本有三氏の境地」（一九三七年六月）
「ペンクラブの巴里大会」（一九三七年九月。ここまでは「中條百合子」名で発表されている）

小川と百合子は、遅くとも一九三七年初めには親しくなっていたから、日中文学者往復書簡の第三回目が中條百合子と丁玲として企画されたことは当然だった。

雑誌『文藝』の編集者の一人で、川端康成と親しかった木村徳三は、その『文芸編集者　その跫音』で宮本百合子のことを回想し、自分は「戦前の『文藝』時代に、宮本さんと親しかった編集主任の小川五郎さんに従って訪問したことがあったにすぎない」と書いていて、木村が彼女と親しくなかったことを強調しているかのごとくである。この「証言」は、木村の意図がどこにあるにせよ、雑誌『文藝』掲載の百合子論文がもっぱら小川の担当だったことを裏づけるものである。[20]

すでに書いたように、三七年末に内務省警保局が雑誌社に出した原稿掲載「見合わせ」の「内示」には、宮本百合子の名前も含まれていたため、三八年には、『文藝』に掲載された百合子の作品はない。しかし、小川と百合子との交流は、家族ぐるみのものになっていた。小川によれば、「私がはじめて知りあったころの中条百合子は、戦闘的なスローガンを声高に叫んでいるような作家ではなかった。文壇全体を見まわしても、二人と見つけることができないようなひろい視野をもった理性的な作家だった。学生のころから私が愛読してきた『伸子』や「一本の花」の作者が、そのころのままの姿で私のまえに立っているような印象さえ受けた」(『記憶』一八八頁)という。

小川五郎夫妻は、百合子に長女の名づけ親になってもらった。その後、小川夫人は赤んぼうを抱いてしばしば目白の百合子宅を訪問し、百合子も中野にあった小川家をしばしば訪ねたという。とはいえ、苦しい時代であった。百合子には、原稿執筆の場を奪われていたことに加えて、改姓問題もあった。

小川　百合子さんは、中條から宮本への改姓問題でも悩んでいた。彼女は、獄中で闘っている顕治への連帯を表明するために、宮本と改姓することを了承したのだった。[21]

小川の悩みも深かった。すでに書いたように、改造社を辞め、義兄が「満州国」で用意してくれた職場に移ろうかと小川は迷った。その悩みを小川は百合子に語っていた。

ゴーリキーの短篇「夏の夜」(『文藝』一九三八年五月号)が出たあと、小川自身の訳が『文藝』誌上に載るということはしばらくとだえる。それはおそらく、小川が言論圧迫を耐えがたく感じていたことに関連している。

小川の迷いに関連して、宮本百合子「杉垣」(『中央公論』一九三九年十一月号)が出た。この小説について、小川=高杉は、次のように回想している。

「杉垣」は、当時、日ごとにきびしさを加えていく言論統制のもとで身動きができなくなりつつあった改造社にとどまるべきか、やめて義兄が用意した満州国政府の文化部門の椅子に坐るべきか、出処進退に悩んでいた私たち夫婦をモデルに、中野電信隊裏の杉垣にかこまれた私たちの小さな家を舞台にして(百合子はこの家に訪ねてきたことがある)書かれた作品で、発行直後に作者自身から速達で私たちのところへ送りとどけられた「贈りもの」であった。(「目白時代の宮本百合子」『家族たち』三七頁)

この「杉垣」には、小川五郎夫妻が、小柳慎一・峯子という名前で登場し、慎一は「東洋経済の調査部員」だという設定になっている。その慎一の境遇が、

東洋経済というところは、経済的な意味では大してよくないところであった。しかし、慎一がそこへ就職したのには仕事の性質上の興味があった。同じ語学にしても、それが世界の刻々の動向と結びついて役立てられる。このことが慎一の気にかなった。月給で足りないところは、文筆上

の内職めいた収入で補って、一人の知識人として謂わば筋のとおった貧乏をして、自分たちの境遇を持って来た。ところが、近頃は、或る瞬間足もとを急流が走っているような感覚に襲われると同時に、はっきりした理由はないが、何となしにこれまでのように安心して、筋の通った貧乏をやってゆき難い時が迫っているような気がすることがある。しかしながら、その感じにしろ現実には複雑で、異様な瞬間の感じのなかに、やっぱり自分の足の平はしっかり水底を踏んで動いている感じは変わらないし、洗われている感じにしろ、それは向う脛のあたり、という自覚が伴っている。[22]

と描かれている。ここでは「世界の刻々の動向」という認識に注目したい。百合子はここで、語学を活用してこの動向を把握し、軍国主義化の動向をいささかなりとも阻めればという形で、小川の仕事を要約していた。百合子もまたそこに共鳴して交流を続けていたはずである。

この小説「杉垣」に対し、小川はのちに「この作品の裏側を『冬を越す宮本百合子』という実名小説の形で書いた」のだった。その「冬を越す宮本百合子」では、小川は「大見三郎」という名前で登場する。宮本顕治のいる「巣鴨の刑務所から丸善の洋書部に廻った宮本百合子」は、そこで、偶然に「改造社の大見三郎」に会い、銀座四丁目のジャーマン・ベーカリーに大見を誘って、買ったばかりの本を見ながら雑談をする。

「すばらしいでしょう、これ。私、宮本〔顕治〕にドゥーデンの図解辞典を差入れてあげる約束をして、きょう丸善に買いに行ったの。そしたら、新着の棚で偶然これを見つけたというわけよ。エドガア・スノオというジャーナリストの書いた『レッド・スタア・オーヴァ・チャイナ』。まあ、見てごらんなさい。中国紅軍のいろんな写真がはいっているんだけど、実におもしろいから。……毛沢東、朱徳、周恩来、それぞれの性格がよくでてるでしょ。〔中略〕」

「いまどき、よくこんな本が輸入されましたね。」

「そうなのよ、だからまったく見つけものなのよ。実に激励をうけるわ。私、これを試みに宮本のところへ差入れてみようと思うの。」

「さあ、無理じゃないかな。」

「ところが、案外なことがあるものなのよ。このまえ『日本評論』でアグネス・スメドレイの『八路軍従軍記』を別冊付録につけたことがあるでしょう。」

「ええ、あれはおもしろかった。日本軍の背後にずいぶん深く入りこんできてるんですね。〔中略〕」

「あれを、私差し入れたのよ。そしたらどう、ちゃんと届いているじゃないの。」（「冬を越す宮本百合子」『家族たち』三三四〜六頁）

百合子と小川の間には、このような会話が日常的になされていたのであろう。百合子は、彼女の『伸子』に描かれたように、アメリカで生活していた時期があるから、当然ながら英語を読むことにさほど不自由はなかった。

あるとき、小川は私に、ここに書かれたのとほぼ同じ話をしてくれた。その話の途中で、彼は椅子から立ち上がり、書棚から一冊の本を取り出して見せてくれた。それは、百合子の言葉に刺激を受けた小川が、さっそく丸善で買い求めて読んだというスノーの『*Red Star over China*〔中国の赤い星〕』であった。ハードカヴァーで四五〇頁を超える大冊。一九三八年に出版されたものだった。そして、スノーの本に載っている朱徳夫人の写真を百合子が見せてくれて、その「武者ぶり」を百合子が大いに喜んだこと、小川自身はこの本を読んで毛沢東に感心したことを話してくれた。

このように、小川と百合子は、「世界の刻々の動向」について絶えず意見を交換していたのだった。その内容はむろん多岐にわたったし、スメドレーやスノーなどのことも話題になっていた。中国共産党側の動向を描いたスメドレーやスノーの作品は、一部を除いて、戦中の日本で翻訳・出版できるようなものではなかった。その主著が翻訳・出版が可能になったのは戦後のことであり、いずれも広く読まれた。

それらを一九三〇年代に読んでいたというのは、彼らが視野の広い知識人であったことを示すものだといえよう。それは、二人の間の交流にすぎないともいえる。しかし、百合子のような「危険思想」の持ち主がそれ以上の人数で集まること自体、逮捕されかねない時代だったことを考慮しなければならない。

これだけの広がりをもつ作家がいて、その作家に発表の場を提供しようとする編集者・ジャーナリストがいた。二人の間に充実した討論あるいは雑談が取り交わされたことは容易に想像がつく。

中村智子『宮本百合子』によれば、中野重治や宮本百合子に対する執筆禁止措置も、「やがて一部の良心的なジャーナリストによって拭われた。昭和十四年〔一九三九年〕の春、文芸雑誌や総合雑誌の編集者が、検閲が文句をつけにくい随筆を百合子に依頼して、そろそろと執筆の合法性をとりもどしたのである。[23]」その手始めが、雑誌『文藝』一九三九年三月号の宮本百合子「寒の梅」であった。これは、

「早春日記」という表題の下に、福原麟太郎の「日記」と並べて掲載された。福原の「日記」と百合子の「寒の梅」とを並べたのは、小川がある「バランス」を考えていたことの結果であろう。

中野重治の言によれば、

〔一九三八〕年末になつて、去年年末からの執筆禁止の「措置」がゆるんでもう一度私は書けることになつて私は書いた。書くほかはない。〔中略〕何を書いたか。戦争の進行にともなうあらゆることを書いたが、私はへつぴり腰調子で書いた。ただ、三九年になつて、「空想家とシナリオ」に取りかかつて逃げ道が見つかつたなとも私は思つた。〔中略〕『文藝』八月号に最初の部分が出た。[24]

同じ『文藝』一九三九年八月号から、宮本百合子も作家論の連載を始めるが、それは一方では、過去の作家についての論ならば検閲を逃れやすいという配慮によるものであることはもとよりとして、百合子が以前から作家論を書いていたことにもよる。[25]

日本文学に関する百合子の『文藝』誌上の「婦人作家論」は、三九年には、

「短い翼（明治の婦人作家）」（八月号）
「入り乱れた羽搏き」（九月号）
「分流（大正の婦人作家）」（十月号）
「この岸辺には（大正の婦人作家）」（十一月号）
「渦潮（昭和の婦人作家）」（十二月号）

が掲載された。翌一九四〇年には、「昭和の婦人作家」の連載が、二、四、六、八、十月号と続く。高杉によれば、「日ごとに追いつめられてゆく生活のなかで、宮本百合子は、明治以後の日本の婦人作家たちはどんな困難とたたかいながら、近代文学をきずいてきたのであろうかという問題にぶつかったようであった」(『記憶』一九〇頁)というのである。ついでながら、その後の百合子の『文藝』登場は、一九四一年には「紙の小旗」(創作、一月号)、「ヴォルフの世界」(エッセイ、五月号)の二点にとどまる。「紙の小旗」については後述する。

このような動向のなかで、改造社を離れて「満州」に移ろうかという思いを、小川は断念し、再度、『文藝』の仕事に打ち込むことになる。

『文藝』一九三九年八月号に、「小説特輯」の一つとして中野重治「空想家とシナリオ」、小特集ともいうべき「求められる小説」の一つとして宮本百合子「人生の共感」、さらに先のリストに示した宮本「短い翼」が掲載されたのは、悪戦苦闘も辞さないとする小川五郎の覚悟を示すものというべきであろう。この決意こそが、一九四〇年における小川の精力的な仕事を生み出した。そのことについて書く前に、このころに小川と交流のあった学者や作家たちのことを見ておこう。小川の決意の前提には、こうした人びととの交流があったはずだからである。

第三節　学者・文学者たちとの交流

小川五郎は、これまで書いてきたように、雑誌『文藝』の編集者として、現代を文学的に把握し表現するためには日本国内の「文壇」に依拠するだけでは不十分だと考え、一九三〇年代の世界に広く目を向けた。その姿勢が、一方では「日中文学者往復書簡」のような仕事を生み、他方では、みずから海外（英米仏独中など）の文藝や思想の動向を翻訳し紹介するという仕事に連なった。「学問」的な基準からすれば、このような多彩さに眉をひそめる「学者」は当然いるであろう。しかし、時代の重要課題と考えるところと真っ直ぐに向きあうことこそ意義深いことだと考えれば、むしろこれぞ優れたジャーナリストの証であったと考えるべきであろう。

その卓越性は、本人の資質による面からくることはもとよりとして、いま一つには、小川の交わった文学者、学者、思想家たちとのいわばネットワークに由来する面があると思われる。小川は「改造社の名刺を持っていると、政治家でも作家でも、名刺一枚で会えた。フリーパスだった」と回想している。

そういう人びとのなかでも、小川がとりわけ懇意となった人びとがいた。その一人が三木清（一八九七〜一九四五）であった。小川は三木との出会いについて「ある日の三木清」という印象深い文章を書いている。それによれば、東京の中野駅近くにソフィアという古本屋があり、小川は時折そこに行って、「私たち貧乏学生の持ちこむ本を高く買い取ってくれた」ので、その店で本を売ったり買ったりしていたという。あるとき、小川がカウツキーの本やアメリカの雑誌『ニュー・マッセズ』のバックナンバーなどを売りに行った。

あるじと私の交渉をそばで眺めていた、ひどいオデコに黒いソフトをあみだにかぶった紳士が、横から「よし、それはぼくが買おう」と言った。すこし飲んでいるらしい。紳士は、あるじの値ぶみした額に古本屋のもうけをいくらか加えた金をさしだした。書物を手にすると、紳士はいきなり「きみ、飲みにいかないか」と私を誘った。

映画館の近くにあるおでん屋で、私たちはもうかなりながいこと飲んでいた。なにをしゃべったかは忘れた。酔ってくると、紳士は自分のかぶっていた黒いソフトをテーブルの上におき、こぶしをかためてはげしくなぐりはじめた。

「こいつは、警視総監の安倍源基だ。おれはあいつと学校でいっしょだったんだ。おい、きみもなぐれ」と言いながら。

私たちはさんざんに酔っぱらったが、それでも別れるときになると、紳士は私に一枚の名刺をくれて、「遊びにこいよ」と言うことを忘れなかった。名刺には、中野区桃園町　三木清と書いてあった。

その後、私は改造社の編集部員になったので、あるときは原稿を頼みに、あるときはただ話を聴くためだけに、十日に一度ぐらいの割合で、ひろびろとした前庭のある三木さんの家を訪れることになった。

戦争の間を通じて、三木さんは私が誰よりも信頼していた人生の先生だった。(26)

ただ、時間的な先後関係などからいうと、ここには少し小川の記憶違いがある。たとえば、安倍源基（一八九四〜一九八九）が警視総監になったのは一九三七年十二月である。そのとき、小川と三木が初対面だったとすると、「その後、私は改造社の編集委員になった」という記述と矛盾するからである。安倍は、三二年に初代の特別高等警察部長になり、三七年六月に警保局長になっているので、ここに描かれた出会いは警保局長就任以前のことのようにも思える。

しかし、矛盾するところがあるからといって、この小川の記述全体が不自然だと言うことにはならないと、私は考える。邂逅の時期の記憶はいくぶん不確かだとしても、出会い自体はおそらくここにあるようなことだったのであろうし、安倍がまだ警視総監でなかったとしても、特高筋の人物だったことは確かであるので、「なぐれ」と酔いの回った三木が言ったことも、事実だったと考えるべきであろう。三木と小川は、中央線の中野駅を挟む形で、すぐ近くに住んでいたという。

ところで、『文藝』に三木がどの程度登場したかを調べると、次のようである。

「ネオヒユーマニズムの問題と文学」一九三三年十一月号（創刊号）
「新しい人間の哲学」一九三四年七月号
「ヒユーマニズムへの展開」一九三六年八月号
座談会「読書と教養のために」（萩原朔太郎、阿部知二、中島健蔵、戸坂潤と）一九三七年六月号
「弾力ある知性」一九三七年七月号
「最近の読書」一九三八年六月号
「思索家の日記」一九三九年二月号

「読書遍歴」一九四一年六〜十二月号、四二年一月号
「実験的精神」（小林秀雄との対談）一九四一年八月号
「民族の哲学」（高坂正顕との対談）一九四一年十二月号
「大東亜文化」（中島健蔵との対談）一九四三年三月号

小川の回想のように「十日に一度ぐらいの割合で」会っていたにしては、『文藝』への三木の登場回数が少ない気がしなくもない。しかし、それは、『文藝』の原稿料が『改造』などに比べて安かったことと関係があるだろう。三木は、共産党に資金を提供したという廉で一九三〇年に検挙、投獄され、法政大学教授の地位を失い、以降、定職に就かず、原稿料収入を中心に暮らしていて、しかも三木は「売れっ子」だったから、改造社の雑誌で言えば『文藝』によりは『改造』に多く寄稿するのは当然だったからである。小川も、そのあたりは心得ていたものと思われる。

事実、雑誌『改造』の目次を検するに、三木は座談会も含めて『改造』に二十八回登場している。それに比べると、『文藝』登場回数は多くない。

しかし、「戦争の間を通じて、三木さんは私が誰よりも信頼していた人生の先生だった」と、小川に回想させるものが三木にあったということが重要なことである。

小川　三木さんは当時しきりにベルジャーエフの「新しい中世」論を口にしていた。ベルジャーエフによれば、よき中世がルネッサンスによって破壊されたのだというのだ。
三木さんといえば、戸坂〔潤。一九〇〇〜四五〕さんにも思い出がある。

太田　先生は、一九三〇年代の後半執筆の場を狭められた中野重治や宮本百合子のために発表の場を提供しようと努力されたと書いておられますが、戸坂に関しても同様なのですか。

小川　そう。だが、戸坂さんの場合は、文芸に関する論文を書いてもらうことが難しい。ただ、戸坂さんは砲兵の将校だった。そこで、砲兵士官ナポレオンについて何か思い出を書きませんかと言った。戸坂さんのその随筆は『文藝』に残っているはずだ。[27]

このような人びととの個々の交流のなかで、小川はさまざまな刺激を受け、みずからも学び、それを雑誌編集の場に活用していったものと思われる。

作家では、広津和郎（一八九一〜一九六八）との接触が多かったという。

太田　安岡章太郎さんが『戦後文学放浪記[28]』のなかで、戦前は文学の重みが戦後よりずっと大きかったという意味のことを書いていますが、先生はどうお考えですか。

小川　安岡氏の言う通りだと思う。戦前、広津和郎さんは文学とは how to live を問題にするものだと絶えず言っていた。

広津さんもなつかしい人だ。銀座・資生堂の一階の喫茶に、白いテーブルクロスのかかったテーブルがあって、広津さんは週に一回そこに来る習慣だった。ぼくはその時刻にそこへ行って、広津さんの話を聞いた。ずいぶん影響を受けた。

広津さんは、中野重治や中野好夫、百合子さんなどと同じく、時代の波に流されてしまわなかった作家だと思う。

『文藝』のバックナンバーを見ていると、『文藝』に寄稿した文学研究者たちに、東大の仏文関係者が目につく。具体的には、渡辺一夫（一九〇一〜七五）や中島健蔵（一九〇三〜七九）である。渡辺は、大江健三郎の師にあたり、大江自身がさまざまな回想文などを書いているし、狭義には弟子とはいえないが仏文教室に出入りしていた医学部生・加藤周一などに大きな影響を与えた学者である（ただし、渡辺が東京高校教授を経て東大助教授に就任したのは、一九四二年）。渡辺は、雑誌『文藝』に、「モラリスト」（一九三七年十二月号）、「ティボデ『小説の考察』」（一九三八年六月号）、「貝殻投票について」（一九三九年九月号）などを載せている。これらが学者としての渡辺にとって重大な意味をもつということではないにしても、小川の側から見れば、東大仏文教室に出入りし、ヨーロッパ文学の動向や研究者たちの動静についての情報を得ることができた。

太田　『文藝』に、渡辺一夫さんの論文が時折出て来ますね。

小川　東大の仏文研究室にはよく遊びに行った。渡辺さんのところには原田義人（一九一八〜六〇。独文学者）もいた。彼はツヴァイクの『昨日の世界』を訳した人だ。ぼくが戦後にツヴァイクの『権力とたたかう良心』を訳したのは、渡辺さんの研究室で原田氏と会話をかわした思い出もあってのことだったろう。

渡辺一夫が高杉一郎『極光のかげに』（一九五〇年）に寄せた「小序」には、「高杉一郎氏は、戦前からよく存じあげていた篤学の士である」「幸い、拙文が本書の面目をけがさず、本書に誤解を招かずにすむならば、望外の欣びとせねばならない」とある。渡辺一夫の慧眼は、『極光のかげに』が「誤解」

を招くことをすでに見抜いていたのであろうが、それは戦後の話である。『文藝』一九三九年十一月号には「ヨーロッパ戦争と文学」という座談会が載っている。参加者は、中野好夫（一九〇三～八五）、高橋健二、中島健蔵である。

これは、当然ながら一九三九年九月一日に始まったドイツのポーランド侵攻、第二次世界大戦の開始を受けて急遽企画されたものであろう。つまり、『文藝』の編集方針は、繰り返しになるが、基本的に「現代」に真っ直ぐに向きあっていたのであった。

このような種類の企画をするさい、誰に登場してもらうか。そういう相談も、小川が信頼する文学者たち、学者たちとなされたのであろう。

太田　先生がシベリアから戻られたあと、中島健蔵氏から雑誌の編集をしないかと言われたとのことですが。

小川　そう。『日本評論』の編集長をしないかという話だったが、それは難しいと思った。

太田　シベリアから帰ってきたばかりで、数年間の日本の事情がわからないからということもあったのでしょうか。

小川　そうだね。それに、ぼくは阿佐谷にもっていた家を防火責任者に貸してあったが、その家に戻ることができなかったから。

太田　中野好夫さんも帰還者に手を差しのべてくれたんですか。

小川　そう。中野さんは、ぼくが戦後にスメドレーの『中国の歌ごえ』を訳して出版（一九五七年）したとき、これを激賞してくれた。

中野好夫は当時東大英文科助教授だった。『文藝』一九三八年十月号には、福原麟太郎「英文学の新種」、中野好夫「英米文学閑談」の二本が、「新しき英文学」という表題でくくられている。『文藝』という雑誌の性格上、これらの論文が本格的な文学研究論文というわけではないにせよ、このような論文を掲載することを通じて、小川は中野好夫や阿部知二のような人びとと語りあう場をもつことができた。

戦後のことになるが、平凡社から「世界教養全集」というシリーズを出すとき、クロポトキンの自伝である『ある革命家の手記』（のち岩波文庫）を収めることになり、その訳者を中野と阿部が「小川君がいい」と推薦してくれた結果、担当することになったという。

こうした戦後の関わりは、『文藝』編集者時代の小川を、中野たちが評価していたからこそであるだろう。

一九三〇年代後半から四〇年前後の時期、時局の動向に批判的だった中島や渡辺のような人びとから『文藝』を、あるいはその編集主任としての小川を見ればどうであったろうか。『文藝』を見れば、「日中文学者往復書簡」が載ったり、宮本百合子や中野重治に発表の場を提供している。そういうことが目に付く。編集主任は小川五郎だという。そうだと知れば、共鳴する文学者・学者たちもいたであろう。戦時体制への方向が強化されていく時代状況ではあったが、いや、それだからこそ、この人びとは一種の仲間意識をもっていたのだろうと思われる。

同じことが、中国文学関係者との関わりについても見られる。

太田　先生は、竹内好さんをはじめ、中国文学の研究者たちとも、おつきあいが深かったですね。

小川　ぼくは、中国文学者たちにはずいぶんよくしてもらった。竹内好は、ぼくがシベリアから戻って東京に出たときに、東京駅にぼくを出迎えて、有楽町にあった中国文学研究会のたまり場のようなところへぼくを連れて行って、歓迎してくれた。

太田　先生は『文藝』に「現代支那文学事典」を載せられたわけですが、その担当をした中国文学研究会には、小野忍さんもいましたね。

小川　そう。小野さんは〔旧制〕松山高校出身。宮本顕治さんも松山高校出身だが、小野さんの方が学年は少し上かな。上京後、小野さんと宮顕さんは同じ下宿にいたことがあるという。そのとき、宮顕さんは、革命運動をやる者は、経済的にしっかりした女性と結ばれる必要があるという持論だったと聞いた。

それから、蕭軍が日本に来たときは、松枝〔茂夫。中国文学研究会の結成に参加〕さんと一緒に蕭軍と会った。

むろん、「仲間意識」だけでくるわけにはいかない人びともいた。時代が少しのちのことになるが、ここに書いておきたい。

太田　一九四〇年ごろの先生は、精力的に仕事をされていますが、当時先生が接した人で、他に印象に残っている人としてどんな人がいますか。

小川　雑誌『文藝』で、ある座談会〔「座談会・文藝評論の課題」一九四一年一月号のことか。出席は、小林秀雄・中島健蔵・窪川鶴次郎の三人〕を企画したことがあった。たぶんその帰りに、銀座の「はせ川」に行った。片岡鉄兵が一緒だった。そのとき、小林秀雄が時局の問題に関連して、いきなり猪口をもって立ち上がり、「そんなこともわからんのか」と、中島健蔵に酒をぶっかけたことがあった。中島さんはあくまで理性的に対応していた。そのときぼくは、中島に共感したが、小林秀雄の気持ちもわかると思った。これは、二つの個性のみごとなぶつかり合いだと思った。

ぼくは、鎌倉に行くと、小林の家、深田久弥の家によく行った。人間的には、小林も中島も両方とも好きだった。小林は独断的な発言をしたが、権威があった。

中野重治と対極的な位置に小林がいた。中間に片岡鉄兵がいた。ぼくは、人間の思想によって人間を見るのではなく、人間を見るという考えだった。小林秀雄に対する敬意はつねにあった。

太田　小林秀雄は、『文藝』にはドストエフスキー論を何回か書いていますね。

小川　岡本かの子〔一八八九〜一九三九〕という人は面白い人だった。いい作品を書いたよ。彼女は当時、青山に住んでいた。原稿をもらいに行ったときなど、向き合って椅子に座っていると、少しずつぼくの方に椅子を寄せてきて、膝がくっつきそうになる。そこで、ぼくが少しあとずさりする。するとまた、彼女が椅子を近づけてくる。どういう気持ちだったのだろうね。

小川は自分が「改造社に育てられた」と回想しているが、その一面は、このような人びととの交流のなかにあったことによるであろう。

戦後のことになるが、小川は一九六〇年に中国文字改革学術視察団（土岐善麿団長）六名の一員として中国に行った。そのさいに、小川をこの使節団に加えてくれたのが中島健蔵だった。小川がこの一員になった理由は、中島が小川はエスペラントができると見ていたからだろうと小川は推測している。しかし、この理由の背景に、一九三〇年代以来の小川と中島の交友があったと私は思う。

この中国訪問のとき、小川は、作家の巴金や老舎に会う機会を得、また、東京高等師範学校に学んだエスペランティストの葉籟士と親交を深めた。中国側の好意で、北京から成都までの飛行機がこの視察団のために用意された。詩人で杜甫をよく研究していた土岐善麿は、成都で杜甫のことを老舎と語りあった。感動的だったという。

第四節　トロツキー裁判

一九二九年の世界大恐慌は、少なからぬ人びとには、社会主義の資本主義に対する優位を示すもののように見えた。しかし、三〇年代のスターリン主義体制の確立とともに、ロシア革命のリーダーだった人びとまでが次々と「粛清」されたことは、ソ連に多少とも共感を寄せる人びとにはとりわけ不可解なことに思われた。

『改造』には、ソ連の動向に関連して、次のようなものを含み、数多くの論説が載せられていた。

荒畑寒村「ヂノヴイエフ一派の銃殺」『改造』一九三六年十月号
トロツキー著・荒畑寒村訳『裏切られたる革命』(完訳) 一九三七年八月号別冊付録[29]
猪俣津南雄「トロツキーの『裏切られた革命』」一九三七年八月号別冊付録
ブハーリン「最後の陳述」一九三八年十一月号

リュシコフ「スターリンへの公開状」一九三九年四月号

また、『改造』には、「世界情報」という欄があり、文字通り世界各地の動向を紹介していた。一九三七年七月号の「世界情報」には、「スペイン動乱のその後」「スペインを巡る各国の最近の動静」「ソヴエート聯邦の国勢調査」「トロツキー、メキシコに行く」などの記事が出ていて、トロツキーの状況も『改造』の関心の一つだったことがうかがえる。

一九三〇年代後半の『改造』に、スターリン主義への批判的まなざしを含むものが一定程度掲載されていたことは注目に値すると私は思う。当時の雰囲気をつかむために、右に記した荒畑寒村訳の『裏切られたる革命』に付けられた「訳者の言葉」を見てみよう。

一九三四年、共産党レニングラード〔現サンクトペテルブルク〕州委員会第一書記だったキーロフが暗殺された。荒畑によれば、「キーロフの暗殺を契機としてソヴイエット同盟内に継起せる革命陰謀事件の暴露と裁判とは、最近の赤軍最高幹部の断罪処刑に至つてクライマックスに達した観がある」が、これらの事件は、「殆んど世界各国の人心に」衝撃を与えた。それは、これらの人びとがロシア革命に加わった「ボルシェヴィキの旧指導者」であったからである。これに引き続き、「ヂノヴイエフ、カーメネフ等の裁判」「ラデック、ピアタコフ等の裁判」の告白陳述も驚くべきものであった。

ソヴイエット政府及び党の最高指導者に対するテロリズム計画、外国政府と通謀したスパイ行為、及び国防産業並びに鉄道等に対する破壊工作の黒幕、首謀者、張本人として外ならぬレオン・トロツキーを巻き込み、トロツキーは今や明白なるファシストとして呪詛せられてゐるのは、トロツキーの見解に同情を有すると否とを問はず、苟くも十月革命とその後の数年間に於けるトロツキーの活動を知れる者に取つては、殆んど青天の霹靂の如き驚愕に値ひした所であつた。(30)

と、荒畑寒村は書いている。

ソ連における「粛清」が顕著となる前の時代について、中島健蔵は「日本の支配勢力が加速度的に右傾し、軍国化していく時に、ジードの左『転向』は、日本の反ファシズム運動に対しても間接の支えになっていた。(中略)日本では、空想に近かった『人民戦線』運動は、ヨーロッパでは、文化の問題ではなく、現実的な政治権力争奪にまで発展していた(31)」という。

アンドレ・ジイドの論文は、『文藝』にも「愛国心について」(一九三六年七月号)、「モンテーニュについて」(一九三九年四月号)が出ているが、なんといっても大きな話題になったのは、彼の『ソヴェト旅行記』(岩波文庫、一九三七年九月刊)であった。これは一種のスターリン批判を含むものであり、「一人のロシア人と話してゐても、まるでロシア人全体と話してゐるやうな気がする」と、そのコンフォルミズム(画一主義、順応主義)と「完全な非個性化」(デペルソナリザション)を批判的に描いた。「今日ソヴェトで要求されてゐるものは、すべてを受諾する精神であり、順応主義である。」「ソヴェトの市民たちは、外国のことにかんするかぎり、徹底的な無智のうちにおかれてゐる。それだけでなく、彼らは、外国ではすべてのものがあらゆる方面に於て、ソヴェトにおけるよりも遙かに捗々しくはこんでゐないと教へこまれている。」これは、「スペインに関する報道は少しも見られなかつた」という指摘とあわせると、スターリンがスペインに於ける人民戦線を支持するどころか押さえ込もうとしていたことに関連しているだろう。

そしてジイドは、次のようにさえ断定する。「今日如何なる国においても、たとへヒットラーの独逸においてすら、人間の精神がこのやうにまで不自由で、このやうにまで圧迫され、恐怖に脅えて、従属させられてゐる国があるだらうかと。[32]」

小川五郎は、ジイドのこの本について、中條百合子と議論を繰り返したという。二〇年代末のモスクワで生活した経験をもつ百合子には、ジイドの言い分は理解しがたいものだったようで、ジイドの「知性の悲劇」を論じたのだった。(『体験』九〇頁)

高杉の『スターリン体験』には、「ジョン・デュウイの『トロツキー事件』」という章がおかれている。

一九三六年から翌三七年にかけてモスクワで行なわれた「裁判」で死刑を宣告されたトロツキーに関して、その真相を究明するための国際調査委員会がつくられた。この委員会の下に、当時メキシコにいたトロツキーを審問する小委員会が設置され、J・デューイがその委員長となって、三七年四月に審問を行なった、その記録が『レオン・トロツキー事件』として出版された。たまたま改造社の『改造』編集部におかれていたその本に目をとめた小川は、十日ほどかけてこの大冊を読んだという。『体験』のその章は、この『レオン・トロツキー事件』に関するものであり、詳しい叙述があるので、ここではごく簡単に言及するにとどめる。

小川によれば、この委員会に加わるまでのデューイは、むしろスターリンの方を妥当と見ていたらしい。しかし、デューイはトロツキーに関する手に入る限りの資料を集めて徹底的に読み、のちにはトロツキーの方が正しいという考えに傾いたという。これはむろん、トロツキーの政治的立場にデューイが同意するようになったということではなく、トロツキーを断罪した「モスクワ裁判」の結論が

正しくないという認識に至ったという意味である。(『体験』一〇七頁)

小川は、尊敬していたJ・デューイによるトロツキー審問の記録をつぶさに読んだことも加わって、イデオロギー的なソ連礼讃の立場に立つことはなかった。

のちのことになるが、小川がシベリアに抑留されていたとき、一部の日本人捕虜は「民主化運動」を行なってスターリンを礼讃した。しかし、小川はエスペランティストだったから、左翼のソ連観にはない視点をあわせもっていた。それは、一九二〇年代におけるソ連では、エスペラント運動が盛んだったのに、スターリン主義の台頭とともにこの運動が下火になっていることに疑問をもっていたという点である。

したがって、小川には日本人捕虜による「民主化運動」を批判的に見る目があったが、これが、そのシベリア体験を『極光のかげに』に描いた小川が、一部の左翼勢力から「批判」あるいはつるし上げを受ける理由にもなったのだった。ちなみに、高杉一郎[33]というペンネームは、こういう「批判」が身辺に及ぶことを避けようとしてのものであったようだがこの点は後述する。

しかし、スターリン主義勢力の存在は、日本社会においては歴史の一齣と化したといえよう。

第六章　ヨーロッパ文学の翻訳を通して

第一節　一九四〇年の輝き

これまで述べてきたように、『文藝』編集者時代の小川の仕事のピークは、一九三七年から三八年初めにかけてである。だが、ゴーリキー「夏の夜」（一九三八年五月号）の発表以降、ツヴァイク「レマン湖のほとり」（一九三九年十一月号）まで、デュアメル「フランス精神」（一九三九年三月号）を除くと、小川自身の意欲的な翻訳活動には、約一年半の中断がある。この「中断」は、小川が『文藝』の仕事に嫌気がさし、「満州」での仕事に転ずることを考えるような状況にあったことの反映だと見ることができよう。

むろん、『文藝』は定期的に刊行されており、小川が仕事に手がつかない状態だったというわけではない。たとえば、一九三九年九月のヨーロッパにおける戦争の開始を受けた「座談会　ヨーロッパ戦争と文学」（一九三九年十一月号。出席者は中野好夫、高橋健二、中島健蔵）は、先にも言及したが、編集者としての小川の姿勢と関連したものといえよう。また、同年十二月号には「ヨーロッパの理性」という小特集があり、片山敏彦がジュール・ロマンの論文を訳し、片山自身も論説を書いている。九月号には、福原麟太郎「英国の文化」、桑原武夫「政治の好きなフランス人」などが並んでいる。九月号の発売は、ヨーロッパにおける戦争開始以前ではあるが、雑誌を通じて時代の動向に批判的に対応しようという姿勢がうかがえる。

一九三九年秋以降になると、中野重治や宮本百合子が『文藝』誌上にまた登場するようになった。百合子の短篇小説「杉垣」（『中央公論』一九三九年十一月号）も出て、小川は気を取り直した。三九年九月のヨーロッパでの戦争の開始という事態に危機意識を深めたこともあったろう。四〇年には、小川は再び精力的に翻訳の仕事に取り組んだ。

太田　先生の翻訳で『文藝』に掲載されたもののうち、『レマン湖のほとり』に入っていないものについてうかがいます。一九三九年以降についてです。

一九三九年十一月号に、先生の訳されたS・ツヴァイクの「レマン湖のほとり」がありますね。それから、四〇年一月号にE・M・フォースターの「戦争と読書」が訳者名なしで出ていますが、これは先生のものですか。

小川　そう。

太田　三月号には「二兄弟作家」という小特集のようなものがあり、ハインリヒ・マンが「ニーチェ」、トーマス・マンが「自画像」、そして、シュテファン・ツヴァイクが「トルストイ」、アーノルド・ツヴァイクが「自画像」というのを書いています。これは先生の訳されたものですね。

小川　そう。四つともそうだ。

太田　この「二兄弟作家」には、まえがきのようなものがあり、その筆者名は狩野一郎となっていますが。
小川　それはぼく。
太田　いろいろなペンネームを使われたのですね。
小川　伊豆の狩野川からとった名前だ。
太田　四月号にはバーナード・ショーの「戦後の世界」と、H・G・ウェルズの「戦争の目的」が載っていますが。
小川　それもぼくだ。
太田　四〇年八月号に「トーマス・マン訪問記」と「シュテファン・ツワイク訪問記」が出ていますが、これは先生が訳されたものですね。
小川　そう。もう少しあとのことになるかな、ぼくはアメリカから戻った坂西志保さん(1)を、星岡茶寮に招待して話を聞いたこともあった。つとめて国外からの情報を聞こうとしたのだ。

これを『レマン湖のほとり』収録作品とともに掲載順に並べてみると、繰り返しになる部分もあるが、次のようである。（人名表記は原文にしたがう。号数の後ろに、四百字詰め原稿用紙に換算したおおよその枚数を示す。＊を付けたものは、マンの「往復書簡」のところの場合と同様、『レマン湖のほとり』収録作品。それ以外のものが小川五郎訳だということは、これまでほとんど知られていなかったことである。）

ツワイク「レマン湖のほとり」一九三九年十一月号（二十四枚）＊
フォースタ「戦争と読書」一九四〇年一月号（十三枚）
「二兄弟作家」（一九四〇年三月号）に以下のものを含む。
ハインリヒ・マン「ニーチェ」一九四〇年三月号（十一枚）
トーマス・マン「自画像」同（十二枚）
シュテファン・ツヴァイク「トルストイ」同（八枚）
アーノルド・ツヴァイク「自画像」同（五枚）
バーナード・ショー「戦後の世界」一九四〇年四月号（六枚）
H・G・ウェルズ「戦争の目的」一九四〇年四月号（十五枚）
ヴィルドラック「小さな文房箱」一九四〇年五月号（三十九枚）＊(2)
「トーマス・マン訪問記」一九四〇年八月号（七枚）
「シュテファン・ツワイク訪問記」一九四〇年八月号（六枚）
デュアメル「ユマニストの嘆き」一九四〇年八月号（四十三枚）＊
ハンリ「海峡」一九四一年二月号（十五枚）＊
フリイマン「神まことを知り給ふ」一九四一年十月号（三十八枚）＊(3)
ツワイク「コレクション」一九四二年四月号（四十枚）＊

『レマン湖のほとり』巻末につけられた高杉自身による「解説」によれば、この本に収められた十一の短篇の多くは、「戦争の暗い谷間のところどころで、わたしが自分の進むべき道を手さぐりするような思いで、あるいはおそろしい暴風雨のような戦争の狂気にまきこまれないためのこころのささえとして、訳したものである」という。

「馬」「馬房の夜」「海峡」「神まことを知り給ふ」は英語から、「レマン湖のほとり」「コレクション」はドイツ語から、「夏の夜」「小さい文房箱」「ユマニストの嘆き」はフランス語からそれぞれ訳したものであった。

これらの背景には、小川が学生時代に第一次世界大戦後の「戦争文学」にふれ、国際主義的な考え方に接していた点であり、このことは高等師範学校のところですでに見た。『レマン湖のほとり』の「解説」には、次のように書かれている。

その時期は学生時代だけでおわってしまったけれども、それはこころの底に沈澱となってのこっていたらしく、第二次世界戦争の危険が近づいてきたときに、わたしが自分の生活をささえるよりどころとしたものは、結局むかしまなんだ、やや空想的で感傷的な国際主義の精神であった。パリやマドリッドでひらかれた文化擁護国際作家会議にわたしは注目し、その系列の作家の作品をもとめて読んだり訳したりしはじめた。(4)

確かに、『文藝』一九三五年九月号を見ると、「世界文化情報」という表題で、「ロマン・ローランのソヴエート訪問」「国際文化擁護会議」という記事に加えて、ジイド「文化の擁護」が掲載されている。三〇年代のフランスやスペインの人民戦線の動向やナチスの動向は、日本の知識人の関心を引いていた。それゆえ、フランスの文芸雑誌やドイツからの亡命者を中心とする雑誌などが雑誌編集の有力な情報源になったという事情は、よく理解できるところである。

第一次世界大戦後に氾濫した戦争文学というと、マルタン・デュ・ガール（一八八一〜一九五八）の『チボー家の人々』、ヘミングウェイ（一八九九〜一九六一）の『武器よさらば』、レマルク（一八九八〜一九七〇）の『西部戦線異状なし』などを考えればよいし、小川が「夏期大学」で接したアンリ・バルビュスの作品も同様であって、これらの諸作品は戦争への痛烈な批判を含むものであった。

小川の訳したツヴァイクの短篇「レマン湖のほとり」にも、同様の傾向が見てとれる。この作品は、シベリアから船で太平洋を回ってフランスに送られたあるロシア人のことを描いている。バイカル湖付近の出身のそのロシア兵は、足を負傷して病院に入る。傷が癒えて、看護婦に「シベリアはどの方向か」と尋ね、それを聞いてなんとバイカル湖まで歩いて帰ろうとする。レマン湖に行き当たり、自分で筏を作って渡ろうとしたが衰弱し、そこを地元の漁師に助けられたというわけである。

そこの人びとも、この男の言葉がわからず、彼が何者かが理解できない。しかし、やがてロシア語を理解する男が現われ、兵士に話しかけ、ようやくその兵士がいかなる素性の者か、おぼろげながらわかるようになる。だが、この兵士は、ロシア革命が起こってツァーリが廃帝となったということなど、まったく理解できない。レマン湖のほとりの村人たちは、いささか扱いかねるが、親切な人物の申し出で、当面数日間は安心して暮らせることになった。

しかし、故郷を恋いこがれるこのロシア兵が、帰郷が絶望的だと悟ったとき、悲劇が起きる。

この作品には、平和を求める国際主義が脈打っていると見ることができよう。東シベリアの寒村に住み、ロシア革命が起きても、それが何を意味するのか理解できないような男をフランスにまで送り込ませた戦争。その戦争を否定する思いが、この小説にうかがえる。

それに対し、日本ではどうだったか。『改造』に掲載された小説で考えると、一九二一年から志賀直哉の『暗夜行路』の連載が始まっている。しかし、ほぼ同時代のD・H・ローレンスの『チャタレイ夫人の恋人』（一九二八年）に比べても、この小説に戦争の姿をみることは難しい。日本の場合、第一次世界大戦は、経済面における「天佑」ではあっても、多数の日本人の生活に甚大な影響を与えるようなものではなかったから、『暗夜行路』に戦争の影がひそんでいなくても当然のことではある。

ハンナ・アーレントは『全体主義の起源』[5]で、その一九一四年という「破局が放った閃光にわれわれはまだ今日でも目がくらんで」いると書いた。また、ホブズボームは、二十世紀の歴史を描いた彼の本に「極端な時代」という名前を付けた[6]が、その場合の二十世紀とは一九一四年の第一次世界大戦の開始から一九八九年の冷戦終結に至る時期であった。

だが、日本社会を中心に考えれば、一九一四年が時代の大きな区切りになっていると考えることはできない。

一九三〇年代半ば以降、中国戦線が膠着し、やがて日中の全面戦争に至る時代に、「世界の流れや状況を十分に反映させる」という課題を自らに課した場合、戦争について何か語らなければならないとすれば、そして、「生きてゐる兵隊」事件のような事態を繰り返すわけにはいかないとすれば、英仏独の小説の紹介という方策は、一つの可能な選択肢であったといえよう。

そのような観点から『レマン湖のほとり』所収の短篇を眺めるならば、「ユマニストの嘆き」「海峡」などには、ヒトラー政権下でまさに進行しつつある事態を指摘するところが暗示されていた。たとえば、ハンリの「海峡」をみてみよう。この作品の舞台はイギリスの海岸らしいが、そうかどうかは必ずしも定かではない。一週間ほど前にこの海岸に再度やってきた「私」は、以前に顔は知っていたジョージという男が発狂したらしいことを知る。その発狂の原因も定かではないが、どうやら毎日のように海岸に打ち上げられる溺死体を見たことが原因らしい。別の老漁師が溺死体のことを「私」に語る。

「あすこに打ち上げられてるんでさあ、船乗りが。何処から流れてくるんだか見当がつかねえんですがね。それに女子供から年老りまでみんな混つてるんでがす。それが潮ごとですよ、旦那。潮の満ちるたんびでがす。昔あ海の魚だつたが、いまあ人間様になつた」

そして、多くの人が溺死体を見に、海岸に集まっていて、そのなかのある男が、「毎日かうなんだ。まるで満ちてくる海のなかには、人間だけしかゐないやうに」と語る。そこには小さな少女の溺死体もあって、だれかが「かはいさうに、この子はきつとオランダ人にちがひない」と語る。

このような異常な事態が進行していた。この「海峡」には無署名の、しかし、おそらくは小川五郎による「解説」がつけられているが、そこには、「海峡」は英国の季刊誌「ライフ・アンド・レターズ・ツデー」一九四〇年五月号に発表されたとあり、さらに、「参考のために書けば、ドイツ軍が白〔ベルギー〕蘭に進撃したのが五月十日、オランダ軍の降伏を見たのがおなじ月の十四日である」（『文藝』一九四一年二月号、一九五頁）とある。この「ライフ・アンド・レターズ・ツデー」一九四〇年五月号の発行時期をいま私は審らかにしないが、「海峡」とこの「解説」とをあわせると、この「解説」は、婦女子を含む大量の溺死体とドイツの侵攻とに関連があることを暗示しているように読める。

ここには「生きてゐる兵隊」ほどのルポルタージュ的迫真性があるとは言えないにしても、ナチスによる占領下でどのようなことが進行しているのかを伝えてはいるだろう。

『文藝』一九四〇年八月号掲載のジョルジュ・デュアメル「ユマニストの嘆き」にも、「近代ドイツのおそるべき偉大さは、飛行機や大砲や機関銃や毒ガスを以つてすれば、あらゆる抵抗を絶滅し、精神さへも絶やすことができると考へたことにある」（二二九頁）などという記述がみえる。

ここで、デュアメル「ユマニストの嘆き」の『文藝』版と、戦後の『レマン湖のほとり』収録の同作品の訳文を比較してみると、戦後版では題名が「戦争と平和」と変更されていることは別としても、本文自体に『文藝』版では部分的に削除されたと思われる部分があることがわかる。一例のみあげると、今ここに引用した部分のすぐあとに、戦後版には次のような部分がある。

強制移住、大量的な刑罰、無慈悲な抑圧——ドイツ第三帝国の指導者たちの狂いじみた行為を見ると、ドイツは自分の敵対するものに対して絶滅戦争を行つているのではないだろうかと思う理由が十分にある。（『レマン湖のほとり』一九五三年、九八頁）

だが、この部分は、『文藝』版ではまったくみられず、意識的に省略されたものと思われる。(7) 私は、デュアメルのフランス語原文を見ていないので、原文に基づくテクスト・クリティークを行なう用意はない。しかし、戦後版にのみみられるこの部分は、日中全面戦争の時代、日米開戦の迫る時代には、発禁処分となる可能性が高いと小川編集主任には判断されるところであったと思われる。

『レマン湖のほとり』に収められてはいないが、E・M・フォースターの「戦争と読書」も冷静な筆致の論文であり、そこには次のような一節があった。

> 私の愛読する本――それをどう説明したものだらうか？　それは時局に関するものではないが、しかし、時局に光りを投げるものだ。私の言はうとするところを、実例を挙げて説明しよう。九月三日、私は「ヴェニスの商人」に、言はば心を奪はれてゐた。この戯曲のまんなかあたりを読んでゐるときに、宣戦が布告された。「ヴェニスの商人」は、現下の時局に関するものではない。それは、こんどの戦争を扱つたものでもないし、元来いつの戦争も扱つてはゐない。〔中略〕私が指摘したいと思ふのはただ、ナチスが野蛮行為によつて解決しようとした民族問題は、はやくもエリザベス時代の英国の良心に提出されてゐた問題であるといふ点だ。
> 〔中略〕私は過去に書かれたもので、思ひがけなく現下の時局に光りを投べ〔ママ〕るやうな本を読むのが好きだ。〔中略〕私の考へでは、こんな時代には、イギリスのものでない本をなにか読むことが大切だと思ふ。われわれは外国人がものごとをどう見てゐるかといふことを知らなければならない。でないと、われわれは馬鹿になり、偏狭になる。(8)

フォースターはこのように書き、さらに、「ドイツの国民たちは、気の毒にも、現在の暴君たちによつて、外国の本を読むことを許されてゐないだらう。」ドイツでは「ドイツ最大の詩人」たるハイネは、ユダヤ人であるがゆえに禁止され、「さらに卓んでて最大の詩人であるゲーテ」は、顰蹙されている。なぜなら、ゲーテのなかには「国家」でない「なにものかに対する想念」があるからだと論じている。

『文藝』読者の多くは、フォースターのいう「ドイツ」をドイツとだけ読まず、そこに日本を重ねていたことは明白であろう。

小川五郎が一九三九年末から四〇年にかけて翻訳して『文藝』に掲載した諸作品は、以上の紹介だけからしても、戦争の進行に抗する側面を秘めたものであることがわかるであろう。文明論的な批評眼を具えた人の、三面六臂ともいうべき活躍ぶりであった。

一九三七年における小川と同様、ここでも小川の主体的な底力が横溢、特有の光輝を放っている。だが、こうした小川の翻訳も、一九四一年、四二年となると途絶えがちになり、ツヴァイク「コレクション」(『文藝』一九四二年四月号)が、戦中における小川の(発表された限りでは)最後の翻訳となった。この作品については、のちに少しふれる。

小川による『文藝』誌上の欧米文学の翻訳は、「理性と良識の国際主義」からなされたものが多いとは思うけれども、その枠には入らないのではないかと思われる作品もある。スメドレー「馬」や蕭紅「馬房の夜」にはふれないとしても、フリイマン「神まことを知り給ふ」がそれである。この作品は、「一九一四年に始まつて、いま漸く進行し始めたばかりの二十世紀」の一面を描こうとしている。そして、「殺人犯は必ず自分の犠牲者を誹謗しなければならない」とか、「罪あるは、殺したる者に非ず、殺されたる者なり」という事態が生じる経緯を描いている。[9] 私にはこれは、ナチズムやスターリン主義という「全体主義」を描いているように読める。二十世紀がいかなる世紀であったかを考えるさいには、欠かせない視点であると思う。

第二節　「朝鮮文学特集」

一九四〇年の『文藝』で眼を引くのは、七月号の「朝鮮文学特集」である。小川が張赫宙と金史良にも相談したというこの「朝鮮文学特集」は、次のような構成になっている。

林房雄「朝鮮の精神」
林和「朝鮮文学の環境」
張赫宙「慾心疑心」
兪鎮午「夏」
李孝石「ほのかな光」
金史良「草深し」
白鐵「朝鮮の作家と批評家」
李石薫「朝鮮文学通信」

この号の編集方針に関しては、

小説も評論も、筆者をすべて直接日本語で書けるひとだけに限らなければならなかったのはやむをえないことだった。この特集はかなり評判になって『文藝』はよく売れ、私は多くの朝鮮人と

友だちになることができた。（『記憶』一六六頁）

と書かれている。ここに名前が出てくる張赫宙について言えば、彼の作品「餓鬼道」（『改造』一九三二年四月号）は、『改造』の小説募集に応募して当選した日本語小説であった。張赫宙はそののちも、「追はれる人々」（同、一九三二年十月号）をはじめ、次々と創作を発表した。彼が日本語で小説を書いた動機は、「植民地支配下の朝鮮において、朝鮮人がいかに悲惨な状態にあるかを広く世界に知らせたい」ということであったという。(10)

しかし、一九四二年には、「皇国文化宣揚大東亜文学者会議」が開催され、その準備委員の一人に張赫宙の名前が見える。(11)

また、兪鎮午と白鐵に関しては、次のような回想がある。

昭和十七年の十一月三日に、東京の大東亜会館（いまの東京会館）では、情報局主催の大東亜文学者会議がひらかれていた。中国や「満州国」からの代表にまじって、朝鮮からも幾人かの代表がオブザーバーの資格で参加していたが、そのなかには兪鎮午と白鉄もまじっていた。〔中略〕

私は、中国や「満州国」の代表たちが、日本の文学者やジャーナリストたちにさかんにチヤホヤされるなかで、植民地朝鮮の作家たちが会場の片隅にひっそりと坐っていた姿を、いまでもはっきり想いうかべることができる。日程がおわって、中国や「満州国」の代表たちが、その宿舎である帝国ホテルや山王ホテルににぎやかに帰っていくと、朝鮮の作家や批評家たちは、会場からは遠い新宿の殺風景なホテルへ音もたてずに帰っていった。

ある晩、私はその新宿のホテルの兪鎮午の部屋に坐っていた。(「兪鎮午のこと」『家族たち』二六〜七頁)

この特集号に登場する作家たちについて言えば、金史良のように〈抵抗〉を貫いたとされる作家と、張赫宙のように〈協力〉に傾いたとされる作家がいて、一九四〇年における『文藝』の「朝鮮文学特集」評価をどう評価するかには難しい問題があるのかもしれない。[12] ここではその問題には立ち入らず、小川が「多くの朝鮮人と友だちになることができた」と感じていたことを確認するにとどめておこう。

そして、ここでは、一九四〇年七月号の「朝鮮文学特集」より一年半ほど前、『文藝』一九三九年一月号に長篇小説「加藤清正」、同年同誌二月号には「朝鮮の知識層に訴ふ」というエッセイを載せていた張赫宙についてのみ、若干の補足を記しておこう。

この小説「加藤清正」によって、張赫宙は「民族主義者」から転じて「日本帝国主義への忠誠」という立場に移ったとされるようだが、川村湊は、この作品が加藤清正を英雄視するものというよりも、なぜ朝鮮軍がたやすく敗退したのかを主題としたものではないのかと問題を提起した。[13]

他方、「朝鮮の知識層に訴ふ」には、次のような主張が見られる。

事態は諸君の望む通りにはならないのだ。朝鮮統治は日に〳〵革められてゆくだけなのだ。既に学校令が変り、警察令も変つた。次にくるものは、義務教育と徴兵令の実施である。

そこで、文人に直接問題になるのは、この義務教育である。今年これが実行されれば、三十年後には朝鮮語の勢力は今日の半分に減退する。更に三十年後には？　アイルランドは三百年にして英語になり、今日ではよほどの山間の住民の間でなければケルト語はきけんやうになつたといふ。今日に於いては三百年のことは百年あれば足りる。

ここで、文人諸氏は益々朝鮮語にかぢりつくであらう。それを私は壮とする。けれども、それと同時に、内地語に進出することも、必ずしも排撃することはないと思ふが何うであらう。

日本語も今後は益々東洋の国際語たらんとしつゝある。ショウもイエーツもケルト語でかいてゐたとすれば、今日の世界的作家になつたであらうか。(14)

というのであり、これがこのエッセイの中心的主張だと見てよかろう。これは、日本の朝鮮支配への「協力」以外のものではないといえようが、同じ二月号の「編輯後記」（署名なし）には、次のような記述がある。

張赫宙氏はこの論を三年来胸に持ちつゞけたといふ。氏は本誌からの話をきくと、「遂に時機が至つたか」と呟き、「思ひ切つて書いてみませう」と日夜書斎にこもり四十枚にわたるこの警告の文章を書き上げた。内鮮融和の殊に要望せられてゐる今日、朝鮮知識人の間に必ず大きな反響を喚び起すことゝ信ずる。(15)

この「後記」は無署名であるので、小川がこれを執筆したかどうかはわからない。しかし、「本誌からの話をきくと」とあるから、主題選択にはある程度編集部側、つまり小川五郎編集主任の意図が反映していたと見ることはできよう。そして、張赫宙の「朝鮮の知識人に訴ふ」が、「朝鮮知識人の間に必ず大きな反響を喚び起す」とあるので、このエッセイがある種の「問題作」だと認識されていたことは明らかであろう。

このエッセイが親日派文学者への「転向」を意味するにしても、このエッセイが発表された一九三九年という時点に至ると、小川五郎が『文藝』編集者として中国や朝鮮の文学者たちに寄稿を依頼すれば、「親日的」であるか否かが決定的に重要な問題となる時代になっていた点に注目しておきたい。

第三節　東京文理科大学英文科

太田　先生は、東京文理科大学の教育学科を放校となり、そのあとに、文理大の英文科に入られたのですね。

小川　ぼくは、文学青年時代をもたなかったし、高等師範では英語科にいたけれど、大学は教育学科だった。だから、『文藝』の編集担当になったとき、これは困ったと思い、文理大の英文科に入ろうと考え、試験を受けた。復学するためには頭を下げなければならず、それはいやだった。文理大の英文科入試のときに面接があり、担当は福原麟太郎先生だった。先生は「新保守主義者」と言っていたし、また、ぼくが教育学科を放校になったことはご存じだったと思うけれども、太っ腹なところがあって、入学を受け入れてくれた。ただ、ぼくは面接のとき、自分は改造社の社員なので、きちんと講義に出席できるかどうかはわからないが、とも言っておいた。

この小川の話からすると、小川の英文科入学は『文藝』編集部に配属されて間もなく一九三七年ごろのことのようにも思える。しかし、小川の遺品のなかに、一九五七年か五八年初めに書かれたと思われる自筆の「個人調書」があった。それによれば、東京文理科大学英文科への入学は一九四〇年四月、卒業は四三年三月である（ちなみに、この「個人調書」には、小川の東京文理科大学教育学科在籍については記載がない。静岡大学内の無用なトラブルを避けようとしてのことであったのだろうか）。

福原麟太郎のエッセイ「椰子林の中の学生たち」(16)には、小川の卒業は一九四四年三月三十一日、「同級生におくれて単独卒業」とある。また、「彼は頭が良く、物識りで、外国語がいくつも出来た。英露独仏のほかにエスペラントが得意であった」とある。

福原が接した学生の卒業論文について回想している文章のなかに、次のようなところがある。

それから〇。彼は、聡明な秀才であったが、すでに家庭を持っていたので、生活の心配もしなければならなかったからであろうか。論文をなかなか出さない。同級生と同じ年には卒業せず、また次の年にもあやしいと思えたので、とにかく何でも良いから出せよ、月賦で出せよ、あずかってやるからと、すすめた。すると彼は、三十枚とか四十枚とか書いては、それを綴じもしないで、ヒモで十文字にくくったのを毎月研究室へとどけ、本当に月賦納入をはじめた。それが三、四ヵ月つづいてやっと完成したのであったが、サー・トマス・モアの研究で、どうせ間に合わせのものだろうと思って読みかけたのだが、実に面白く、よく調べてあり、とても頭の良い論文であった。私は彼に、その論文のために貸してあったモアの家庭生活に関する二冊の古い本を、あらためて進呈することにした。そして彼は、やっと首尾よく卒業して文学士になったのだが、その途端に赤紙が来た。そして満洲へ連れてゆかれ、やがて終戦となり、ロシアの捕虜となって、シベリアに流寓し、懲罰大隊に入れられて苦労し、四年ののち無事に帰って来た。[17]

このOは、あきらかに小川五郎のことである。こうして、福原麟太郎との親交が生まれたことは、『文藝』編集にプラスに作用したといえよう。もっとも、福原は東京文理科大学ができるまえは東京高等師範学校の教授であって、小川はそこですでに福原のことを知ってはいた。

小川　福原先生との縁で、『文藝』（一九四〇年十二月号）では、福原麟太郎、西脇順三郎、中野好夫、阿部知二が出席した「英文学座談会」などというのも実現できた。

ピアスの『トムは真夜中の庭で』（高杉一郎訳、一九六七年）の巻末に、福原先生がイギリスについて書かれた文章の一節を引用させてもらった。先生への恩返しのつもりだ。

太田　そうですか。先生はトマス・モアについての卒論を書いて英文科を卒業されたわけですね。

小川　福原さんもトマス・モアが好きだった。ぼくは、福原さんからの影響のほかに、大塚金之助が『改造』に書いたトマス・モア論[18]も参考にして――と言うことは、カール・カウツキーの『トマス・モアとそのユートピア（*Thomas More und seine Utopie*）』を参考にして、卒論を書いた。

文理大というのは、期間は短かったけれど、いい仕事をしたと思う。福原さんも務台理作先生も。務台さんは東京高師の国文科を出てから京都大学へ行って、西田哲学の継承者になった人だ。ぼくは、この二人の先輩から多くのものをもらった。

第七章　日米戦争の開始から改造社の解散へ

第一節　一九四一年十二月八日

ギリギリの抵抗を続けてきた編集者小川五郎も、時代の大きな波に翻弄されることになる。それは、一九四一年十二月八日、日米の開戦によってである。高杉一郎（小川五郎）は、このときのことを回想して、「『文芸』編集者として」（『家族たち』所収）という論文に書いた。[1] この論文は、のちに竹内好の「近代の超克」論文で分析されたものであり、竹内はこの論文で、「一九四一年から四二年にかけての知的雰囲気を今日復元することのじつに困難であるのを感じる」と書いたあとで、高杉論文から以下のような部分を引用している。[2]

日本が中国に侵略戦争をおこなっていたかぎり、私たちは惰性的で無気力なものであったにせよ、抵抗意識をもちつづけたのであった。

ところが、やがて戦争がヨーロッパに飛火し、それがふたたびアジアにかえって、日本が昭和十六年の暮についにあの絶望的な太平洋戦争のなかにとびこんでいくと、私たちは一夜のうちに自己麻酔にでもかかったように、抵抗意識をすてて、一種の聖戦意識にしがみついていった。十二月八日の晩、灯火管制がしかれてまっくらな銀座通りを、私は同僚でもあり文芸評論家でもあった寺岡峰夫といっしょに、興奮した声で話しあいながら歩いていった。〔中略〕

その晩にかぎって酒を思いあきらめ、まっすぐに阿佐ヶ谷の家に帰った私は、戸棚の奥をさがして、モスクワから出版されていた英語版『国際文学』のバック・ナンバーを見つけだした。それは、ソヴェート・ロシアがドイツ軍から攻撃をうけたときの特集号で、Will to Fight!! という見出しのもとに、あらゆるソヴェート作家たちがファシズムと戦いぬく決意をのべていた。そして、それにつづけて、コサック兵の出陣の風景をえがいたショーロホフの短編などがのっていた。

あくる朝、その雑誌をもって出社した私は、『文芸』にそれとまったくおなじ形式の編集を計画し、たくさんの作家たちに「戦いの意志」を書いてくれるように依頼の手紙を書いた。依頼をことわってきた作家はひとりもいなかったし、私自身がその編集プランに小指の先ほどの疑いももってはいなかった。

〔それ以来、私たちは手を汚しつづけた。〕(3)

これに続けて、竹内は引用していないが、次のように書かれている。

「以来、軍報道部や情報局におん覚えのよくなかった改造社」は、「生きのびるために」、当時の戦時体制の「指導的な」評論家を「編集顧問」に選ぶに至った。彼らから受けた「再教育」は、「編集者にとってこれほどひどい侮辱はなかったけれども、私たちは誰ひとりこれに抗議しなかったばかりでなく、みずからも仮面を合理化できそうなもっともらしい理論には、よろこんでとびついていった。『文芸』はペラペラな形にやせほそり、そのどのページにも文芸のブの字も見いだせない惨めな文芸雑誌になっていった。(4)」

竹内は、ここに示した彼の引用の後に、次のように書く。

抵抗から協力への心理の屈折の秘密がここに見事に語られている。〔中略〕たしかに今日から見れば、この場合の高杉は、理性による判断を捨てているといえる。しかし、高杉の寄稿に「依頼をことわってきた作家はひとりもいなかった」のである。〔中略〕それはたしかに理性ではないが、具体的状況においては単なる非理性でもなかった。それは、虚偽の戦争よりは真実の戦争を、という選択だった〔中略〕。

主観的には神話の拒否ないし嫌悪は一貫しながら、二重にも三重にも屈折した形で、結果として神話に巻き込まれた、と見る方が大多数の知識人の場合に当てはまるのではないかと思う。

ここで話題にしている『文藝』一九四二年一月号から少し引用をしておこう。まず雑誌巻頭に斎藤茂吉の「開戦」という歌が並んでいる。抄録すると、

たたかひは始まりたりといふこゑを聞けばすなはち勝のとどろき

たぎりたる炎《ほのほ》をつつみ堪へしのびこらへ忍びしこの国民《くにたみ》ぞ

やみがたくたちあがりたる戦《たたかひ》を利己妄慢《ぼうまん》の国国よ見よ
何《なに》なれや心おごれる老大《らうだい》の耄碌国を撃ちてしやまむ

「大東亜戦争」といふ日本語《にほんご》のひびき大《おほ》きなるこの語感聴け

という調子である。

次に、高杉の言及している「戦ひの意志」(「文化人宣言」という副題が添えられている)という特集から、わずかながら引用しよう。

対英米宣戦が布告されて、からつとした気持です。〔中略〕聖戦といふ意味も、これではつきりしますし、戦争目的も簡単明瞭になり、新しい勇気も出て来たし、萬事やりよくなりました。〔以下略〕(本多顕彰「敵」)

今度の開戦のはじめに我が陸海軍のもたらした勝利は、日本民族にとつて実に長いあひだの夢であつたと思ふ。即ち嘗てペルリによつて武力的に開国を迫られた我が国の、これこそ最初にして最大の苛烈極まる返答であり復讐であつたのである。維新以来我ら祖先の抱いた無念の思ひを、一挙にして晴すべきときが来たのである。〔以下略〕(亀井勝一郎「以和為貴」)

激戦の数日を経てから、やゝ落ついて来た感情のなかに私は、この時代に生きて居ることの喜びを率直に感ずることができた。東亜の歴史、世界の歴史を転換せしむる為の大動力としての日本を眼のあたりに見ることは、祖先の誰もが知らなかつた現代日本人の喜びである。栄ゆる御代に逢へらく思へばといふ気持である。栄ゆる御代は苦難の時代であらう。苦難を突破してはじめて栄ゆる時代を迎へ得るのだ。〔以下略〕（石川達三「国富としての文学」）(5)

中国に対する侵略戦争は、日本からすれば行き詰まっていた。小川五郎は、この侵略戦争に対する抵抗意識をもち続けた。しかし、中国戦線を「打開」するために、対米英戦争が開始された。これは、侵略戦争とは性格を異にする側面をもっていた。竹内好の言い方をここでも借りれば、この対米英「戦争そのものが『侵略的性格をおおいかくす』ものとしてはじまったのである。」

中国がわが国の前に降伏しないのは、背後から米英が援助しているからである。こういう「理論」を信ずれば、この背後の「援蒋」ルートを遮断すれば蒋介石は降伏する、という話になる。これは当時あり得た認識のごく一面であろう。

中島健蔵によると、十二月九日、東大では「宣戦詔書奉読式」があり、中島もこれに出席した。平賀譲総長は「臣民」ぶりを発揮。仏文研究室に戻ると、辰野隆（一八八八〜一九六四、東大仏文科教授）が、「やあ、どうだい！　やったねえ」と「度外れに明るく大きい」声で叫んだという。(6)

しかし、同じ仏文の教員でも、渡辺一夫の対応は違っていた。東大の仏文教室に出入りするようになっていた加藤周一は、渡辺から「いちばん強い影響を受けた」として、次のように書いている。

もしその抜くべからざる〔渡辺の〕精神が、私たちの側にあって、絶えず「狂気」を「狂気」とよび、「時代錯誤」を「時代錯誤」とよびつづけるということがなかったら、果して私が、ながいいくさの間を通して、とにかく正気を保ちつづけることができたかどうか、大いに疑わしい(7)。
小川五郎もこのとき、「自己麻酔」にかかった、ということであろうか。ただ、日米開戦時の渡辺一夫を『文藝』編集者の位置に置き、同時期の小川五郎を大学の教員の位置に置くという仮定をあえてしてみたとき、どうであったろうか。
一年後の一九四二年十二月九日、清沢洌(一八九〇〜一九四五、外交評論家)は、日記に次のように書いた(日記であるから、少なくとも戦中の公表は想定されていない)。

昨日は大東亜戦争記念日〔大詔奉戴日〕だった。ラジオは朝の賀屋〔興宣〕大蔵大臣の放送に始めて、まるで感情的叫喚であった。夕方は僕は聞かなかったが、米国は鬼畜で英国は悪魔といった放送で、家人でさえもラジオを切ったそうだ。斯く感情に訴えなければ戦争は完遂できぬか(8)。

清沢は、中外商業新報社(日本経済新聞社の前身)、朝日新聞社に勤めた経験をもち、『中央公論』特派員もしていたので、ジャーナリズムの世界に幅広い情報源をもっていた。一九四二年十二月十五日条に、東洋経済新報社の「月曜評議員会」で聞いた話として、「奥村〔喜和男〕情報局次長は、新聞記者会合の席上で、『新聞の紙は来年から、ウンと少なくなる。諸君はやめて情報局の聖戦完遂の演説で地方でも廻れ』といったという。それから『中央公論』などはウンと少なくするとて、名をあげて攻撃した。さらに堀内という中佐は『中央公論』を無くしてしまうといったという」とある(9)。

もはや小川には、雑誌を自由に編集する余地は残されていなかった。

第二節　横浜事件の始まったころ

『改造』一九四二年八月号・九月号に掲載された細川嘉六の論文「世界史の動向と日本」は、「事前検閲」はパスしていたにもかかわらず、東条内閣時代に大本営陸軍報道部長となっていた谷萩那華雄《やはぎなかお》陸軍大佐がクレームをつけ、それが改造社、中央公論社の社員などの逮捕につながり、これがやがて死者まで出した言論弾圧事件である「横浜事件」に発展する。

私たちが編集していた雑誌『文藝』『短歌研究』『俳句研究』などは政治問題をとり扱うための供託金をおさめてなかったので、ミューズの神にまもられたのか、時局に全く関係がないものとして嵐にはさらされなかった。しかし、隣りの部屋の苦渋を眺めていると、自分の仕事も手につかない気もちだった。（『体験』一六七頁）

『文藝』一九四二年四月号に、小川の訳したツヴァイクの短篇小説「コレクション」が載っている。同じく小川が訳したツヴァイクの「レマン湖のほとり」は、先にもその筋を記したように、明白に反戦小説であったが、「コレクション」はそういうものではないし、そういうものであったなら、四二年四月号に掲載されることは考えられない。けれども、ドイツを舞台とする美術品収集家の話である

「コレクション」には、時局迎合的なところはどこにもない。第一次世界大戦後のインフレで経済的条件が激変したのに、それを理解できない盲人の収集家の悲劇であり、戦争が人びとの生活に及ぼす大きな影響の一面が描かれている。この作品は、「盟友」ドイツを舞台としているがゆえに、日米戦開始以降でも辛うじて発表できたものであろう。日米開戦にさいして小川は「自己麻酔」にかかったのかもしれないが、このようなツヴァイクの作品を掲載したことも、やはりギリギリの、しかも思慮深い選択であったと思われる。

同じ号には、「特別攻撃隊」と題された三つの作品が並んでいる。横光利一「軍神の賦」、木村謹治「九軍神讃」、佐々木信綱「九つの眞玉」である。「全体主義的国家観」を鼓吹した木村謹治（東大独文教授）のような発想を小川は抱いてはいなかっただろうが、小川が木村たちに原稿を依頼する側にいたことは確かである。

一九三七年と四〇年という二つの頂点をもつ『文藝』編集者としての小川五郎の活動も、「横浜事件」のころになると、もはやこれという企画自体が不可能になっていたといえよう。一方では、情報局が設置（一九四〇年十二月）され、マスメディア統制が進む[10]。印刷用紙の統制が始まり、情報局が「執筆禁止者名簿」を「内示」する（一九四一年二月）事態となる。禁止されないまでも、執筆者の間に疑心暗鬼がつのるようになる。中島健蔵の書いている一つのエピソードをあげておこう。細川嘉六論文が問題視された時期よりも前のことだと思われる。

戦地に行くという人間を送る会があった。馬場恒吾、三木清、豊島与志雄、戸坂潤、徳田秋声、武田麟太郎、その他大ぜい知り合いがいた。〔中略〕後に思想犯で捕えられて戦争中に獄死した戸坂潤のわきに偶然腰かけたので、とりとめのない雑談をしていると、わきから武田麟太郎が、わたくしの尻をつついた。そして、用事ありげにわたくしを別の離れた席へ連れ出して、「戸坂と親しそうに話をするとあぶないぞ、気をつけろ!」といった。(11)

三木や戸坂を取り巻く雰囲気は、このようなものだったのである。
一九四二年二月、三木清、清水幾太郎、中島健蔵らは、「陸軍宣伝班員」として徴用され、南方に向かった。

太田　三木清の論文で思い出されること、印象に残っていることはありますか。

小川　一九四三年三月の中島健蔵との対談「大東亜文化」(『文藝』一九四三年三月号)が問題だと思う。三木は、近衛文麿の昭和研究会に期待するところがあったと思う。三木自身が「東亜共同体」論を唱えたわけだ。三木は石原莞爾の「最終戦争論」を強く意識していた。多少共鳴するところがあったのだと思う。(12)

ちょうどそのころ、清水幾太郎が徴用でビルマに行って帰ってきたところだった。三木もフィリピンに行った。清水は帰ってきて、ジャーナリストの集まりでスピーチをし、ぼくもそれを聴いた。ビルマのある青年が「大東亜共栄圏というのは、United States of Asia ということか」と質問をした。自分としてはそうだと言いたかったが、いちおう当地の軍人、少尉だったかな、にうかがいをたてた。すると、その軍人は、しばらく考えて、「千成瓢箪で行け」と言った。その意味は、千成瓢箪は、一番上に大きな瓢箪があり、それが日本だということらしい。しかし、これを聞いたそのビルマの青年は二度と清水のところに現われなかったという(13)。
三木の「大東亜共栄圏」の位置づけも、ほぼこの千成瓢箪に近いものだったのではないか。三木も、この「千成瓢箪」をUnited States of Asiaの方向にもって行こうと考えていたのではないかな。

小川はここで、「東亜共同体」を「問題だと思う」と語っているけれども、それは、三木を批判するということではないらしい。というのは、小川自身がいささか三木のこの論に共感するところがあったからであろう。改造社を辞して義兄が「満州国」に用意してくれた職に移ろうかと小川が真剣に検討したことも、時期的には少し隔たりはあるが、関連する発想かもしれない。

いずれにしても、ここに書いた情報局の設置、印刷用紙配給の統制によって、改造社はますます圧迫され、まさしく「仕事も手につかない」日々が続く。

『文藝』一九四三年新年号の「戦争と作家」という座談会には、ついに谷萩那華雄陸軍大佐までもが登場するに至っていた。

第三節　『時局雑誌』との関わり

一九四三年ころ、改造社における小川の部署に異動があった。四三年ころと書いたのは、その時期が必ずしもはっきりしないからである。そこで、この異動時期について検討してみたい。小川編集主任の下で編集担当をしていた木村徳三の『文芸編集者　その跫音』には、このことが次のように回想されている。

この事件〔横浜事件〕があって間もない三月、『改造』を補う意味で新雑誌『時局雑誌』が創刊される運びとなり、小川五郎さんがそれを担当することになって『文藝』から退いた。山本社長にすれば片々たるパンフレットのようになった文芸雑誌にはほとんど関心も興味もなくなっていたのであろう、私をよんで、「『文藝』は君でやれるか？」「ええ、まあなんとか……」それだけで簡単に私が『文藝』の采配をふるうことになったのだった。(14)

しかし、この回想には記憶違いが含まれている。まず、横浜事件があって「間もない三月、『改造』を補う意味で新雑誌『時局雑誌』が創刊される運びとなり」とあるが、『時局雑誌』の創刊は一九四二年一月号である。また、横浜事件の発端となった細川嘉六論文は、すでに見たように、『改造』一九四二年八月号・九月号の掲載だったから、横浜事件後に『時局雑誌』が創刊されたかのように書いている木村の回想のこの部分は、事実に反している。

また、木村の本を読むと、「間もない三月」というのが、文脈からはむしろ一九四四年の話のようにも受け取れる。しかし、もし四四年三月だとすると改造社の「解散」が同年七月末であり、『文藝』の最終号である四四年七月号まで数号しかなく、「采配をふるうことになった」というにはあまりにも短いので、編集主任の交替は四三年のこととしておこう。

他方、小川が『文藝』担当を離れたことについての記憶は、木村の記憶と微妙に異なり、事が「簡単に」運んだわけではないようである。小川の回想では、ある日、山本社長に呼ばれ、雑誌『文藝』の編集を木村徳三君に担当してもらう気はないか、代わりに『時局雑誌』の仕事をやってくれないかというものだったという。

小川　山本実彦がぼくを『時局雑誌』に移すとき、山本はぼくに対して、「ぼくは『「文藝」を君一人で編集できるのか』と、木村君に何度も聞いて念を押したよ」と、遠慮がちに言った。あまり遠慮がちに言うということのない男だったので、少し奇異な感じがした。

ぼくは雑誌『文藝』で、宮本百合子の連載を続けていた。それだけでなく、一九四一年はじめには百合子の「紙の小旗」を『文藝』〔一九四一年一月号〕に載せた。これははっきり反戦小説だ。それが一部から批判を受けていた。ぼくは当局ににらまれていたと思う。こういう作品を載せるとは、大胆といえば大胆、バカといえばバカだった。ぼくは百合子さんに惚れ込んでいたんだな。

百合子さんは日本女子大学にいたことがある。順子〔小川夫人〕には、百合子さんは母校の先輩だという意識があり、家族ぐるみのつき合いだった。あくまでも、彼女の発言を活かしたいという気持ちだった。

山本に『時局雑誌』に移らないかと言われて、ずいぶん悩んだ。時局のことを扱えば、ミリタリズムにしたがうことになるから。

ちょうどそのころ、チャンドラ・ボース来日というニュースがあった。ぼくは「これだ」と思った。独自の時局雑誌を作れると思った。

小川のこの回想によると、宮本百合子「紙の小旗」掲載のあと、あまり時間が経過しない時点で『時局雑誌』の担当に回ったように受け取れる。事実、『時局雑誌』の創刊は一九四二年一月号であるから、『時局雑誌』にその創刊のころから関わったかのようでもある。しかし、そうなると、第一に木村の回想と編集主任交替の時期が食い違うし、第二にはチャンドラ・ボースと出会った話とも整合的でない。というのは、チャンドラ・ボースについてはのちに述べることにするが、ボース来日は四三年のことであるからである。

とすると、『文藝』編集主任交替の時期については、さらなる検討が必要だが、その検討の前に、小川が「はっきり反戦小説」だという宮本百合子の「紙の小旗」について、簡単にふれておこう。[15]

この小説は四百字詰めで三十枚に満たない短篇である。時代はほぼ同時代のことであろう。茂登という女性の二人の息子のうち、兄の源一（二十五歳）が間もなく入営する。次男の廣治も翌年に入営することになっている。入営直前に、入営地に近い民家が宿舎に当てられ、そこにいる源一のところに母の茂登が来るというところからこの小説は始まる。

舞台になっている「その都市は、日清、日露と一つ戦のあるごとに大きくなつて来た町で、近頃はまた殆ど日本ぢうの玄関口のやうな場所になつた」ところという。広島、あるいは呉であろうか、そこをこのように表現するところが、高杉の言う「理性的な作家」たる宮本百合子の特徴を示しているのであろう。

また、源一の父、すなわち茂登の夫は、「若い時分三度も戦争に出て、米の商売をやるに『作戦アリ』といふ言葉をつかふやうな気質の男であつた。この前の欧州大戦後の大暴落で店は殆ど破産同然になり、やつと大きい負債を片づけた二年程前、源造は脳溢血で亡くなつた」のだったと描かれている。この表現についても、同じことが言えよう。

夫を亡くし、息子の働きに頼ってきた茂登は、二人の息子の出征という現実を前にして、「息子が二人ともゐなくなつたらすつかり商売をやめにしようと心細く覚悟をきめてゐた心持が少しづゝ変つて来てゐた」のだった。自ら仕事を続け、生き抜いて行かなければという決意のようなものが、ここには感じられる。

この「紙の小旗」は、中村智子の要約のように、「息子を二人とも兵隊にとられたあと一人で暮らしていかなければならない母親の姿が、戦争謳歌の世相の裏にある留守家族の苦しい現実として、しっかりとえがかれている」作品だということもできる。[16]

この「留守家族の苦しい現実」は、この母子の場合にのみ現われた「現実」ではなかった。戦前における「家」の思想を分析した鹿野政直は、この点に関連して、

一九三〇年にはじまる昭和恐慌は、ことに農業恐慌としてあらわれるが、モデルたるべき農家を潰滅の淵にたたきこんでしまった。そのうえ戦争、つまり三一年にはじまる十五年戦争が、「家」の潰体に拍車をかけた。総動員体制は、「家」の構成員を、国家意志のままにひきはなし(召集・徴用・動員・疎開などというかたちで、また、その結果としてひき起される死亡というかたちで)、その欲する場所へ送ることを可能化し現実化した。[17]

と書いている。そして、「『母』の観念」が、十五年戦争下での「家」の思想の軸として浮上することになったとする。この観念のもつ諸側面を鹿野は分析しているが、いずれにせよ、「紙の小旗」に描か

れた母親像は国家の側の繰り出す「慈母」とか「軍国の母」とはまるで違ったものであったといえよう。

大日本国防婦人会などというものが戦時体制の一環として組織されていたことを勘案すれば、そこで鼓吹されていた母親像への批判をも、百合子はこの作品に込めていたのだろう。

この「紙の小旗」の掲載誌（一九四一年一月号）の発売とほぼ同じ一九四〇年十二月六日、内閣情報局ができている。それは、「国家総動員法」第二十条「勅令ノ定ムルトコロニ依リ、新聞紙其他ノ出版物ノ掲載ニ付制限又ハ禁止スルコトヲ得」に規定された処分を掌るものとされた組織である。

すでに執筆禁止の憂き目を見ていた宮本百合子には、当然、再び同様の事態に陥るのは避けようという意思があったはずで、「はっきり反戦小説」と言えるとしても、「紙の小旗」には声高なところはいささかもない。「国民精神総動員」体制のなかで、そういう空疎な興奮に巻き込まれない意思、決意がこの作品にはうかがわれる。

とはいえ、宮本百合子の雑誌『文藝』への執筆は、同年五月号掲載のエッセイ「ヴォルフの世界」で終わりとなる。

再び『文藝』編集主任の交替の時期、言い換えると、小川が『文藝』担当から『時局雑誌』担当に替わった時期について検討してみよう。この点は、小川氏本人に尋ねても、判然としない。

そこで、木村の回想にしたがって、一九四三年春のころの雑誌『文藝』の目次を眺めてみると、四三年四月号には、福原麟太郎、中島健蔵、坂西志保、兪鎮午のような執筆者が並んでいる。いずれも小川が懇意にしていた人びとであるから、この時点では、まだ小川が編集主任だったように私には思われる。

それが、五月号には巻頭に川端康成の「故園」が巻頭に置かれていて、これが六、七、八、十月号、そして四四年一、三、六月号と連載される。

この連載にはいささか違和感があり、これが編集主任交替を示すものかもしれない。私がそう推定する理由は次のようである。

川端作品自体は、「禽獣」(『改造』一九三三年七月号)とか、「末期の眼」(『文藝』同年十二月号)など、改造社の雑誌に三〇年代から掲載されており、四三年になって初めて掲載されるようになったわけではむろんない。それだからこそ逆に、『改造』にではなく『文藝』に連載されるようになったという点に、やや不自然さが感じられる。というのは、すでに書いたところであるが、有名作家は『文藝』ではなく『改造』に作品掲載を望むのが自然だからである。『文藝』への連載となると、この不自然さが際だつが、そこに川端自身の意思、あるいは木村と川端の共同の意思が働いていると考えれば、不自然と考える必要はないだろう。というのも、木村の著作『文芸編集者』には、戦後すぐに木村が川端のたっての願いで雑誌『人間』の編集を引き受けた話が詳しく書かれており、この二人が昵懇の間柄だったことがよくわかるからである。川端が、『文藝』編集主任となった木村を応援するために、『改造』でなく『文藝』に「故園」の連載を始めたと見れば、そこにはいささかも不自然なところはないだろう。

これが編集主任交替時期に関する決め手だとまではいえないように思うけれども、一九四三年の春から夏にかけてのころが小川編集主任から木村編集主任への交替の時期ではなかったかと私は推定したい。

ただし、一九四三年七月号には「日華文化交流」という「特輯」があり、河上徹太郎と中島健蔵の対談が掲載され、武田泰淳や草野心平のものが載っているところを見ると、これは小川の意向が反映された記事のようにも見える。

付随的なことだが、『文藝』は一九四三年四月号までが百二十八ページ、五月号からはページ数が半減し、わずか六十四ページとなっている。このあたりに、編集主任の権限以上の方針転換があったようにも見える。

以上のように考えると、四月号というのは三月に発行されているから、木村の回想は『時局雑誌』の創刊の時期については記憶違いだとしても、編集主任の交替時期が三月だったという点では、それを一九四三年のことと考えれば、否定しなくてもよいだろう。

他方、小川の回想では、宮本百合子「紙の小旗」と小川自身の『時局雑誌』担当の開始とを結びつけているように思えるが、そこには記憶のズレがあるように思われる。

以上の検討をふまえると、川西政明『昭和文学史』に、改造社の雑誌『文藝』の「編集は徳広巌城（上林暁）、酒匂郁也、小川五郎（高杉一郎）、木村徳三へと受け継がれていった」[18]とされている点には、いささかの注釈が必要であろう。文学史的事実は川西の書く通りではあるのだが、木村の担当が一九四三年三月ごろからだとすると、木村本人の責任でそうなったことではないけれども、彼は「片々たるパンフレットのようになった文芸雑誌」の編集主任を一年余り担ったにとどまる。

ここまで、『時局雑誌』自体についてはほとんど説明していないので、次にその点を少し書いておこう。

『時局雑誌』は、一九四一年十二月の日米開戦後に改造社から創刊された月刊誌であり、創刊号は四二年一月号である。一月号の表紙には「時局雑誌」と縦書きで大書され、その脇に「大東亜長期決戦号」と書かれている。
巻頭には、発刊の言葉のようなものが置かれている。

粛々として明けゆく朝、新しい時代が来た。言葉が行動となり、理念が現実となる時が来たのだ。我々は余りに偉大な歴史とを〔ママ〕運命の前に、しばし襟を正さざるを得ない。
大御稜威を寿ぐ声国内に満ち、皇軍の威武を讃ふる声海外に遍きこの朝、我々も亦銃後の務め完からんとして、奮起する。茲に新しき理想と想念の下に、「時局雑誌」を発刊して江湖に訴ふるに当り、衷心を披瀝して、新しい出発の言葉とする。

というのである。一八四ページだてで「特価六拾銭」とある。
創刊号〔一月号〕の記事には、

中村良三〔海軍大将〕・斎藤忠〔軍事評論家〕「太平洋の戦略・対談」
渡辺正男「従軍記　香港陥落まで」
和田敏明「マニラ要塞潰滅の日」
座談会「解放される南方民族」

といったものがあり、二月号の特集は「米英思想の撃滅」である。そこには、大串兎代夫「米英思想の批判」、奥村喜和男〔情報局次長〕「大東亜戦争と思想戦」などが掲載され、さらには、「敵前上陸作戦」

という軍人たちの座談会、「ハワイ空襲少年航空兵座談会」が載っている。

三月号には、野中俊雄「空の神兵・落下傘部隊」などという記事が掲載されるという具合であるから、宮本百合子「紙の小旗」を『文藝』に掲載していた小川が『時局雑誌』担当になるには大きな精神的葛藤があったはずである。山本実彦社長に、『時局雑誌』に移らないかと言われて悩んだのも無理からぬところである。

山本は、改造社が軍部などからにらまれていることも考えあわせて、対米英蘭戦争開始という「時局」に合わせた『時局雑誌』を創刊したと推定でき、そういう性格の雑誌担当となれば、「ミリタリズムにしたがうことになる」のは必然であろう。

すでにふれた『文藝』一九四二年一月号は、日米戦争開始直後の号であり、これが小川の編集になるものであることは疑いない。ちょうど同じ月に、『時局雑誌』が創刊された。

日米開戦時の号以降の『文藝』には、特筆すべきものはない。編集者小川五郎が、何か創意的な編集をする余地は残されていなかったから、『文藝』の内容自体にさほど小川の記憶に残るものがなかったとしても不思議ではない。したがって、小川が『文藝』担当から外れたことに精神的な葛藤があったとしても、それが一九四二年であったか四三年であったかについての小川の記憶も曖昧になっているのであろう。

いずれにせよ、小川は『文藝』編集主任から『時局雑誌』担当に交替した。その交替からあまり隔たらない時期に、チャンドラ・ボース来日のニュースがあった。『時局雑誌』担当とはなったものの、戦争推進の記事や軍人を登場させるだけのような雑誌に小川が満足していたとも考えられず、ボース来日の報に接して、これなら少しはまともな編集ができると、そのとき初めて小川が思ったということではなかったか。
そう推定すれば、小川の回想も、ある程度納得がいく。

第四節　チャンドラ・ボース

前節でチャンドラ・ボース来日のことに言及した。ここで、ボースについて書いておこう。

インド独立運動のリーダーの一人であったチャンドラ・ボースについては、小川が『時局雑誌』担当となったのとほぼ同じ時期の一九四三年三月、C・ボース著、総合インド研究室訳『闘へるインドC・ボース自伝』が刊行された。初版五〇〇〇部で、同年十一月、「再版（三〇〇〇部）」とある。この本の「訳序」には、

現在ベルリンにあつてインド独立運動の為に力を尽しつゝある本書の著者スバース・チャンドラ・ボースの名は、今や日本においてもあまねく知られるところである。彼は一八九七年の生れ、ケンブリッヂ大学を卒へて、インド文官試験に合格したが、帰国するや、たまたま第一次不服従運動に相会し、C・R・ダスやガンディーの熱意にうたれて、直ちにその運動に参加したのを契機に、実践の人となり、〔中略〕二十七才にしてカルカッタ市長に就任し、たちまちインド独立運動の重要なる指導者となつた。とくにネールと共に会議派内部の急進派を指導し、その立場はネールよりも、もつと急進的であつた。〔中略〕彼の名は次第にネール、ガンディーと並び称せ

られるやうになつてきた。〔中略〕一九三九年度の〔国民会議派〕議長選挙にも立候補し、〔中略〕決選投票においてこれに勝つた。〔中略〕

一九四〇年七月、イギリス官憲のために捕はれたが、病気のため保釈中、行方をくらまし、昨年夏突如としてベルリンに姿を現はした。彼がベルリンから、枢軸側の援助の下にインドの独立を達成すべしと叫んでゐることは周知の如くである。[19]

とある。

日本においてインドの独立運動推進のリーダーとなっていたのは、ラース・ビハーリー・ボース（R・B・ボース）であった。一八八六年に生まれ、インドで激しい独立運動を展開していたR・B・ボースは、イギリス官憲に追跡されたので、日露戦争に勝って国力を高めつつあった日本に一九一五年に逃亡してきた。しかし、当時の日本は日英同盟を結んでいたため、日本の外務省はR・B・ボースに国外退去命令を出した。このボースを救ったのが、新宿の中村屋であった。ボースはやがて日本に帰化し、反英独立運動を展開するようになる。「中村屋のボース」である。[20]

写真裏に「渋谷区白金 渋沢邸にて チャンドラ・ボースと林柏生」と書き込み

一九四一年の対英米蘭戦争の開始とともに、ボースは日本陸軍の軍事作戦に関わるに至っていた。しかし、このころから、R・B・ボースの体調は著しく衰えつつあった。インド独立運動とインド国民軍を率いる力がないと見た日本側は、R・B・ボースに代わるリーダーとして、ベルリンにいるC・ボースに注目した。参謀本部第二部の部長有末精三は、駐ドイツ大使大島浩に訓電し、C・ボース招致の可能性を探るよう要請した。

有末はまた、R・B・ボースにインド独立連盟代表の座について相談し、C・ボースとの交替承認の意向を聞いたという。そこで、有末は、大島浩にC・ボースの招致推進を指示した。

C・ボース自身も日本の対英米蘭戦争開始以来、日本行きを希望していたというが、ドイツ外務省の認めるところとはならなかった。そこで、ボースは、日本側と連絡をとりながら、ヒトラーとの直接会談で日本行きの説得に成功、その場で日本行きの許可を勝ち取った。

次の問題は、チャンドラ・ボースがどのようにして日本に行くかという問題であった。これは、日独双方の潜水艦がマダガスカル沖で出会い、そこでボースを引き渡すということになった。引渡し予定日は一九四三年四月二十六日。ボースはこうして五月十六日に日本に到着した。だが、当初は、ボースの来日は極秘事項とされ、松田という偽名を与えられていた。東条首相は、当初は、ボースとの会談をためらっていたというが、やがて六月十日、ボースと東条首相との会談が実現、これによって、インド国民軍がボースに任せられることになった。(21)

R・B・ボースとC・ボースは、東京で会談を重ね、六月二十九日、立川から飛行機で福岡、台北、サイゴンを経由し、七月二日、シンガポールに降り立った。インド独立連盟の大会出席のためであった。

C・ボースは、十月三十一日に、翌月の「大東亜会議」に出席のため来日、十一月半ばにシンガポールに戻る。一九四四年一月、大本営はインパール作戦を認可した。これによって、日本軍のインドへの突入作戦が実行されることになった。C・ボースは、インド国民軍を率いて、この日本軍と共同作戦を取ることになる。その後、台湾で飛行機事故により、四五年八月十八日、死亡した。(22)

以上、チャンドラ・ボースの経歴を手短にみたが、そのボースが来日したとき、小川は彼に会ったという。

小川　チャンドラ・ボースはUボートで送られて日本に来た。そして、陸軍に守られて、渋沢敬三の大きな屋敷の中で暮らしていた。ぼくは、陸軍報道部の了解を得て、チャンドラに会いに行った。チャンドラはその後、ソ連に飛ぼうとして失敗した。飛行機が墜落したんだったかな。ボースは大男だった。物静かで、学者、インテリという感じだった。ボースには「Asia is one」という気持はあったのかもしれない。それが日本の軍国主義に担がれただけだったかもしれないが。

チャンドラは岡倉天心の『*The Ideals of the East*〔東洋の理想〕』を愛読していたので、主にこの本のことを話した。(23)だから、このことを軸に雑誌を編集した。チャンドラ・ボース特集にしたわけだ。これは陸軍の方針とも合うので、報道部も協力してくれた。

ぼくは、この特集は、日本のミリタリズムと妥協したわけではなく、百合子の連載をしたこととあまり矛盾しない形で編集できたと思う。問題を切り替えることで、ミリタリズムと対抗する形になると思った。見ようによっては、ミリタリズムと妥協したということになるんだろうな。ギリギリの戦局のなかで、非常に難しい選択だったが、間違ってはいなかったと思う。

チャンドラは、彼の写真にサインをしてぼくに渡してくれた。

ネルーは、チャンドラが死んでからのことだが、チャンドラの意図は正しかったというようなことを述べていた。

で、この『時局雑誌』の最初の仕事が大変に評判になり、雑誌がよく売れた。だが、このことが、ぼくの召集に関係していたかもしれない。

小川がチャンドラ・ボースに会ったのはいつのことだったろうか。その時期は、ボースの日本滞在時期がごく限られているため、かなり限定的に考えることができる。

チャンドラ・ボースの来日は、すでに述べたように二回。最初は、一九四三年五月十六日から六月二十九日まで。二度目は同年十月三十一日から十一月十五日ごろまでである。

先に書いたように、最初の来日のとき、東条首相はなかなかボースに会おうとしなかったが、六月十日、初めて両者の正式会談が行われた。国塚一乗『印度洋にかかる虹』によれば、「東条首相も、一度会えば、ボース氏の人柄にすっかり魅せられてしまった」「東条首相は、かさねての会見を熱望したので、あと四日おいてふたたび両者は会見して、隔意のない意見の交換をとげた」「六月十六日、ボース氏は衆議院を訪問した。時あたかも第八十二臨時議会の本会議が、開かれていた。傍聴席にいるチャンドラ・ボース氏を前に、東条首相は、その特徴のある声をキンキンと響かせながら大演説をおこなった。」

このあとボースは東京放送によって初めてインド向け第一声を送ったという。国塚によれば、その「大獅子吼」は、諸君は去る二月、世界の他の場所〔ベルリン〕から私の声を聞いたはずである。しかし、今や私は東京にある……。

東条首相は、議会において、印度に関する重要演説を行なったが、これは画期的宣言として、永久に青史に伝えられるべきものである……。(24)

というものだったという。

とすると、ジャーナリストとしての行動力あふれる小川であるから、すぐに行動を起こし、陸軍報道部に掛け合った可能性は否定できない。しかし、ボースの最初の来日時に小川がボースに会ったのだったとしても、それがすぐに『時局雑誌』に反映されたわけではなさそうである。

というのは、『時局雑誌』のバックナンバーに当たってみると、その一九四三年五月号に石山慶治郎「チャンドラ・ボース会見記」が載ってはいる。しかし、この記事は、三九年から四〇年にかけて、ボースがイギリス統治下のインドを脱出してベルリンに至る話を書いたもので、彼の来日に直接関わる記事ではないし、この雑誌の発売は四月であり、この段階で、まだドイツにいたと思われるボースの来日を、『時局雑誌』が察知していたとも思われないからである。

『時局雑誌』へのボースの登場は一九四三年十二月号であり、その号のボースの対談に付けられた編輯部の前書きによれば、「時は十一月十三日午前十時、場所はボース氏の宿舎にあてられた芝区三田綱町の渋沢敬三子爵邸であつた」とある。

したがって、小川がボースに会った時期は、一九四三年六月の中下旬、あるいは、同年十一月ということになる。しかし、仮にこの推定が正しいとしても、不審な点がなくはない。

『時局雑誌』のバックナンバーを調べてみると、チャンドラ・ボースに直接関わる記事を掲載している号は、先に引いた石山慶治郎の記事の出ている一九四三年五月号と、チャンドラ・ボース、林柏生の対談「自由印度へ」が出た四三年十二月号の二つの号だけのようである。すでに述べたように、五月号発売時期はボース来日以前であるから、この五月号は小川が話題にしている号ではなかろう。

とすると、それはこの十二月号ということになる。たしかに十二月号には、ボースの対談以外に「デリー進撃の歌」「紡車の三色旗」という詩が載っていたり、「在印敵機の実相」などという記事もあったりと「ボース特集」と言えなくもない。

この号の対談部分のコピーを小川氏に見てもらったところ、不思議なことに、彼は、「この記事は知らない」と述べた。もっとも、ボースの対談相手の林柏生の名前を見ると、即座に「ああ、林柏生ね。南京政府の宣伝部長をしていた」と対応されたから、この号の小川の役回りは、もっぱらボースの対談を設定するというところにあったのだろうか。

小川の回想にはまた、この『時局雑誌』の「最初の仕事」が大変に評判になり、雑誌がよく売れたとも言われている。この点は、先にふれたように『闘へるインド　C・ボース自伝』が増刷までされた点から見て、また、東条首相がもち上げていたことなども加味して考えれば納得がいく。

私が「不審な点」と書いたことはこれで解消されたとしても、「この特集は、日本のミリタリズムと妥協したわけではなく」、「問題を切り替えることで、ミリタリズムと対抗する形になると思った。見ようによっては、ミリタリズムと妥協したということになるんだろうな」という点はどうであろうか。

この点は、ボースその人の行動にも関わるのかもしれない。ボースは、インド独立のため、イギリスと戦った。そのボースを援助することには正当性があるかもしれない。しかし、ボースはイギリスと戦っているヒトラーのドイツと結んだ。日本陸軍は、そういう行動をするボースを評価し、ボースをたてた。その「ボース特集」を『時局雑誌』は組んだのだった。

他方、ボースが日本と距離をおいていたことも明白である。国塚によれば、チャンドラ・ボースの「もっとも卓越した資質のなかで、とくに秀でていると思われたものは、国際情勢に対する洞察、将来への見とおし」であり、彼が「渡日以来、もっとも注意をはらったのは、ソ連の動向であった」という[25]。第二次世界大戦後、インドを支配しているイギリスと最も強く対立するのはソ連であろうとボースは予想し、日本を見切ってソ連に行こうと考えたのだった。また、ボースは、周囲の人に、「日、独は、優秀な軍人、優秀な国民を有するが、ただ一人の優秀なる政治家、外交官がいない」と語っていたと国塚は伝えている。ボースのこの観察がすべて的確だったかどうかはさておき、ボースが政治情勢を冷静な目で観察していて、日本やドイツに無批判に追随していたわけではまったくなかったことは確かであろう。

そういうボースが初対面の『時局雑誌』編集者・小川に、その政治的な立場をどこまで語ったのかはわからないし、小川も、もっぱら岡倉天心の話をしたと述べている。

顧みると、日本の満州侵略の開始のころ、高等師範学校でともに学んだ中国人留学生が、学業を途中で放棄して祖国に帰っていくのを、小川はどうすることもできずに見ているしかなかったという。そういう中国人たちの姿と、チャンドラ・ボースに代表されるインド人とが、小川にはどこかで重なって見えたのであろうか。

先に、三木の「東亜共同体」論を、小川がいくぶん肯定的に見ていることに触れた。その見方は、この「ボース特集」についての小川の評価とも関連しているのかもしれない。

そういう目で『時局雑誌』のバックナンバーを眺めてみれば、雑誌の性格上、一九四三年七月号に鈴木正四「日本のインド研究」、同年十一月号に伊勢正義「香港のインド人」、猪熊弦一郎「ビルマの女性」、宮本三郎「起上るフイリピン人」というような、アジアの「時局」に関わる記事が目につく。

ところで、尾崎秀実の名とともに知られる「東亜共同体」論(26)は、「大東亜共栄圏」構想に対抗しようとするものであった。ただし、小川と尾崎秀実との直接的な接点はなかったようである。この「東亜共同体」論は、三木清も唱えたところであって、三木と小川が懇意であったことはすでに触れた。小川もこの構想に近いところにいたと推定すれば、『時局雑誌』でボースを取り上げた仕事などを「間違っていなかった」と回想するのももっともであろう。

三木清の「東亜共同体論」について、丸山眞男は三木清についてのある座談会(一九六六年)の席上で、次のように述べたことがある。


全く昭和十年代の体験を知らない読者から見れば、おそらく、三木清の「東亜共同体論」も、いわゆる「東亜新秩序」論も、みそもくそも一緒に見えると思うのです。そして実際、一緒になる要素もある。(中略)毫厘の差が千里の謬になるという言葉が中国にあるんだけれども、その非常にいい例なんですね。千里の謬となった結果論から見れば、みんな同罪だ。だけれども原初点をとってみると、微妙な違いがハッキリある。つまり、現実の東亜新秩序とは違った方向にゆく可能性が絶無だったとは言えないかもしれない。(27)

ただし、「東亜共同体」論が「大東亜共栄圏」構想に対抗するものだったと認めたとしても、またその努力自体は肯定的に評価できるものであるとしても、「東亜共同体」論が何か世論の動向に影響をもつような余地はほとんどなかったことは否定できず、「東亜共同体」論に対して非常に否定的な見解があっても当然といえば当然かもしれない。

いずれにせよ、ナチスに「協力」し、「大東亜会議」に出席したチャンドラ・ボースの立場は、ドイツや日本の立場に共鳴した結果とは言えないであろう。東南アジアにおける「戦時対日協力」の諸相を分析した後藤乾一は、「戦時期東南アジアにおける『対日協力』は、ヨーロッパにおける対ナチ協力(その代表的な例としてノルウェーのV・キスリング)、あるいは東アジアの『親日』政権と異なり、政治思想的な共鳴を伴わない協力であったと総括することができよう」と書いているが[28]、ボースの立場も東南アジア型に近かったといえよう。

第五節　改造社の解散

チャンドラ・ボースは、一九四三年十月二十一日、シンガポールで自由インド仮政府を樹立し、二十三日、日本政府はこれを承認した。十月十四日には、フィリピン共和国独立宣言が出され、同日、日比同盟条約が調印されている。こうした流れのなかで、四四年十一月五日、「大東亜会議」が開催され、翌日には「共同宣言」が発表された。この会議には、日本、満州、タイ、フィリピン、ビルマ、中国の汪兆銘政権の各代表が参加した。

『時局雑誌』十一月号には、「大東亜の結集」という座談会が載っているが、それはこの大東亜会議を意識してのものであった。また、続く十二月号には、下條雄三「大東亜宣言」が掲載されている。

しかし戦局は、すでに米軍に圧倒された日本軍がソロモン群島から撤退しはじめている時期であった。

当局の改造社敵視は、『時局雑誌』の刊行によって収まるようなものではなかった。その点を、清沢洌『暗黒日記』によって確認しておこう。

清沢洌は中央公論社社長の嶋中雄作（一八八七〜一九四九）と懇意であったので、『暗黒日記』には、清沢が嶋中から聞いた話が頻りに登場する。軍による『中央公論』の乗っ取りとか、中央公論社の廃業の話などである。そこまで行かなくとも、紙の配給を制限することで実質的に雑誌の発行に制約を加えることなど、日常茶飯であった。

しかしこうした雑誌（『公論』、『文芸春秋』）は軍部の全的支持を受けているものである。紙の割宛《ママ》が減らないのも、それ等の雑誌だけである。（一九四三年十月二日条）

『東亜文化圏』という雑誌を送りきたる。当の雑誌社からだろう。『中央公論』『改造』『東洋経済』等が痩せ劣〔衰か〕えたのに、誰も読まないであろう、こうした新雑誌はページ数も多い。[29]（四三年十月九日条）

とある。このような出版事情のなかで、高杉の言葉を借りれば、「『文芸』はペラペラな形にやせほそり、そのどのページにも文芸のブの字も見いだせない惨めな文芸雑誌になっていった」のだった。

その「やせほそり」の実情を見ると、小川五郎が精力的に仕事をしていた一九三七年の一月号は、新年号だということもあろうが、四百頁ほどの量である。それが、四三年五月号からは六十四頁、四四年に至ると四十頁にまでなってしまう。

さらに、一九四四年春には改造社自体が解散する方向に流されつつあった。『暗黒日記』(30)から摘記すれば、

『改造』の顔触れは野村重臣、斎藤忠といった言論報国会の連中だけになった。かれ等が、他を一切排斥するのに成功したのである。軍部の後援を得て。

中学校の下級生のような議論が大手を振っている。(一九四四年四月二十一日条)

『改造』の山本実彦が『改造』廃刊届を出したが、「政府」はこれを認めないといっているとの事。(一九四四年七月三日条)

『中央公論』問題は、神奈川でとった〔いわゆる横浜事件の〕調書(嘘八百で固めていると嶋中君はいう)と共に閣議の問題となった。岸〔信介商工相〕だけが「解散命令というのは不穏だから」といい、重光〔葵外相〕がこれに和した結果、「命令」ではなしに「自発的」ということになったのだ。

紙も割宛その他は没収。「改造」社の山本〔実彦〕も呼び出されて同様である。(一九四四年七月十日条)

『中央公論』、『改造』と、兎にも角にも日本の思想界をリードして来た雑誌は、葬る辞もなくして逝った。(一九四四年七月十二日条)

改造社と中央公論社の「自発的解散」の指示からおよそ一週間後の七月十八日、東条内閣は総辞職し、かわって小磯国昭内閣が登場した。(31)

小川　小磯内閣の情報局総裁の緒方竹虎は、雑誌『改造』が廃刊になるにさいし、「東条はバカだ。重慶で『改造』を読んでいた人間がたくさんいた。それを発禁にするなんて」と語ったという。

山本実彦は緒方と親しかったようで、これを聞いて喜び、「小磯のところへ取りなしの依頼に行こうか」と言いだした。われわれは、今更そんなことをしてもダメだと思っていたし、それは止めた方がいいでしょうと言った。

『改造』と『中央公論』は、いずれも一九四四年に廃刊となるが、そのさいの山本実彦と嶋中雄作の対応はずいぶん違ったものだった。嶋中を尊敬していたわけではないが、彼は解散にさいして社員を厚くねぎらったと聞いた。しかし、山本はそうではなかった。

解散のとき、山本社長に退職金要求の件で、改造社社員が銀座の喫茶店に集まったことがあった。ちょうどそのとき、ぼくに赤紙が来て、ぼくは後のことは友人たちに任せて出征した。結局、山本は、改造社に十一年勤めたぼくに、全く退職金を払わなかった。改造社を解散させたのは国だからという理由だったようだ。

改造社と中央公論社は七月末になって解散し、その社員たちはそれぞれ新しい生活の拠りどころを求めて四散した。まるでそのときを狙いうちしたように、私のところへは召集令状が舞いこん

だ。来る八月八日午前八時、中部二部隊（名古屋師団）に集合せよという命令であった。（『新版極光のかげに』冨山房版、三頁）

小川　三十六歳のぼくに召集令状が来たとき、『改造』編集部にいた一人が、「これは改造社員に対する懲罰召集じゃないか」と言った。召集を受けて、生まれ故郷の伊豆の村に戻った。そのとき、村で百姓をしていたぼくの小学校の同期生たちは誰ひとり召集されてはいなかった。(32)

小川の娘さんの回想によれば、「リベラルな作家たちにもなんとか誌面を提供しようと苦労していたことに対する懲罰的な召集だろうと言われた」（田中泰子『けやきの庭の若者たちへ』九二頁）とのことである。

かくて小川五郎は、兵隊として中国に行き、敗戦を迎え、敗戦後シベリアに抑留される。名著『極光のかげに』が描いた世界に入っていくのである。

時代が戻るが、小川が、国際文化研究所の一九二九年の外国語夏期大学で、のちに生涯の伴侶となる大森順子に出会ったことはすでに書いた。『けやきの庭の若者たちへ』によれば、軍人であった順子の父親は、小川が放校されたような人物だったがゆえ、愛娘が小川と結婚することを認めようとしなかったという。その父親も、二人が「駆け落ち」をし、三〇年代末に娘が生まれてはじめて、二人の結婚を許したとのこと。二人ははじめ東京の中野に住み、阿佐谷に転居した。

小川五郎が一九四四年夏に出征して、順子と三人の娘が残された。娘たちが七五三を祝った年だっ

た。田中さんは、

後日母からよく聞いた話だが、東京を離れるときヘルメットをかぶった宮本百合子さんが、空襲の合間を縫ってやってきた。そして、父の本を丸1日かけて3つの山——「捨てる」、「売る」、「疎開先にもっていく」に分けてくれたのだそうだ。（同、九三頁）

と親近感を表わしながら回想している。小川夫妻と宮本百合子の昵懇の間柄、百合子の人柄を物語るエピソードである。

残された小川夫人は、疎開先の可能性をいくつか検討し、やがて「リュックを背負い、末の妹を胸に吊り、上の娘たち2人の手を引いて、父（小川五郎）の実家がある伊豆半島の村へ疎開した。」（同、九二頁）

終　章　戦後の高杉一郎

　今は亡き丸山眞男は、かつてオウム真理教事件のあとの一九九五年末、一九三〇年代の日本に言及し、当時は「オウムの時代」だったのではないかと語ったことがある。教団のなかで全員が同じように異常なことを信じているという精神的状況に、十五年戦争の時代が似ているという意味であったろう。

　改造社の編集者だった小川五郎は、その「オウムの時代」に「日本の政治の救いがたい野蛮」（『体験』二六八頁）に向きあっていた。日米戦争の開始のさいに、一時的に「自己麻酔」に陥りかけたにせよ、小川は自発的に「翼賛体制」への協力をすることはなかった。なかったからこそ、三十六歳にして「懲罰召集」の憂き目に遭遇したのであろう。

　召集の挙げ句、シベリアに抑留された。しかし、小川はこの時代を生き抜いただけでなく、一九四九年に帰国し、その受難経験を『極光のかげに』に描いた。この本は、単なる抑留記を越えて、この苛酷な「スターリン体験」に内側から光を当てる名作となった。そうなった条件の一つは、小川の『文藝』編集者としての行動と精神であったろう。

　高杉一郎の『極光のかげに』『スターリン体験』『征きて還りし兵の記憶』は、非常に個人的な経験を綴ったもののように思われるかもしれない。しかし、これら諸著作は「オウムの時代の日本」を生きた人の、そして、スターリン時代のソ連＝「収容所群島」の実情を身を以て引き受けた人の証言であると考えるべきであり、それゆえに、自伝であると同時に個人を越えた歴史であると見るべきであろう。まさに、「我ただ一人のがれて汝に告げんとて来れり」(ヨブ記)という言葉を想起させる。

私が本書第七章までで書こうとしたのは、「オウムの時代」の一端と、その時代の小川五郎、すなわち「若き高杉一郎」であった。

この「終章」では、戦後の小川五郎について簡略ながら書くことにする。

戦後の小川の仕事については、本書巻末の「主要な著作と翻訳」を参照していただきたいが、一九五〇年の『極光のかげに』の出版後についてあらかじめそれを概観すれば、五〇年代から七〇年代までは翻訳が中心であり、そのあとも精力的に翻訳をつづけつつ、八〇年代には伝記に力がそそがれ、九〇年代には、ソ連崩壊を一つの背景として、シベリア抑留関連の著作が書かれたといえよう。これらの仕事を貫くものが、『征きて還りし兵の記憶』の「あとがき」に語られていると、私には思われる。

東条内閣による改造社解散命令、天皇の名による戦争への召集、そしてその後にやってきた異国の強大な権力による抑留と強制労働――それは、私のような小さな人間にとっては圧しつぶされてしまわなかったことがふしぎなくらいの堪えがたい重圧であったから、私はたえず不平を言い、ときには悲鳴をあげ、異議の申し立てもしてきた。私がこれまでに書いたいくつかの本は、臆病な人間が思わず発した不平や悲鳴や遠慮がちな異議の申し立てであったろう。(『記憶』親本、三

〇五頁）（1）
この「異議申し立て」は、すでに古典の位置を占めている『極光のかげに』において、まず明瞭な形を取った。

第一節　『極光のかげに』

小川五郎の苦難は、ここに書いたように、一九四五年八月の戦争の終結をもって終わったのではなかった。小川たちは、同年秋、「満州」の日本軍、すなわち関東軍の一員として四〇車両も続く貨車に載せられた。その貨車は、日本に帰還するべく、ウラジオストックに向かっていると小川たちは思っていた。貨車の中に二段の床を作り、窓のある上段を「天国」と呼び、窓のない階下を兵士たちは「奈落」と呼んだという。

数日間、貨車に揺られたのち、反対側から走ってきて停車した貨車にいたソヴィエトの将校が、小川に、「どこへ行くんだ（クダア）?」と尋ねた。ロシア語を少し勉強していた小川は、そのロシア語の意味を解することができた。そこで、

「ウラジオストック」

と、陽気な声で私は答えた。すると、その将校は、瞬間なんとも言えぬ皮肉な微笑を頬にうかべ

て、首をゆっくり左右にふった。どきっとするものを胸に覚えた私は、あきらかに狼狽して、将校のさっきの問をそのまま彼にむけた。

「クダア?」

「ウラール」

と答えて、彼は呵々大笑した。その表情のなかに動かしがたい真実を嗅ぎつけた私は、急に真っ暗などん底につき落とされたような目まいを感じ、「奈落」の自分の席にかえると、頭から軍衣をかぶって横になった。(『家族たち』七〇頁)

捕虜生活の第一歩だった。

こうして小川は、「バイカル湖の西方に広がるイルクーツク州」の、「シベリア鉄道のタイシェット駅からすこし北にはいったニェーヴェルスカヤの捕虜収容所」に送り込まれた。

そして、一九四五年冬から四九年九月の復員まで、四年近くをシベリアの捕虜としてすごすことになった。その時期の経験が『極光のかげに』に描かれることになる。

その間の苦難は、むろん強制労働、重労働に由来するが、それだけではない。ソヴィエト政治部員の激しい尋問があった。「政治部員の激しい尋問」といっても、冷戦後の世界では、実感がわきにくくなっているだろうけれども、その尋問の結果、シベリアの一段と奥地に追いやられるかもしれないという恐怖におののいて、小川は、「自分の頭髪がその場で一本一本白くなってゆくのが眼に見えるような気がした」(『極光』七〇頁)という。あるいは、次のような記述もある。

ソヴィエト権力の触手が、蜘蛛の巣のように私の身体の上に覆いかぶさっているのを私は想像した。その権力に対しては、どんな真実も、釈明も、役に立たないように思われるし、その権力は個々の人間の生命や、その家族の幸福などは全く無視して顧みないようにさえ思われる。

いままでに出会ったロシアの囚人たちの顔が私の頭に次々にうかんだ。（『極光』六六頁）

『極光のかげに』を読むと、多くの日本人捕虜と小川の違いは、小川はドイツ語ができたために収容所の役人たちと日本人捕虜の間の「通訳」となってロシア人と意思疎通ができたこと、少し勉強したロシア語が次第に使えるようになったために日本人以外の捕虜たちとの会話ができるようになったことにあると気づく。

あるとき、小川は小川が乗っているトラックに便乗させてほしいと言ったレニングラード（現サンクトペテルブルク）出身のロシア人女性と話をする。彼女の夫は、囚人としてシベリア送りになったらしい。小川が彼女に、なぜあなたの夫はシベリア送りになったのかと尋ねると、彼女は声をひそめて、

「私にわかるものですか。コムニズムはファシズムの同一物《アナローギヤ》なのです。なぜということを許しません」

と答えた。（『極光』一二五頁）

また、捕虜たちの作業を見ていた小川は、たまたま近くに座っていた労働者から声をかけられる。

二人とも子どもが三人いると紹介し合った。

「家族がいっしょじゃないのかい？」

「俺はポーランド人なんだよ。ロシア人じゃない」

「ポーランド人？　ポーランド人がなぜシベリアにいるんだい？」

この問いは彼を噴き出させてしまった。

「なぜ？　じゃあ、日本人はなぜここにいるんだい？」

「冗談言ってるんじゃないぜ。僕たちは軍事俘虜じゃないか」

「俺だって、そうだよ。ポーランドの軍事俘虜だ」

ここで私の頭はすっかり混乱させられてしまった。（『極光』二一六頁）

こんな具合に小川は、シベリアに置かれた囚人たちの世界に接することとなった。

また、あるとき、俘虜に対する宣伝係であったパナマレンコという上級中尉が、日本人俘虜たちに映画を見せる機会があった。その映画はじつはナチス・ドイツの「世界に告ぐ」という映画で、小川はそれを東京で見たことがあるものだったという。そのさいのことを、小川は、「共産主義の宣伝とナチズムの宣伝のなんという相似」（同、三八頁）と書いていた。この指摘は、先に引いた、レニングラードから来たという夫人の言葉と通底し、ナチズムとスターリニズムを「全体主義」として論じたハンナ・アーレントの『全体主義の起源』（一九五一年）の発想にも通い合う。

小川は、東京文理科大学教育学科に入学し、ジョン・デューイを尊敬していたこともあって、ロシアの教育に関心をもっていた。あるとき、ロシア人の子どもの通う小学校の暖房係は日本人俘虜の一人が担当していたが、その暖房係の体調が悪くなったとき、小川はその仕事をかって出て、小学校の様子を観察する。そこで、子どもたちと会話をする。

「ソヴィエト・ロシアの首府はどこ？」

「モスクワ」

「じゃあ、日本の首府は？」

「知らない」

「トウキョウだよ」

「トウキョウに地下鉄《メトロ》あるかい？」

ロシアの大人たちから何十度となく繰り返し尋ねられた質問が、またこの小さな子供の口から繰り返されるのを聞くと、私はなにか滑稽だった。おそらく私にそれを尋ねている少年は、何処のものにしろ地下鉄を見たことなどないにちがいない。それにもかかわらず、大理石でできているというモスクワの「世界一」の地下鉄は、彼らのなにより大きな誇りである。それはいわば、ロシアの国民的な神話なのである。

「なくってさ」

と私は素直でない返事をした。

「それは嘘です」

思いがけず、私の背後で大人の声がして、私を驚かした。振り替えると、さっきの女教師がいつの間にか帰ってきて、私の後ろに立っていた。

「『ソヴィエト百科辞典』をごらんなさい。世界中で地下鉄のあるのは、モスクワ、ニューヨーク、ロンドン、パリの四つの都市だけだと書いてあります」（『極光』一〇七〜八頁）

この地下鉄の話が「ロシアの大人たちから何十度となく繰り返し尋ねられた質問」とある点に注目したい。ジイドの『ソヴェト旅行記』（六六頁）にすでにこの話題が出ているが、一九四〇年代にはこの地下鉄の話は「ロシアの国民的な神話」になっていたらしく、ハンナ・アーレントも『全体主義の起源』のなかでモスクワの地下鉄のことに言及している。(2)アーレントはまた、「全体主義的なメンタリティ」にとらえられた人間は、「経験をするという能力」が全く失われてしまう点に特徴があることを指摘したが、(3)ソヴィエト百科辞典にこそ「真実」は書かれているとするこの小学校の教師のメンタリティは、まさしくそういうものであったろう。

アーレントの指摘したような事態を、シベリアで俘虜となった小川五郎は体験していたのである。いま少しアーレントに関連して言えば、『全体主義の起源』に、「強制収容所の奴隷労働」は、「深刻な労働力不足の期間にはロシア経済における生産部門できわめて重要な役割をはたす」(4)ことになったと述べられている。シベリアに連行された日本人俘虜の労働の意味も、アーレントのこの指摘に重なるところがあるであろう。

アーレントのことはともかくとして、『極光のかげに』に描かれた小川の大きな困難の一つは、日本人捕虜内部にあった。それは、俘虜を支配するロシア共産党組織に迎合するようにつくられた「民主会」という組織によって生じた。それは、「反ファシスト民主委員会」と称するスターリン主義的な組織であった。「集団規律」を強調し、「生産サボタージュ」を摘発し、「人類の偉大なる教師にして指導者である同志スターリン」(『極光』三三五頁)を賛美するものであった。小川は、「このように神経質で不寛容な精神の指導する大衆運動が、ばかげた虚構とはてしのない恐怖の世界をつくりだすのは、当然」(三三六頁)と見ていた。しかし、それを公言することはできず、ひたすら沈黙していた。

高杉の描いたソヴェート・ロシアは、「ホテルと特急国際列車の窓から眺めた」ものではなく、「有刺鉄線の柵と貨車のなかから大扉の隙間を通してのぞいた」ものだった。小川は、「囚人や労働する貧しい人たちのなかで、ロシアの民衆とともに働きながら、彼らとはげしく抱きあったり、どろんこになって争ったりしながら、ソヴィエトを理解」(『極光』三五〇〜三五一頁)したのだった。

以上のような中身をもつ傑作『極光のかげに』は、一九五〇年暮れに出版された。

小川五郎は、一九四九年九月に復員していたから、復員後、一年余りでこの本が出たことになる。私がみた目黒書店版『極光のかげに』の奥付には、「昭和二十五年十二月十五日第一刷　二十六年三月二十日第十八刷」とあり、短期間にかなりの売れ行きを示したことがわかる。しかし、肝心の目黒書店がほどなく倒産してしまった。

小川五郎宛の手紙についてはのちに説明するが、「24・9・14」と消印の押された宮本百合子(文京区駒込林町廿二)から小川五郎(静岡県田方郡下大見村)宛の葉書が残っていた。一九四九年に小川が復員して間もないころである。そこには、

いよいよお帰りになりましたね。御苦労様でした。帰ってゐらしって、おどろくやうなこともど

っさりでせう。御体はいかがですか。十二年特別の生活をした人〔宮本顕治〕は、いろいろなことになれるまで三年たっぷりかかりました。あなたはどの位であれこれのごちゃごちゃにお馴れになるでせうか。神経衰弱にならないで下さい。これは順子さんも同じよ。いそがないでそろそろと生活を組み立てていらっしゃるやうにと希ひます。でも本当によかったこと！〔以下略〕

とあった。こういう百合子のアドバイスもあり、また、小川夫人の献身もあって、「そろそろと生活を組み立て」ながら、小川は、シベリア抑留記を書き始める。

それは、学生時代から改造社の時代を通じて小川が身に付けた該博な教養を横糸に、シベリアにおける受難経験を縦糸にして織りなした作品であり、彼としてどうしても書かずにいられなかった俘虜記であり、渾身の力を込めつつ、しかし控えめに表現された傑作であった。

小川は、復員して約一年経った一九五〇年九月、三島市にあった静岡大学静岡第二師範学校助教授となり、順子夫人も三島南高校の教員になったこともあって、家族とともに三島市に住むようになった。そして、五一年春、静岡市にある静岡大学教育学部に移るとともに、静岡市安藤に転居した。

静岡大学の教員になった経過について、私が小川から聞いたのは、次のようなことであった。小川の韮山中学時代在学時代の伊藤保三郎校長は、その後、静岡中学（新制の静岡高校）の校長となっていた。復員した小川は、妻子が疎開している伊豆の下大見村に行き、まもなくこの伊藤に再会した。伊藤は、静岡大学で憲法学を教えていたある教授と懇意だったらしく、その教授に小川のことを話し、小川はその教授と面接をし、そして、さいわいにも静岡大学の教員となることができた、というのである。

これは至って幸運なことであった。というのは、日本に戻ったシベリアからの帰還者は、「洗脳」されて「アカ」になったのではないかと周囲から見なされることが少なくなく、なかなか職を得ることが難しい時代だったからである。例えば、小川と同じく静岡県伊豆出身だった詩人の石原吉郎の場合、シベリアでの抑留生活を終えて郷里の伊豆に戻ったとき、親類縁者から「アカ」になっていないか、なっているなら今後はつき合わないという意味のことを言われたという。

その石原は、なかなか職を得ることができず、苦労したらしい。やがて、職も得て、詩人として評価されるようになったけれども、自宅の風呂場で自死のような死を遂げたのだった。(5) その石原の死について小川が、「あわれだねえ」と感慨を述べたことが私の印象に残っている。

伊藤保三郎という人物は、一九四九年に復員した小川五郎に再会したとき、小川がシベリアで「洗脳」されたわけではないと考えたらしい。あるいは、小川を、昔風の表現を使えば「模範生」として全幅の信頼を置いていたのであったろうか。

小川は復員後に、改造社社長だった山本実彦にも会ったという。しかし、戦後の改造社に戻ることはなかった。

すでに書いたように、小川は『極光のかげに』を五〇年末に出版した。かなりの売れ行きを示したし、次節に述べるように、高い評価を得たが、これを「反ソ的」だと激しく批判する人びともいて、この本は、小川を「政治的つるし上げの席に坐らせること」（『極光』「岩波文庫」版あとがき）になった。一九五〇年代初めの日本では、左翼運動内部におけるスターリン主義の力は大きく、『極光のかげに』を読めば、スターリン主義を軸に結束をはかったシベリアの「民主会」を「瘋癲病院」だとか、「人間の理性と良識に反する」はなはだしい侮辱だとか書いて批判していることは歴然としているからである。そういう災難を避けるために、小川は小川五郎という本名ではなく、高杉一郎というペンネームを用いたのだけれども、ペンネームだけで難を逃れることはできなかった。学生たちによる攻撃にも激しいものがあったらしい。

宮本百合子は、『極光のかげに』を当初認めてくれた人の一人であったが、宮本顕治はこの本に反発した。そのことが宮本家のなかで劇的な波紋を引き起こしたようであるが、このことは、のちに高杉一郎『記憶』に印象深く描かれた。

第二節 『極光のかげに』の波紋

二〇〇八年一月九日夜、私は田中泰子さんから電話をいただいた。じつはその前日、偶然のことではあるが、私は田中さんと電話で話をしていたので、連れ合いから「泰子さんから電話です」と言われて受話器を受け取ったとき、悪い予感もしたが、前日の電話の話の続きかとも思った。泰子さんからの電話は、「太田さん、父が亡くなりました。今日の午前中は、医師の診断を受け、そのときは異常はなかったとのことだけれど、午後三時ごろ、亡くなりました」というものだった。いつかはこの日が来ると思いつつ、しかし、突然の死だった。

翌十日午後、私は原宿駅から何十回と通った道を歩いて小川宅にうかがい、高杉さんと最後の対面をした。お顔を拝見し、「先生、残念ながらご存命中に先生の伝記を上梓することはできませんでした」と、私はつぶやいた。二〇〇八年八月には、東京の日生劇場で文学座による『トムは真夜中の庭で』（高瀬久雄脚本・演出）が上演される予定となっていて、百歳のお祝いにそれを観に行くことを楽しみにしていたと聞いたが、それを観ることなく逝った。

帰宅して新聞を見ると、「朝日」夕刊は、高杉一郎死去の記事を四段抜きで載せていた。

ほぼ一週間後、再び小川宅を訪問した私は、泰子さんからその住まいにあった小川五郎・高杉一郎宛の手紙類・写真を見せていただいた。そして、私の著作に利用してもよい旨のお話をいただいた。

その手紙・葉書は、全部で百十通余り。改造社の編集者としての小川五郎に宛てた手紙、小川五郎出征に関する手紙、残された家族の疎開に関する手紙もわずかながら残っていた。そして、『極光のかげに』をめぐる手紙類がある。

もとより、ごく個人的な内容の手紙、仕事上の連絡に関わる手紙も多い。

本書は、基本的に改造社時代の小川五郎に焦点を当てたものであり、小川の戦後時代を考えることは範囲外ではある。しかし、小川五郎（高杉一郎）の代表作は何といっても『極光のかげに』であり、この本に関する史料が出てきた以上、そしてまた、『極光のかげに』に関連する小川五郎宛の手紙は、彼の戦前・戦中の活動や人間関係を照射する点を含んでいる以上、ここでいささかなりともそれらに言及しておきたい。

『極光のかげに』に関連して私の目を引いた手紙と葉書は、竹内好、宮本百合子、福原麟太郎、清水幾太郎、岸田國士のものであった。

時期の早いものから見れば、まず、福原麟太郎の手紙（一九五〇年十月二十三日）。

宛名は、三島市二日町通二丁目の小川五郎である。

〔前略〕人間の極光、毎月実に感嘆して読んでゐます。どうもたんげいすべからざる深さで　全く頭を下げました。学校であふ河盛君、朝日にかいた時は筆名を知らず（そのきりぬき同封します。〔中略〕）その後きき知って、さすがですねえ、あれだけの人が行くと書くことが違ふといってゐた。務台先生も、君とは知らず、あれ読んだかと小生に訊ねた。是非自重してつづけて頂き度い。〔以下略〕

「人間の極光」というのは、雑誌『人間』に連載中の「極光のかげに」という意味。河盛君とは、フランス文学者・評論家の河盛好蔵（一九〇二〜二〇〇〇）である。河盛は、小川五郎編集長時代の『文藝』に数回寄稿しているから、当然小川を知っているはずであり、しかも五〇年当時は東京教育大学（東京文理科大学と東京高等師範学校が統合されて、一九四九年に成立）で福原麟太郎の同僚となっていた。福原が同封すると書いていた河盛の手になる朝日の記事が、残された封筒に入っていた。Asahi/July 30, 1950と書き込みがなされているその記事には、「不安を救うは何？　二つの抑留記から」という見出しが付いている。

八月号の「群像」と「人間」の創作欄にはそれぞれ注目すべきソ連抑留記がのっている。一つは山田清三郎「ソヴィエート抑留紀行」であり、他は高杉一郎「極光のかげに」である。前者はかつての転向者で、敗戦と同時に本来のコミュニストにもどった満州に住む一人の作家が、赤軍の憲兵隊によって新京から中央アジアへ送られ、天山山脈を望む抑留地で二ケ年をすごし、次にコムソモリスク、ハバロフスクと転々足かけ六年の抑留生活を送った記録である。〔中略〕この作者は一般の抑留者とちがって、ソヴィエートを「天国」と見、観念の中で理想化したソヴィエートを現実のソヴィエートに追求してある程度の満足を見出し〔中略〕たから、〔中略〕一種特権者の俘虜記のような感じを与えられるのは私のみであろうか。〔中略〕
高杉一郎というのは私には始めての名前であるが、このシベリア俘虜記は好ましい作品であった。〔以下略〕

として、高杉の「小説」を紹介している。

福原の手紙に戻ると、そこに見える務台先生とは、やはり同僚でもあった哲学者の務台理作（一八九〇〜一九七四）で、西田幾多郎門下の逸材として知られていた。務台は戦後すぐ、東京文理科大学の学長を務めていた。

務台の教え子の一人に、菅季治（一九一七〜五〇）がいた。菅は、小川五郎より一年早い四三年に召集されて満州に渡った。敗戦とともにソ連軍に抑留され、小川と同様、シベリアで抑留生活を送り、小川と同年の四九年に帰国したが、国会で問題化するような政治問題に巻き込まれ、五〇年四月六日に自殺していた。(6) 小川は、菅の死の情報に接して、かつて教えを受けたことのある務台を訪ねたことがあったという。いずれにせよ務台は、菅の死もあって、シベリア抑留者の書いたものには大きな関心を払っていたのであろう。

福原の手紙で注目すべきなのは、河盛も務台も、「極光のかげに」の作者がだれかわからぬままに、この作品を高く評価していたということである。

次の福原の葉書。消印は「小石川25・12・5」と読めるので、一九五〇年十二月五日。

〔前略〕極光、芥川賞の候補になるといふ（河盛氏）是非さうありたしと話しあふ。ところが群像にて中村光夫なりしか、あれだけでは小説家ではないなどとよけいなことをいふ。〔以下略〕

おそらくは河盛好蔵から福原が得た情報によれば、『極光のかげに』に芥川賞をという声があったということであるが、事実、この作品は一九五〇年下半期の候補作の一つとなった。『極光のかげに』が評判となり、傑出した作品だという評価を得ていたことがよくわかる。

小川五郎は、『極光のかげに』を最初に評価してくれたのは、宮本百合子と三枝博音の二人だったと私に語ったことについては、すでにふれた。これは、三枝からの手紙が非常に印象的だったということであろう。しかし、遺憾ながら三枝からの手紙は、私が接した遺品の中には含まれていなかった。

以上は、五〇年十二月の『極光のかげに』単行本化以前のものである。単行本化されたちょうどそのころの宮本百合子の葉書（2円）が残されていた。駒込林町から三島の小川五郎宛、消印は「25・12・4」と判読できる。

けふは日曜日だからおいでになるかと思つてゐたらお見えになりませんでした。〔中略〕八日は外出しますが、そのほかの日はいつでもおいで下さい。わたしはよんでゐないのでお役に立つかどうかあやしいけれども、どうぞおより下さい。むしろお待ちしてゐたところです。（用事はないけれど）

高杉の回想では、十二月二十日、駒込林町に宮本百合子を訪問したというが、そのときの訪問はこの葉書を受けてのものであったのだろう。

それにしても、「いつでもおいで下さい」とか、「お待ちしてゐた」という文面からは、小川の来訪を心待ちにしている百合子の姿が浮かび上がる。

一九五一年一月の手紙・葉書が数通残っている。

福原麟太郎の葉書。消印は「中野26・1・15」と読める。『群像』二月小説合評で、極光おそろしく好評、非常にうれしい」とある。

岸田國士（一八九〇〜一九五四）の葉書には「下谷26・1・14」の消印がある。そこには、小川のことがなつかしく、また『極光のかげに』をまとめて読んで深い感銘を受けたと書かれている。

一九四〇年から四二年にかけて、大政翼賛会の文化部長をしていた岸田は、そのゆえに戦後は公職追放となっていた。想像するに、小川は岸田の住所を知らず、『人間』の編集をしていた木村徳三に、岸田との連絡を依頼し、単行本となった『極光のかげに』を送ったのであろう。

清水幾太郎（一九〇七〜八八）が三島市の小川五郎に宛てた手紙は、末尾に十四日と日付だけがあるが、一九五一年一月のことであろうか。そこには「極光のかげに」は雑誌「人間」に掲載されたものを読んでいたが、この本を贈呈されて、これが小川五郎の仕事だと知り、意外でもあり、嬉しくもあったと書かれている。

いささか儀礼的な岸田や清水の書簡と比べて、竹内好（一九一〇〜七七）の手紙（一九五一年一月八日、浦和の消印で、封筒は裏側に「中国文学研究会」と印刷されたものを使用している）は、真情あふれるものである。

新年おめでとうございます。

無事でお帰りになって何よりでした。高杉氏の抑留記は雑誌で毎号拝見して非常な感興を覚えて近来の収穫と思っていたところごく最近になってあなたの御作さとわかりなつかしくていたところです。でもあなたはきっと私のことはもう忘れていられるのではないかと思っていたら逆にあなたの方からお手紙を頂いたのでうれしくなりました。ぜひ一度お目にかかりたいものです。

ご上京のとき連絡して下されば出ていきます。私たち中国文学の連中は、今でも毎週木曜には集まりますからその場所へ来ていただければ尚幸いです。有楽町駅近く、ピカデリー向側横町の朝日診察所隣の〝山の家〟という焼酎ホールにいつも五時半から六時頃集まることになっています。小野忍は大抵出席します。〔中略〕武田〔泰淳〕は二回に一回くらい来ます。私も今までは大抵出席しましたが、今月は不定です。しかし、あなたがおいでになる日が分かっていたら武田にも連絡し、皆で歓迎したい。ぜひおいで下さい。他の日でも構いません。

これに続けて、当時は東京から離れていた増田渉、駒田信二、松枝茂夫の近況について、そして竹内好自身の近況についてふれたあと、

私はあなたのルポルタージュを俘虜記の傑作と思い、この作家が（それはたしかに作家の目で書

かれております）さらに新しい世界に立ち向うことを期待しております。ぜひ活躍して下さい。失礼ながらあなたの作風はほかに代用する人がいないのですから、どうぞ自重して大いに書いて下さい。

近日中にぜひ御上京を望みます。お目にかかりたい気がしきりにします。〔中略〕お返事が遅れ申訳ありません。一月七日

と結んでいる。

竹内のこの手紙を見ると、『文藝』編集長・小川五郎と中国文学研究会の面々がひとかたならぬ親近感を有していたことがうかがえるし、それは当然、『文藝』の仕事にも深く関わるものであったはずである。小川の手元に残された手紙から判断すれば、竹内好、宮本百合子は、小川五郎の「戦友」のごとくである。

河盛好蔵は『極光のかげに』を芥川賞に値する「小説」と見た。竹内好も、この作品を小川五郎の手になるものだという意識をいささかももたないまま、「作家の目」で書かれた「ルポルタージュの傑作」と評した。いずれにせよ、優れた読み手による評価であった。

以上が、小川宅に残されていた手紙からうかがえる『極光のかげに』への反応の主なものである。

残されていた『極光のかげに』に関連する手紙のうちで、別の意味で注目すべきものは、その英訳・独訳の話がある程度進んでいたということである。

私も、高杉から直接に、『極光のかげに』の英訳自体はできていて、発行されるという話が進んでい

た と 聞 い た こ と は あ っ た。 そ の 英 訳 出 版 の 進 行 の 裏 づ け と な る 手 紙 で あ る。
残されていた手紙は、一九五二年七月二十四日、ヴァンゼー（ベルリン郊外）のスタンプの押された鈴木一郎からの航空便である。

拝復　七月十三日消印の御便りを今日ベルリンで拝見致しました。はじめに忘れぬ中に御つたへすべきことをいくつか書きます。

一、マクミランからの便りを首を長くしてまっていますが、未だに返事がありません。もう一週間ほどまてば、その中に返事が来ることでせう。（七月二十三日現在）

二、パリからドイツのウルムといふ町に参り、東北帝大時代の学友カール・フーバートに会いました折り、今回の私のホンヤクとその内容についてたづねられ、その後、独訳したき由いっていますので、直接お便り申し上げる様申しておきましたが、とどいたでせうか。〔以下略〕

私が高杉から聞いたところでは、結局この英訳は出版直前まで行ったが日の目を見るには至らなかった。その理由は、アメリカに吹き荒れていたマッカーシズムに照らせば、「親ソ的過ぎる」という出版社の判断だったというものだった。

『極光のかげに』はスターリン批判を含意するものであるから、マッカーシズムのゆえに出版できないということは不可解であるが、この作品を局部的に見れば、ロシア人への共感を書きつけているところも含まれているから、局部的にであれ認められないものは出版できないのだというようなことだったのであろうか。

鈴木の手紙に戻ると、そこで言及されているフーバートからの手紙（日本語で書かれている）は、小川宅に二通残されていた。第一は、一九五二年十二月十三日の消印、オーストラリアから出されたものである（フーバートは同年十一月にドイツからオーストラリアに移住したという）。そこには、許可を受けて翻訳を始め、十二月初めに翻訳を終えた、そのドイツ語は「ドイツ人に取ては解りやすく出来上がりました」とあり、その原稿をタイプライターで打って発行者に出すと書かれている。

第二は、五三年七月七日に書かれ、オーストラリアのヴィクトリア州で投函された手紙。ドイツの「編纂者」はこの著作を面白いと言っている。日本における出版数、英訳が出版されたかどうか、されたとすればその部数などを問い合わせるものであった。

私は、このドイツ語訳については、高杉から聞いたことはなかった。しかし、日本での『極光のかげに』は、当初はよく売れて、識者の高い評価を受けるものではあったにしても、肝心の出版元・目黒書店倒産という憂き目をみたことや、アメリカでの出版が叶わなかったといった情報を得たドイツの出版社は、この出版を断念したのではないかと推定される。

この経過からすれば、日本軍国主義によって出征を強いられ、スターリン主義によってシベリアに抑留された小川五郎は、その記録の英訳をマッカーシズムによって葬られたともいえよう。

第三節　エロシェンコとスメドレー

一九五三年、小川は戦時中に翻訳していた小説を集めて、『レマン湖のほとり』（静岡大学教育研究所）

を出版した。しかし、これは静岡での出版ということもあってか、あまり売れなかったらしい（『レマン湖のほとり』に収録された作品のいくつかについては、私はすでに本文のなかで言及した）。

小川は、自身のシベリア体験を『極光のかげに』で表現したが、それは、どうしても書かなければならないことであったはずである。

しかし、『極光のかげに』が出版された一九五〇年十二月という時点は、朝鮮半島で戦争が始まり、「中国人民義勇軍」も参戦、トルーマンが朝鮮戦争における原爆使用を示唆するというような時期、五三年三月のスターリンの死に先立つこと二年余り、五六年二月のフルシチョフによる「スターリン批判」演説に先立つこと五年余りの時期だった。その時期の日本でスターリニズムの批判的考察を、単なる政治プロパガンダとしてでない形で引き続いて行なうのは、容易ならざることであったはずである。

スターリン批判について、小川には、ある経験があった。シベリアでロシア人の大学生に話しかけられ、会話をしたことがあった。そのときに、

〔小川〕「君はエスペラントを話す？　それとも、君の大学にエスペランティストはいない？」
「イスペラン？　イスパンスキー（スペイン語）のこと？」
「国際語。モスクワの大学で勉強したザメンホフ博士がつくった言葉」
「知らないなあ」（『極光』二五八頁）

というようなやりとりがあった。小川がエスペラントを学び始めた一九二〇年代末から三〇年代初

頭にかけては、ソ連はエスペラントの盛んな国の一つであり、スターリンもエスペラントを認めていた。それが、どうやらソ連では禁圧されるようになったらしい。そのこととスターリン主義とは関係がある。そこで小川は、スターリン批判を秘めながら、エスペランティストだった詩人エロシェンコの研究を行なうという方向を選んだ。

それが小川の『盲目の詩人エロシェンコ』（新潮社、一九五六年）という評伝となってあらわれ、『エロシェンコ全集』の翻訳（全三巻、みすず書房、一九五九年）となって結実した。この評伝はのちに、その全面的改訂版である『夜明け前の歌　盲目詩人エロシェンコの生涯』（一九八二年）となった。

スターリン体制が確立すると、スターリンが書いた言語に関する論文は、エスペラントの否定を含むように変化していた。小川は、そのことに焦点を合わせ、エロシェンコの作品の翻訳とその評伝の執筆という形でスターリン批判を行おうとした。この点は高杉一郎『スターリン体験』に詳しい。

エロシェンコ。北京にて

エスペラントに関連する小川の仕事として、長谷川テル『嵐の中のささやき』の翻訳・出版（新評論社、一九五四年）があった。長谷川テル（一九一二〜四七）は、エスペランティストであり、中国人のエスペランティスト劉仁と結婚し、日中戦争開始直前の一九三七年四月、中国に渡った。戦争が始まると、ラジオなどを通じて、日本軍兵士に反戦と平和を訴えた女性だった。

ただ、『嵐の中のささやき』の場合は、スターリン批判に関連するわけではない。小川は、シベリアにおける「民主会」運動には強い批判をもっていたが、日本の中国侵略に対しては、戦時中はもちろん、戦後において自己批判の念は強かった。そうでなければ、長谷川テルの翻訳を行なうことはなかったに違いない。

一九五〇年代の小川は、一方でエロシェンコに関する仕事を行なうとともに、アグネス・スメドレーの著作の翻訳に打ち込んだ。それが、みすず書房の出版した「現代史大系」全七冊のうちの一冊として出版されたアグネス・スメドレーの『中国の歌ごえ』（みすず書房、一九五七年）の翻訳であった。小川が一九三七年に、スメドレーの短篇「馬」を翻訳して『文藝』に発表し、日中作家の往復書簡を企画・連載していたことはすでに見たところである。

小川の出た東京高等師範学校には中国からの留学生が少なくなかった。少なくない中国人留学生と親交を結んではいたが、やがて日本の中国侵略は拡大していき、中国に帰った友人たちとの連絡は取れなくなる。小川には、どうするすべもなかった。その悔恨の経験が、小川を『中国の歌ごえ』の翻訳に向かわせたといえよう。それをもう少し、小川個人の経歴に結びつけていえば、次のようなことも指摘できる。

増田渉（一九〇三〜七七）は、東大支那文学科を卒業後、一九三一年に上海に渡り、魯迅に会って、個人的な指導を受けた。その増田は、三六年に魯迅が亡くなったのちに改造社に入り、改造社の『大魯迅全集』の仕事を中心的に行なった。小川の回想するところでは、当時、増田は荻窪に、小川は阿佐谷に住んでいたので、仕事のあとに一緒に帰ることも少なくなかったという。

『中国の歌ごえ』に収められた写真の一枚に、スメドレー、バーナード・ショー、宋慶齢、蔡元培、魯迅の五人が一緒に写った三三年の写真がある。このことが示す通り、スメドレーは魯迅との接点をもっていた。そのことは増田渉も知っていて、小川は増田との会話のなかでスメドレーの名前を聞いたという。時期的には、尾崎秀実（筆名・白川次郎）が訳したスメドレーの『女一人大地をゆく』を小川が読んだあとのことであった。また、高杉の書いた「冬を越す宮本百合子」についてはすでにふれたが、そこに次のような一節がある。

一九三八年がおわろうとしているころ、日中戦争の真最中に、「日本評論」の別冊付録として、アグネス・スメドレーの「第八路軍従軍記」が出たことを覚えているひともいるだろう。それは、戦時下の検閲のためにズタズタに削除されているうえに、翻訳もでたらめであったが、前線の状況を生き生きとつたえるルポルタージュとして、私たちはむさぼるように読んだものだった。(7)

スメドレーは、一八九二年にアメリカのミズーリ州で生まれた。第一次世界大戦中、インド独立運動に関わったために投獄されたこともあったが、世界大戦の終結後、ベルリンに移り住む。そして、一九二八年、彼女は、ドイツの新聞「フランクフルター・ツァイトゥング」の中国特派員となり、同年、中国の土を踏んだ。

中国の多くの場所を訪れ、次第に中国共産党の動向に密着するようになり、その八路軍と行動をともにした。

一九四一年末、病を得たスメドレーはアメリカに帰国する。帰国後のスメドレーが、一九一九年にアメリカを離れて以降の「自分史」と、中国の解放戦争の動向を綯い交ぜにして書き上げ、出版（一九四三年）したのが、『中国の歌ごえ』であった。

高杉一郎訳の『中国の歌ごえ』冒頭の「アグネス・スメドレーの人と作品について」によれば、この本には、スメドレーの経験という「個人的なものと歴史的なものの二つのテーマがあって、その二つがからみあいながら、叙述が発展していく」のである。スメドレーの「個人的な観点からえがかれているにもかかわらず、この本は鳥瞰的であり、全体的であり、叙事詩的である」という。

この「叙事詩」の高杉訳は、驚くほどよく売れたという。「どこかの組織」が「学習指定文献」にしているのではないかと思うほどだったと、小川は笑いながら語った。また、この翻訳は、前にもふれたが、「中野好夫さんが『週刊朝日』の書評で激賞してくれた」ともいう。(8)

中野好夫（一九〇三〜八五）は、五三年に東京大学教授を「教授では食えぬ」として辞し、平和運動に関わりながら多彩に翻訳の仕事をしている非常に著名な人物だった。その中野が激賞する書評が「週刊朝日」に掲載されたとする小川の記憶が事実だとすれば、大きな宣伝効果があったろう。しかし、中野の書評などの特定の条件だけで売れ行きが伸びたわけではないだろう。小川は、「シベリア帰りの私も、この印税で一息つけた」と語っているので、具体的な販売数はわからないけれども、相当な部数が売れたのであったろう。

この訳書の初版の奥付には、昭和三十二年（一九五七年）三月十日の日付がある。戦争が終わって十二年、中華人民共和国成立から約八年、さらに、占領下におけるアメリカによる出版統制が終わって数年という時点である。

戦争中の日本では、中国の動向、ことに共産党側の動向については、非常に限られた情報しかなかった。それが、「壮大な叙事詩」（ちくま文庫版では、上下二巻あわせて約八百ページ）として展開された著作が出版されたとなれば、きわめて広範な読者を獲得する条件があったと言えるだろう。

スメドレー『中国の歌ごえ』の出版後、小川は中国に出かけた。小川は、この訪問を通じて東京高等師範学校で親しくしていた王執中の消息を知りたいと希望していた。

小川　ぼくは、一九六〇年にも中国文字改革学術視察団の一員として中国に行った。通訳も付いたが、葉籟士《ようらいし》はエスペランティストだったから、エスペラントで話した。王執中もエスペランティストだったから、葉氏に王さんの消息を尋ねたところ、いろいろ探してくれたが、結局分からず、上海で戦死してしまったのではないかという。葉籟士は東京高師に留学していた。ぼくより少し年下で、同じ時期に東京高師にいたのかもしれないが、当時は面識はなかった。周恩来も高等師範学校に入ろうとして試験を受けたことがあると聞いた。

中国には、この時以外にも、何回か行った。中国はなつかしいね。

一九八四年に、ぼくと妻は中国に招かれた。鄧小平が国家主席になった時代で、天安門広場で彼が自動車に乗って軍隊の閲兵をするのを見た。

なぜ中国に招待されたのかよく分からないが、おそらくスメドレーの『中国の歌ごえ』や長谷川テルのエスペラントの本『嵐の中のささやき』を翻訳したことが評価されたのではないかと思う。というのは、このとき通訳として付いた人が、ぼくたちをスメドレーの墓に案内してくれたからね。中国は日本の出版界のこともよく見ているんだねえ。そのときにぼくと一緒に招待されたのが、『大地の子』を書いた山崎豊子だった。

小川は、『中国の歌ごえ』出版のあと、同じスメドレーの『中国は抵抗する　八路軍従軍記』（原書、一九三八年、訳書、一九六五年）も翻訳して出版したが、その「訳者あとがき」で、

一九四九年の中華人民共和国の成立とその後の発展は、アジアはもちろんのこと、全世界の歴史に大きな意味をもっていますが、私たちはすぐおとなりの国にいながら、人民中国の生まれてきた経緯の必然性を十分に理解していませんし、したがって人民中国がこれからの世界史にたいしてもっている意味もよく理解していません。

と書いていた。これは『中国の歌ごえ』を訳す理由でもあったに相違ない。中国の問題は、小川の若き日から関心の的であり続けたものだった。

ここで小川が書いている点は、現時点で考えれば、過去のものになってしまった問題意識のように見えるかもしれない。しかし、単純な「未来志向」でない日中関係を考えるなら、歴史となってしまったと言えるかどうか。

中野好夫に話を戻すと、グレーヴス著・高杉一郎訳『ギリシア神話』（紀伊國屋書店、上巻、一九六二年）が出版されたとき、その表紙カバーには、中野好夫・呉茂一・高津春繁という三人の「推薦のことば」が印刷された。その中野の言葉は次のごとくであった。

高杉一郎氏を訳者として推薦したのは、氏のスメドレー「中国の歌ごえ」の訳業がひじょうに立派だったからで、グレーヴスの名作「ギリシア神話」の名訳を、氏の訳者としてのすぐれた手腕

に期待したからである。

この本の下巻に付けられた高杉の「訳者あとがき」は、グレーヴス（一八九五～一九八五）の自伝を主たる材料にして著者を紹介している。それによれば、グレーヴスは、イギリスの詩人・小説家・批評家。第一次世界大戦に従軍し重傷を負い、辛うじて一命をとりとめたという。最初の妻との子ども四人は全員、第二次世界大戦に従軍し、息子の一人はインド戦線に派遣され、日本軍に殺されたという。この『ギリシア神話』は、一九五五年にペンギン・ブックスのために書かれたとある。

高杉が『中国の歌ごえ』の翻訳のあとに『ギリシア神話』の翻訳に打ち込んだのは、中野の推薦もあったにしても、苛酷な二十世紀を生き、しかも、「ながい年月のあいだに自然に成熟してできあがった特別にゆたかな果実」[9]としてこの作品を生み出したグレーヴスへの共感があったことも確かであろう。

第四節　「精神の水脈」

スメドレー『中国の歌ごえ』の翻訳・出版後、小川は次々に翻訳の仕事を進めた。その一つが、クロポトキンの『ある革命家の思い出』（平凡社、一九六三年）であった。これは、すでに大杉栄が翻訳・出版していた作品でもあった。小川には大杉への共感があったが、それは、大杉がエスペランティストでもあったことによるようである。

クロポトキンの翻訳に携わった理由は、私が小川から聞いたところでは、スターリン主義への批判を理論の形で行なう代わりに、クロポトキンを訳すことで行なおうとしたというのである。

一九一七年にロシア革命が起こった当初、アナーキストたちも革命に加わっていた。しかし、ほどなく、彼らはレーニンたちのボルシェヴィキによって弾圧される。大杉栄もそのことを察知して、ロシア革命批判を行なっていた。大杉自身、クロポトキンの『ある革命家の思い出』『相互扶助論』などを訳したが、それは同時にロシア革命批判という意図から出たことであった。

小川の意図も大杉のそれと重なる。この『ある革命家の思い出』(岩波文庫版では『ある革命家の手記』)は実に面白く、読み始めるや、波瀾万丈、巻を置くことができないほどである。

小川はのちに、同じクロポトキンの『ロシア文学の理想と現実』も翻訳する。この本は、プーシキンをはじめとするロシア文学がどのように、なぜ面白いのかを論じて、優れた文学評論たるもの、かくあらねばならないと思わせるものがある。

他方、ツヴァイクの『権力とたたかう良心』の翻訳も行ない、それは『ツヴァイク全集』全二十一巻(みすず書房)の第十七巻として、一九七三年に刊行された。この本の原書(一九三六年刊)は、「カルヴァンとたたかうカステリオン」という副題をもつ。ザルツブルクに居住していたユダヤ人ツヴァイクは、ヒトラーの権力掌握(一九三三年)に恐怖を抱き、ジュネーブの図書館でこの本の執筆準備をすすめるも、ほどなくロンドンに移住、本書の出版に至ったといういわくつきのものである。

この本でツヴァイクはカルヴァンにヒトラーを重ねた。それは明白だが、この本を実際に読み進めていくと、カルヴァンの像と重なるのはヒトラーだけでなく、スターリンのような気もしてくる。たとえば、いったんジュネーヴの権力者になったカルヴァンがその地位を追われ、再度返り咲く過程をツヴァイクが描いているところは、一度獄につながれたヒトラーが復活してくるところと重なるように読めはする。しかし、それは、権力掌握以前にシベリアに流刑となったスターリンを連想もさせる。実際、小川は、『権力とたたかう良心』について、

私がこの歴史小説を翻訳した一九七二年は、スターリンが死んでから二十年が過ぎようとしているときであったが、私はまだスターリン体験の記憶から解放されていなかったので、翻訳の筆をすすめながら、たえずカルヴァンのなかにスターリンの肖像を見ていた。（高杉一郎『シベリアに眠る日本人』一六二頁以下）

と書いている。ここで高杉はスターリンのことだけを書いているけれども、当時は中国の「文化大革命」の時代でもあった。高杉は、文革によって弾圧され、死に追いやられた人びと、たとえば老舎（一八九九～一九六六）の運命と、カステリオンの運命をも重ねていたのではないだろうか。六〇年代末から七〇年代初頭の日本は、「大学紛争」の時代でもあった。静岡大学教養部教授であった小川は、この紛争にさいし、学生たちと直接に向き合わなければならない教養部長という職にあった。

そういう状況に置かれつつも、スターリン体験などをさらに広い視野から見渡してみようという意味あいもあったのであろうか。当時、小川は、『ギリシア神話』の翻訳をうけるかのように、ピカードの『ホメーロスのイーリアス物語』（岩波書店、一九七〇年）、『ホメーロスのオデュッセイア物語』（同、一九七二年）を翻訳・出版した。それは、小川が自らを「ホメーロス気違い」と呼んでいたこともあっての

ことだった。時期的なことを言えば、児童文学の世界で小川の名前を有名にしたフィリパ・ピアス『トムは真夜中の庭で』は、一九六七年に出版されていて、これは「大学紛争」以前の仕事である。ピアスの本を訳したのは、出版社の編集者からの依頼を受けたからだったと、小川は語ってくれた。以上に見てきたように、戦後の小川（高杉）の仕事の多くは、日中戦争、シベリア抑留体験、スターリン体験への省察をその核とするものだといえる。

それらを概括するような小川の文章がある。その一節は、ロマン・ロランの一九〇二年の手紙の紹介から始まる。ロマン・ロランは、「クロポトキンの回想録」（これがのちに小川が訳した作品）を読み、それを手紙の相手に読むようにすすめた。

「それは感嘆すべき書物です。私はこの十年間にこれほど興味をひかれたものを読んだことがありません。……この書物は、ヨーロッパの、とりわけ改革と革命のロシアのもっとも広大な絵画です。〔以下略〕」

私は岩波文庫のためにクロポトキンの『ある革命家の手記』上下を訳したとき、著者の直接の監修のもとにパリから出版されたこの本のフランス語訳 *Autour d'Une Vie* も参考にしたので、この手紙にはとくに興味をひかれる。まことに精神の水脈というものは、外からは姿が見えないまま、地表の下を深く、そして遠く流れて、思いがけない異国の精神の淵のなかに安らぎを見いだすものだ。（「かたくなな家庭教師とやさしい女友だち」『家族たち』二四九頁以下）

「翼賛体制」と「収容所群島」をくぐり抜けた「時代経験」を核とした戦後の小川の著作活動は、『極光のかげに』や『征きて還りし兵の記憶』に表現されたが、他方で、スメドレーやエロシェンコの翻訳から、クロポトキンやツヴァイクなどの翻訳に及んだ。そこには、「若き高杉一郎」の改造社時代以来の「精神の水脈」が、生き続けていたのだった。

一九九一年五月、『極光のかげに』が岩波文庫に収録された。その文庫版「あとがき」の冒頭で、この本が岩波文庫に加えられることになって「たいへんうれしい」と小川は書いた。それは、一つには岩波文庫は小川が「歩いてきた精神史のなかで、いつも私の道づれであったし、教師でもあった」からである。

いま一つは、シベリア抑留に関わる。「日本の将兵六十万が一九四五年から一九五〇年まで、ひどい場合は一九五六年まで十一年間もソ連に抑留されていた事実」(『極光』三五九頁)があり、これは「日本民族あげての歴史的な体験」であったのに、「日本政府も、せめてその公的な記録を残すぐらいのことはしたらいいと思う」のに、そういう努力はなされなかった。そこで、『極光のかげに』は、「個人的体験を綴ったものにすぎない」けれども、「日本がかつて経験したことのなかった民族流亡の歴史の片りんを後代に伝えるひとつのよすがにはなるだろうと思う」というものであった。

ここには、シベリア抑留に関する「公的な記録」が作成されることへの希望が控えめに語られていた。『極光のかげに』が岩波文庫に入った一九九一年の前後を振り返ってみると、八九年には東西冷戦の象徴ともいうべきベルリンの壁が解体され、米ソ首脳による冷戦終結宣言がなされた。九一年四月、ソ連のゴルバチョフ大統領が来日した。このころ小川は、シベリア抑留の実態解明がすすみ、抑留に関する「公的な記録」が出されることを期待したのではなかったか。

だが、小川のいだいたこの希望は、いままでのところ、実現されていない。

小川五郎の告別式は、二〇〇八年一月二十六日、東京・青山葬儀所で行なわれた。参会者による黙禱のあと、「別れの言葉」が述べられた。

最初に、作家の三木卓氏が故人との半世紀に及ぶ関わりを語った。そして、高杉一郎『極光のかげに』は、戦前の最良の知識人の立場で書かれた作品だと位置づけ、また、それを可能にしたのは、高杉さんの自由な精神だったと述べた。三木氏はまた、「朝日新聞」一月二十三日付に、「知的自由の精神宿す」という追悼文を掲載した。

次に、元朝日新聞記者の白井久也氏の「別れの言葉」。白井氏は、モスクワ特派員だった経験もあって、シベリア抑留者協議会（全抑協）の運動を支援してきた人。故人も、この運動に対し物心ともに援助を惜しまなかったという。

三番目に登場した元和光大学教授の祖父江昭二氏は、和光大学における故人の教育と研究の一端を語った。そのなかに、故人は『源氏物語』を日本語とウェーリーの訳とで比較するという視野の広い研究をし、その論文を含む書物が毎日出版文化賞を受けた(10)という紹介があった。

そのあと、弔電の披露があった。『ゲド戦記』などの訳者となった清水真砂子さんからの弔電で、彼女は、静岡大学で小川五郎先生に出会い、英米文学のみならず、ギリシャ神話なども含めて教えを受けたことへの感謝に加え、小川先生の語り口、その日本語自体の素晴らしさへの憧憬を語っていた。

そして、高杉一郎訳『トムは真夜中の庭で』の著者フィリパ・ピアス（二〇〇六年十二月逝去）の娘さんからの弔電は、この日本語訳がイギリスでの売れ行きを凌ぐほどだったのは、その翻訳の素晴らしさゆえであろうと讃えるものであった。

注

序章

（1）大江健三郎「子供の本を大人が読む、大人の本を子供と一緒に読む」『すばる』二〇〇三年一月号。
（2）座談会「大人のための本とは何だろう?」季刊『考える人』新潮社、二〇〇四年冬号。
（3）加藤周一「夕陽妄語」『朝日新聞』一九九六年六月十九日付夕刊。加藤『夕陽妄語V』朝日新聞社、一九九七年、一四七頁以下。
（4）鶴見俊輔「解題」『新版・極光のかげに』（冨山房、一九七七年）所収。
（5）『情況』二〇〇四年九月号。ここに「忘却の穴」（三、二二四）とあるのは、『全体主義の起原』みすず書房、第三部二二四頁によることを意味する。なお、このアーレント論は、私の『ハンナ＝アーレント』（清水書院、二〇〇一年）を前提にしている。
（6）森嶋通夫『日本にできることは何か　東アジア共同体を提案する』岩波書店、二〇〇一年、ⅶ頁。
（7）萩原延壽『自由の精神』みすず書房、二〇〇三年、三四五〜六頁。この対談自体は、一九九七年のもの。
（8）萩原延壽『遠い崖　アーネスト・サトウ日記抄』朝日新聞社。
（9）『オーラル・ヒストリー』岩波書店。
（10）御厨貴・中村隆英編『聞き書　宮沢喜一回顧録』岩波書店、二〇〇五年。
（11）この対談は、太田哲男編『暗き時代の抵抗者たち』（同時代社、二〇〇一年）にも収録された。
（12）『海を流れる河　石原吉郎評論集』同時代社、二〇〇〇年。これは、同時代社編集部編となっているが、実質的には太田が編集したものであり、その「解説」は私が執筆した。

第一章

(1)『三木清全集』第一巻、岩波書店、四〇七頁以下。
(2)山本実彦『小閑集』改造社、一九三四年、一五一頁。
(3)同、七六頁以下。
(4)木佐木勝『木佐木日記――滝田樗陰とその時代――』図書新聞社、一九六五年。木佐木は、一九一九年に早稲田大学を卒業するとともに『中央公論』記者となった編集者で、中央公論社入社以来つけていた日誌がこの『木佐木日記』である。
(5)山本「十年の辞」『小閑集』三七〇頁。
(6)この事件についての山川の回想は、『山川均自伝』岩波書店、一九六一年、三八二頁以下にごく短く書かれている。
(7)『木佐木日記』一九一九年八月二十三日条。
(8)柳田泉他編『座談会　明治・大正文学史(5)』岩波現代文庫、二〇〇〇年、三二七〜八頁。
(9)武藤富男『評伝賀川豊彦』キリスト新聞社、一九八一年、二四七頁。
(10)同、二四九頁。
(11)『木佐木日記』一九二〇年十月十五日条。
(12)『大宅壮一全集』第六巻、英潮社、一九八一年、三三九頁。
(13)ラッセル『ソ連共産主義』河合秀和訳、みすず書房、一九九〇年、二四頁。
(14)山本実彦「ラッセルの来朝」『小閑集』一九二頁以下。なお、山本実彦は当時デューイも招待したように書いているが、デューイの日本滞在およびその後の中国滞在は、彼のサバティカルイヤーによるものである。ただし、東京にいる間に、山本がデューイのために席を設けることはあったのであろう。
(15)ラッセル「愛国心の過誤」『改造』一九二一年一月号、八頁。なお、ラッセルの来日時のことは、『ラッセル自叙伝II』(日高一輝訳、理想社、一九七一年)にも興味深い記述がある。
(16)山本『小閑集』二五二頁。
(17)山本実彦『世界文化人巡礼』改造社、一九四八年、二二三頁。

(18) アインシュタインの来日については、金子務『アインシュタイン・ショック 第II部 日本の文化と思想への衝撃』(河出書房新社、一九八一年)が詳しく、また、興味深い。なお、湯川秀樹(一九〇七〜八一)は、アインシュタインの来日時には十五歳。アインシュタインの講演を聴きに行っても不思議でない年齢であるが、彼の自伝『旅人』には、その講演がいつどこで行なわれているのか知らなかったと書かれている。

(19) 河上肇『自叙伝』五、岩波文庫、一九七六年、二六〇頁以下。

(20) 『改造』一九二三年十月号は、「大震災号」として発刊され、また、十一月号には大杉栄追想を特集した。ちなみに、大杉の書いたものは『改造』に三十回ほど登場する。彼の『自叙伝』も『改造』に連載されたものだった。

(21) 『木佐木日記』一九二五年十一月十六日条。

(22) 佐藤春夫「三十分間程」『退屈読本』冨山房、所収。

(23) 関忠果他『雑誌「改造」の四十年』八三頁以下。

第二章

(1) 一九三〇年代の新劇の動向の一端については、太田哲男・高村宏・本村四郎・鷲山恭彦編『治安維持法下に生きて 高沖陽造の証言』(影書房、二〇〇三年)にも、当事者の証言がある。

(2) 松沢弘陽・植手通有編『丸山眞男回顧談』上、岩波書店、二〇〇六年、一七六頁。

(3) 小川がクロポトキンの著作を二冊も翻訳・出版した理由は、彼をシベリアに抑留したスターリン、あるいはスターリン主義に対する批判を、理論の形で行なうのではなく、クロポトキンを訳すことで行おうとしたからだという。この点については、本書の「終章」を参照されたい。

(4) 高杉一郎「解説」『レマン湖のほとり』(静岡大学教育研究所、一九五三年)所収、二一八頁。

(5) バルビュスに関しては、『改造』一九二七年七月号・八月号に「耶蘇」が武林無想庵訳で連載され、一九三〇年に武林訳『耶蘇』が改造社から出版された。また、バルビュスの作品としては、二八年一月号に「苦難十年のロシアを観る」が、同年十月号に「ゴーリキーを訪ふ」が掲載されている。

(6) 小牧近江「バスチィユ陥落」(『改造』一九二九年八月号所収)のこと。

（7）小川は改造社を「いい職場だった」と回想した。他方、『改造』編集部にいた水島治男は、一九三八年九月で改造社を退社し、外務省の外郭団体（在漢口）に移った。戦後になってからだが、そのときのことを水島は「もういっぺん山本実彦の下で仕事をするかといわれれば、それはもう（中略）絶対に御免である」と回想している。水島『改造社の時代　戦中編』図書出版社、一九七六年、一五五頁。
（8）尾崎行雄「墓標の代りに」『改造』一九三三年一月号、所収。この論文にまつわる記述は、尾崎行雄『咢堂自伝』一九三七年、咢堂自伝刊行会発行、東京堂書店発売、三九四頁以下にも見られる。この自伝は、Fujiko Hara によって、*The Autobiography of Ozaki Yukio*, Princeton University Press, 2001. として英訳され、マリウス・ジャンセンが序文を書いている。
（9）日高六郎『戦争のなかで考えたこと　ある家族の物語』筑摩書房、二〇〇五年。また、同「尾崎行雄『墓標の代わりに』再読」『世界』二〇〇〇年二月号・三月号、所収。
（10）日高「尾崎行雄『墓標の代わりに』再読」『世界』二〇〇〇年二月号、一八四〜五頁。
（11）稲葉昭二『郁達夫』東方書店、一九八二年。
（12）郁達夫「自伝」『わが夢、わが青春』岡崎俊夫訳、寶雲社、一九四七年、九〇頁。
（13）スメドレー『中国の歌ごえ』に付けられた高杉一郎「訳者あとがき」による。
（14）『芥川龍之介全集』8、ちくま文庫、一九八九年。
（15）千葉俊二編『谷崎潤一郎　上海交遊記』みすず書房、二〇〇四年、二五四頁。
（16）同、一三六頁。
（17）広津和郎『年月のあしおと』下、講談社文芸文庫、一九九八年、一七三頁。なお、前田愛『近代読者の成立』（原本、一九七三年）、岩波書店（岩波現代文庫）、二〇〇一年、も参照。
（18）牧野武夫『雲か山か』中公文庫、一九七六年。
（19）小林勇『惜櫟荘主人――一つの岩波茂雄伝』岩波書店、一九六三年、五五頁。
（20）塩澤実信『定本ベストセラー昭和史』展望社、二〇〇二年。
（21）小林勇『惜櫟荘主人』七八〜九頁。

(22)永嶺重敏「円本ブームと読者」『大衆文化とマスメディア』(近代日本文化論7)岩波書店、一九九九年、一八六頁以下。
(23)永嶺、同前、一九九頁。
(24)松田道雄『私の読んだ本』岩波新書、一九七一年、六一頁。
(25)中條百合子「『迷ひの末』――『厨房日記』について」『文藝』一九三七年二月号、九四頁。
(26)永井荷風『断腸亭日乗』(岩波書店、一九八〇年)一九二七年六月廿一日条。
(27)「編輯便」『マルクス=エンゲルス全集』「月報」改造社、一九二八年十一月。
(28)『マルクス=エンゲルス全集・別巻』改造社、一九三三年、五七三頁。
(29)向坂逸郎の自伝『流れに抗して　ある社会主義者の自画像』(講談社現代新書、一九六四年)には、向坂が一九二八年の三・一五事件に関連して、共産党とは関係ないのに九州大学を追放されたことが短く書かれている。その後、東京に出て、大森などと知り合いになったことは書かれているが、改造社版のマルクス・エンゲルス全集については何も言及されていない。向坂のマルクス主義文献の翻訳は、『資本論』をはじめとして、戦後にも数多く出されているから、戦前の全集のことなど言及に値しないと思ったのであろうか。
(30)『丸山眞男集』第十巻、岩波書店、一九九六年、二二三頁。
(31)内山完造『花甲録』岩波書店、一九六〇年、一四五頁。
(32)『花甲録』一九三頁。小林勇は、このことを裏づけるように、「内山は、世界の息吹きの中に激動する上海で、書店を営むことによって、日本人のみならず、中国の多くの知識人に接触の機会が多い生活をするようになったのだった」と書いている。小林勇「内山完造」『人はさびしき』文藝春秋、一九七三年、一二七頁。
(33)田中泰子『けやきの庭の若者たち』カスチョールの会、二〇〇五年。

第三章

(1)高杉「冬を越す宮本百合子」(『文藝』一九五三年九月号)『家族たち』三三四頁。
(2)「入社試験」(一九五一年十二月)『上林暁全集』第九巻、筑摩書房、二八八頁以下。

（3）上林のこの回想が事実だとすると、檀一雄は当時東大経済学部の学生だったから、中退覚悟で受験したことになる。檀の卒業は一九三五年であった。学業途中での入社ということもあり得る話だとは思うけれども、いちおう注記しておく。

（4）タウトの来日は一九三三年五月、三六年にトルコに移る。

（5）高見順『昭和文壇盛衰史』角川文庫、一九六七年、二六七頁。

（6）中野重治『愛しき者へ』上、中央公論社、一九八三年、四二九頁。

（7）中島健蔵『物情騒然の巻　回想の文学②』平凡社、一九七七年、一七頁。

（8）木村徳三『文芸編集者　その跫音』TBSブリタニカ、一九八二年、一〇頁以下。とはいえ、正宗の小説「のどかな午後」は、『文藝』一九三三年十二月号に出ている。また、正宗は、三四年二〜四月号に連続して登場している。

（9）木村徳三、前掲書、二二頁。

（10）川西政明『昭和文学史』上巻、講談社、二〇〇一年、四三八〜四三九頁。

（11）高杉一郎「『文芸』の思い出」『雑誌「改造」の四十年』所収、一四八頁。

（12）小川はここで加藤周一に言及しているが、加藤は、その『羊の歌』が示すように、一九一九年、未年生まれ。加藤についての回想は、彼が東大の渡辺一夫研究室に出入りする四二年ごろ以降のことであろう。

（13）木村徳三『文芸編集者　その跫音』。「横浜事件被告相川博手記（昭和十八年）」（『続・現代史資料7』「特高と思想検事」〔加藤敬事・解説〕みすず書房、一九八二年、所収）には、「自昭和十三年六月至昭和十四年五月」における雑誌『大陸』の編集スタッフが列挙されている。そこに「部員」として相川博の名前はあるが野間寛二郎の名前はない。「自昭和十五年一月至昭和十六年九月」の『大陸』の「編輯主任」は相川で、次長が小林英三郎、部員が野間寛二郎となっている。この「手記」にしたがえば、野間の『文藝』から『大陸』への異動時期は三八年ではないようにも思えるが、『文藝』から別の部署に移り、さらに『大陸』に異動があったとも考えられる。

（14）『日本近代文学大事典』（講談社）の「上林暁」（上田三四二執筆）によれば、上林は「創作専念の志をもって」、一九三四年四月、「改造社を退き、文筆一本の生活に入る」とある。

（15）高杉一郎『レマン湖のほとり』（静岡大学教育研究所、一九五三年）については、第四章以下でもふれる。

(16) 郭沫若『亡命十年』筑摩書房、岡崎俊夫訳、一九五三年、二〇頁。
(17) 丸山昇『上海物語』(原本、一九八七年)講談社学術文庫、二〇〇四年、一四一頁。
(18) 郭沫若『創造十年 続・創造十年』松枝茂夫訳、岩波文庫、一九六〇年、二〇一頁。
(19) 星岡茶寮は、北大路魯山人(一八八三〜一九五九)が一九二五年に当時の麹町区永田町二丁目に設立したところで、魯山人が料理長として采配を振るい、評判を呼んでいた。『魯山人味道』(中公文庫、一九八〇年)に付せられた平野雅章の「あとがき」によれば、この茶寮の「客筋は上は宮様から大臣、華族、それに一流会社の社長などであった」という。しかし、一九三六年、「魯山人は、みずからつくった星岡茶寮を追われた」「魯山人のいなくなった星岡に、もはや昔日の面影はなかった」という。
(20) 郭沫若『亡命十年』一六一〜二頁。
(21) 内容的にはこの発言とほぼ同じことが、すでに高杉一郎「郁達夫と郭沫若——東京にいたころの二人」(『朝日新聞』一九五五年一月十一日付)に書かれている。そして、このエッセイが、『郭沫若自伝5』(平凡社東洋文庫、一九七一年、所収)の「解説」(丸山昇)に引用されている。私は丸山まつ(丸山昇夫人)さんに教えられてこのことに気づいた。丸山昇と小川五郎(高杉一郎)は、和光大学で知己となって以来、その交わりは深く、小川は二〇〇六年十一月二十六日の丸山逝去を深く悲しみ、その告別式に車椅子で出席した。
(22) 郭沫若『亡命十年』一七八頁。
(23) 『興亡の支那を凝視めて』改造社、一九三八年。
(24) 鹿地亘は、一九三六年一月、上海に渡った。「戦前、上海に渡るには、旅券もビザもいらなかったし、国鉄の窓口でも船を含む通し切符が買えた。中国語や中国文学を学ぶ大学生は、上海で夏休みを過ごすと、東京で下宿しているより安上がりですんだ」(丸山昇、前掲、一二頁)
鹿地について、郭沫若は「日本の反戦作家」で自分たちのために働いてくれる人として信頼していた。郭沫若『抗日戦回想録』(中央公論社、一九五九年)、中公文庫、二〇〇一年、六二二頁。

第四章

(1) 永井荷風『濹東綺譚』新潮文庫、一〇頁。
(2) 同「解説」（秋庭太郎）、一一六頁。
(3) 中村光夫の回顧は、秋庭太郎『永井荷風傳』春陽堂書店、一九七六年、四二一〜二頁、による。
(4) 坂野潤治『昭和史の決定的瞬間』筑摩書房（ちくま新書）、二〇〇四年、一六二頁以下。
(5) 藤田省三「『論壇』における知的退廃」（一九六五年）は、戦前の『中央公論』の佐々弘雄「美濃部達吉論」を例に引き、『中央公論』の戦前のありようと対比する形で、一九六〇年代の同誌のありよう、さらに広くは「論壇」のありようを痛烈に批判していた。『藤田省三著作集』7、みすず書房、一九九八年、所収。
(6) 岩波書店の『近代日本総合年表』（第四版、二〇〇一年）では、これが三八年三月とされている。この記載は誤りである。
(7) 夏衍は、福岡の明治専門学校で電気を学んだあと、九州大学工学部に入学。それとともに、国民党左派の立場で、日本各地で活発に活動した。一九二七年の「四・一二クーデタ」のあと、中国に帰り、劇作家となった。丸山昇『上海物語』（原本、一九八七年）講談社学術文庫、一六五頁、参照。
(8) 久板栄二郎は、戦後には黒澤明監督『わが青春に悔なし』（一九四六年）などの脚本を書いた。
(9) 『文藝』一九三七年七月号、一二八頁以下。
(10) 『文藝』一九三七年九月号、二三九頁。
(11) 『丁玲自伝』田畑佐和子訳、東方書店、二〇〇四年。
(12) 竹内好「支那と中国」『竹内好セレクションⅠ』（日本経済評論社、二〇〇六年）所収、二九頁。
(13) 竹内好（一九一〇〜七七）は中国文学者・評論家で、一九三四年、武田泰淳や岡崎俊夫などと中国文学研究会を結成した。小川五郎とは戦後も親交があった。
(14) 竹内「支那と中国」、二九〜三〇頁。
(15) 『谷崎潤一郎　上海交遊記』二〇〇〜二〇一頁。
(16) この「事典」は、中国文学研究会に増田渉や松枝茂夫などが加わって編集され、雑誌の付録として付けられた。
(17) 増田渉（一九〇三〜七七）は中国文学者で、一九三一年、上海に渡り、魯迅から個人的に教えを受けた。中国文学研究会に加わり、三七年、改造社に入り、『大魯迅全集』などの編集に当たった。
(18) 蔣介石「日支事変に対する宣言」『改造』一九三七年九月号。以下、同じ。
(19) 毛沢東「持久戦を論ず」『改造』一九三八年十月号。
(20) 『改造』一九三八年十一月号、一九四頁。
(21) 増田渉「思い出すこと」『雑誌「改造」の四十年』光和堂、一九七七年、所収、一七〇頁以下。
(22) 松下裕「作家案内」、中野重治『村の家・おじさんの話・歌のわかれ』講談社文芸文庫、一九九四年、所収。
(23) 小熊秀雄の作品にも、『文藝』に掲載されたものがある。
(24) 松田道雄『私の読んだ本』岩波新書、一九七一年、一〇七頁以下。
(25) 松田、同前、一二四頁。
(26) 中野「小説の書けぬ小説家」『村の家・おじさんの話・歌のわかれ』講談社文芸文庫、一〇七頁。
(27) 中野重治『わが生涯と文学』筑摩書房、一九七九年、二三三頁。
(28) 『新潮』三七年三月号、林淑美編『中野重治評論集』平凡社（平凡社ライブラリー）、一九九六年、八七頁以下。
(29) 『文藝』一九三七年五月号。
(30) 『文藝』一九三七年八月号、一一〇〜一頁。
(31) 『文藝』一九三八年二月号、一七一頁。
(32) 同前、一七一〜二頁。

第五章

(1) 吉野源三郎「赤版時代——編集者の思い出」『岩波新書の50年』（岩波新書別冊）所収、一九八八年、一三〇頁。小川は、吉野源三郎の名前だけは『君たちはどう生きるか』（一九三七年七月）によって戦前から知っていたという。戦後、小川は高杉一郎名でイートンの『ガンジー伝』（岩波少年文庫、一九五七年）を翻訳・出版したが、これは吉野源三郎の方から翻訳を依頼してきたからだったという。
(2) 池島信平『雑誌記者』（原本、一九五八年）中央公論新社（中公文庫）二〇〇五年、一〇二〜四頁。

(3) 中野重治『愛しき者へ』下、筑摩書房、一九八四年、九二頁以下。
(4) 中野重治『わが生涯と文学』二二三〜四頁。
(5) 同前、一三頁。
(6) 同前、二二三頁。
(7) 同前、五五頁。
(8) 石川達三『生きている兵隊』中公文庫(伏せ字復元版)、一九九九年、一一一頁以下。この版は、『中央公論』一九三八年三月号に伏せ字を含んで掲載されたものと、戦後刊行された復元版である河出書房版(一九四五年十二月)をつき合わせ、雑誌で伏せ字とされていた個所を傍線で示したものである。
(9) 牧野武夫『雲か山か』(原本、一九五六年)中公文庫、一九七六年。
(10) 大西巨人『神聖喜劇』(第一巻、光文社文庫版、二〇〇二年、四六〇頁)には、次のような個所がある。「昭和十三年(一九三八年)晩春、石川達三作『生きてゐる兵隊』掲載号の『中央公論』が発売禁止処分を受けた。ただし同誌同号はひとたび各地の書店に到着してのち押収せられたから、少数部は非公然に世間に出ていて、福岡市の古本屋でも、顔馴染みの客はあるいはそれを求めることができた。私は、橋口町モロヤマ書店で、その初夏には一冊を手に入れたのであった。」これは、小説であるから、事実の証言とするには問題があるかもしれないが、ここに注記しておく。
(11) 中島健蔵『兵荒馬乱の巻　回想の文学④』平凡社、一九七七年、二四頁。
(12) 池島『雑誌記者』同前、一〇九〜一一〇頁。
(13) 石橋湛山の『東洋経済新報』も安全だったわけではむろんない。「当時東洋経済新報社は、戦時中にもかかわらず、依然として自由主義を捨てないという理由で、いわゆる軍部と称するやからから、ひどくにらまれた。軍部とは、どこに実際存在するのか、正体は全くわからぬしろものであったが、しかし、とにかく、かれらは情報局を支配し、言論出版界に絶対の権力をふるった。東洋経済新報は、この権力のもとに、その性格を改めて、かれらの気に入る雑誌社になるか、さもなければ、つぶれるほかはないという危機に立った。社内にも、私にやめてもらって、軍部に協力する態度を取ろうではないかと主張するものが現れた。」しかし、石橋はその果断さで社員を説得し、この危機を乗り越えたという。石橋湛山『湛山回想』岩波文庫、一九八五年、二九一頁以下。

なお、清沢洌『暗黒日記』には、「この言論圧迫時代を、孤城を守り通して来たのは石橋湛山氏の『東洋経済』だけである」（一九四四年七月二十八日条）と書かれている。

(14) 小川五郎が義兄（順子の兄）三彦から声をかけられたのは、三〇年代の終わりごろらしく、本文もその判断に立脚して記述している。秦郁彦編『日本陸海軍総合事典』（第2版、東京大学出版会、二〇〇五年、三八頁）の記載によれば、三彦は、陸軍主計中佐大森真の三男で、一九〇一年生まれ。二三年、陸士卒。三七年、東京外語（露語）了とあり、同年にハルビン留学をしている。三八年、北支那方面軍司付（少佐）。四一年七月、大本営付、関東軍司付、などとある。三彦が小川に関東軍関係のポストを用意してくれたというのは、北支那方面軍司付のときのことだったのであろうか。なお、大森真は、一九四〇年に死去していた。

この事典によれば、大森三彦は、一九四五年十月、ソ連軍により逮捕されて入獄。五〇年一月、ハバロフスク法廷で禁固二十五年の判決。五六年十二月にシベリアより復員。六二年十二月没とある。五六年はフルシチョフによる「スターリン批判」の行なわれた年であった。

(15) 日高六郎『戦争のなかで考えたこと』筑摩書房、二〇〇五年、九二頁。

(16) 日高「尾崎行雄『墓標の代わりに』再読」上、『世界』二〇〇〇年二月号、一九四頁。

(17) 日高「尾崎行雄『墓標の代わりに』再読」下、『世界』二〇〇〇年三月号、一八五頁。

(18) 三枝博音は、戦前に唯物論研究会に属し、一九三三年に思想弾圧によって職を失ったのち、日本哲学を精力的に研究。『日本哲学全書』全十二巻、『日本科学古典全書』全十巻を公刊。戦後は鎌倉アカデミアに関わった。横浜市大学長となったが、一九六三年の鶴見列車事故で死去した。

(19) 菊富士ホテルは、「月極めの客の多い高等下宿」（広津和郎『年月のあしおと』下、講談社文芸文庫、一八三頁）だった。三木清も、京都大学への就職を断念し、東京に出て来たとき、一時ここで暮らしていた。広津によれば、宇野浩二、正宗白鳥、谷崎潤一郎、尾崎士郎などもここにいたことがあるという。

なお、小川は中條百合子のロシア行きの資金にふれているが、『宮本百合子選集』第二巻（新日本出版社、一九六八年）の「注」（四七〇頁）では、改造社の「現代日本文学全集」の印税をもとにロシアに行ったとされている。

(20) 木村徳三『文芸編集者　その跫音』ＴＢＳブリタニカ、一九八二年。

(21) 宮本顕治（一九〇八〜二〇〇七）は、一九三三年に検挙され、四五年十月まで十二年間獄中にあった。ちなみに、小川五郎と同年生まれである。

(22) 「杉垣」『宮本百合子全集』第五巻、新日本出版社、一九七九年、三一三頁以下。

(23) 中村智子『宮本百合子』筑摩書房、一九七三年、二〇八頁。

(24) 中野重治『わが生涯と文学』五五〜六頁。

(25) 中村智子は、三七年以前にも、百合子が外国の文学についてもたくさんの評論を書いたとして、次の諸論文をあげている。「マクシム・ゴーリキイの人及び芸術」（婦人公論・昭8・10）、「ツルゲーネフの生きかた」（文化集団・昭9・11）、「バルザックに対する評価」（古典文学の再認識・昭10・2）をはじめ、ジイド、スメドレー、パール・バックについての研究があり、「書評『トルストイ伝』」（都新聞・昭16・5・5）、「ベリンスキーの眼力」（昭19・2執筆）等々。中村智子、同前、二〇三頁。

(26) 「ある日の三木清」『ザメンホフの家族たち』一二〜三頁。

(27) 私の調べた『文藝』に欠本のあったためか、私には戸坂潤のナポレオン論は確認できなかったが、戸坂の『文藝』掲載論文には、「反動期における科学と文学」（一九三四年十月号）、「インテリ意識とインテリ階級説」（一九三五年一月号）、「横光利一論」（一九三五年七月号）、「常識の論」（一九三六年二月）、「作家の教養の問題」（一九三六年八月）、「文藝評論の方法について」（一九三七年六月号）、「批評の『科学性』」（一九三八年一月号）がある。

(28) 安岡章太郎『戦後文学放浪記』岩波新書、二〇〇〇年、三頁。

(29) 『改造』一九三七年八月号「別冊付録」であるトロツキーの『裏切られたる革命（完訳）　ソヴィエット同盟とは何ぞや　それは何処に往くか』は、十人の訳者による共訳。じつに三百頁に近い冊子で、「本誌と共に定価壱円」とあるのは驚きである。

なお、荒畑の『寒村自伝』（岩波文庫、上・下、一九七五年）は、実に興味深い伝記であるけれども、そして、寒村の『改造』への寄稿は二十回を越えると思うけれども、『改造』論文にほとんど言及していないのはどうしたことであろうか。山川均の『改造』執筆回数は際だって多いにもかかわらず、山川の『自伝』も『改造』にはほとんど言及していない。

(30) トロツキー著、荒畑訳『裏切られたる革命』『改造』別冊付録、二九三頁。
(31) 中島健蔵『猪突猛進の巻　回想の文学③』平凡社、一九七七年、二五頁以下。
(32) ジイド『ソヴェト旅行記』小松清訳、岩波文庫、一九三七年、五六頁以下。
(33) 小川が『文藝』誌上に自らの翻訳を掲載するにさいして、複数のペンネームを使っていたことはすでに見た。しかし、改造社の『文藝』には、「狩野一郎」という名前は出てくるものの、「高杉一郎」というペンネームはなかった。

ついでながら、第三章の注（2）に引いた「入社試験」（一九五一年十二月発表、『上林暁全集』第九巻、筑摩書房、所収）には、小川がシベリアから帰ってきたことを小川からの手紙で知ったこと、「高杉一郎の『極光のかげに』が世評を高めつつある頃」に、「度々一緒に飲んだ人」が何と小川五郎夫人の弟だったため、その人から「『極光のかげに』を書いてゐる高杉一郎は、小川五郎ですよ」と聞かされ、上林が「高杉一郎が小川五郎だって？　そいつは初耳だ」（前記の『上林暁全集』第九巻、二九〇頁）と応じたことが書かれている。このことは、高杉一郎という筆名が戦後のものであることを傍証するものであるように思える。

第六章
(1) アメリカの大学の職を得ていた坂西志保（一八九六〜一九七六）は、日米開戦後に日本に戻ったから、小川が坂西に会ったのは四二年以後であろう。なお、『文藝』四三年四月号には、坂西志保「良心を失ったアメリカ」が掲載されている。
(2) 「小さな文房箱」は童話と言える作品である。小川は戦後に高杉一郎訳として数多くの児童文学を翻訳出版するが、その先駆けをここに見ることができよう。
(3) 『文藝』目次には「神眞を知り給ふ」とあるが、本文の表題は「神まことを知り給ふ」である。ここでは、本文の表記にしたがう。
(4) 高杉一郎『レマン湖のほとり』「解説」二一八頁。
(5) ハナ・アーレント『全体主義の起原』「2・帝国主義」大島通義・大島かおり訳、みすず書房、一九七二年、二三五頁。

(6) ホブズボーム『20世紀の歴史　極端な時代』上・下、河合秀和訳、三省堂、一九九六年。

(7) 私は「意識的に省略」と書いたが、省略を示す記号も文言も、『文藝』誌面には見あたらない。このことは、谷崎潤一郎が戦時中に『源氏物語』の翻訳を『中央公論』に連載したさいに、藤壺と光源氏の関係を示す部分が、数ヶ所にわたり、なんの注記もなしに省略されたことを想起させる。

(8) E・M・フォースター「戦争と読書」『文藝』一九四〇年一月号、一〇一〜一〇二頁。

(9) ジョゼフ・フリイマン「神まことを知り給ふ」『文藝』一九四〇年十月号、所収。

(10) 川村湊「東アジアのなかの日本文学」『岩波講座・日本文学史』第十三巻「20世紀の文学2」岩波書店、一九九六年、二〇六頁以下。

(11) 尾崎秀樹『近代文学の傷跡』岩波書店（同時代ライブラリー）、一九九一年、一九頁以下。

(12) 「転向」と「協力」をめぐる朝鮮人作家たちの対応については、川村湊『〈酔いどれ船〉の青春』（インパクト出版会、二〇〇〇年。これは、八五年刊行の講談社版の復刻）巻末の「人物註」が簡潔に書いている。

なお、金史良の「抵抗」が戦後にどのような方向に進んだかについては、鄭百秀『『抗日闘争文学』というイデオロギー——金史良の中国脱出紀行『駑馬萬里』』（鄭『コロニアリズムの超克』草風館、二〇〇七年、所収）という優れた論考がある。

(13) 川村湊「金史良と張赫宙」『岩波講座・近代日本と植民地6・抵抗と屈従』岩波書店、一九九三年、二二七頁。

(14) 張赫宙「朝鮮の知識人に訴ふ」『文藝』一九三九年二月号、二三九頁。

(15) 同号。

(16) 『福原麟太郎著作集』第六巻、研究社、一九六九年、三七三〜三七一頁。

(17) 「卒業論文むかしがたり」『福原麟太郎著作集』同巻、三九五〜三九六頁。

(18) 大塚金之助の論文「トーマス・モーア」（『改造』一九三五年七月号）を指す。大塚が『日本資本主義発達史講座』（一九三二年〜三三年刊）の編集に携わり、やがて東京商大（現一橋大学）を去らざるを得なくなったあとのことであった。

第七章

（1）当初は、『文学』一九五八年四月号、岩波書店、所収。このテクストは『ザメンホフの家族たち』では、「戦争まで――『文芸』編集者として――」と改題された。

（2）この論文は、『近代日本思想史講座』（筑摩書房）シリーズの一冊「近代化と伝統」（一九五九年）に解説として書かれた。その後、河上徹太郎・竹内好他『近代の超克』（冨山房、一九七九年）にも収録された。ここでは、『日本とアジア　竹内好評論集第三巻』（筑摩書房、一九六六年）所収のテクストにしたがう。

（3）〔　〕内は、高杉の『家族たち』版では見当たらない。

（4）『ザメンホフの家族たち』一〇～一一頁。

（5）『文藝』改造社、一九四二年一月号、所収。

（6）中島健蔵『兵荒馬乱の巻　回想の文学④』平凡社、一九七七年、三〇八頁以下。

（7）加藤周一『羊の歌』岩波新書、一九六八年、一八四頁以下。

（8）清沢洌『暗黒日記1』筑摩書房（ちくま学芸文庫）、二〇〇二年、二一頁。

（9）『暗黒日記1』二六頁。

（10）宮本百合子は、宮本顕治への手紙（一九四〇年九月六日付）で、「『文芸』といえば、雑誌の統制で文学雑誌としては『文芸』、『新潮』がのこる模様です」と、統制の進行に触れていた。（宮本顕治・宮本百合子『十二年の手紙』上、新日本文庫、一九八三年、三三四頁）

（11）中島健蔵『昭和時代』岩波新書、一九五七年、一四九頁。

（12）石原の「最終戦争論」には、「本当に日支の新しい提携の方針を確立すればそれでよろしい」とか、「明治維新後、民族国家を完成しようとして、他民族を軽視する傾向を強めたことは否定できません」などという言葉が見える。石原莞爾『最終戦争論』中公文庫、二〇〇一年、四〇頁。

（13）この話は、清水幾太郎『わが人生の断片』（文藝春秋、一九七五年）文春文庫、上巻、一九八五年、三五頁に見える。

（14）木村徳三『文芸編集者　その跫音』前掲、二一八頁以下。

（15）本章注10に記した『十二年の手紙』に収録された宮本顕治の手紙（一九三九年三月九日付）に、百合子の「その年」という小説への言及がある。そこに付けられた注には、この「その年」は、『文芸春秋』のために執筆したが、内務省の内閲で発表をはばまれた。のち、手を入れ「紙の小旗」と改題し、『文芸』一九四一年一月号に発表」と書かれている。

(16) 中村智子『宮本百合子』前掲、二二九頁。

(17) 鹿野政直『戦前・「家」の思想』創文社、一九八三年、一七八頁。

(18) 川西政明『昭和文学史』上巻、講談社、二〇〇一年、四三九頁。

(19) 総合インド研究室訳『闘へるインド　C・ボース自伝』「訳序」(一九四三年)。ここに使用したのは、大空社から「伝記叢書186」として一九九五年に復刻・刊行されたものによる。

(20) 中島岳志『中村屋のボース　インド独立運動と近代日本のアジア主義』白水社、二〇〇五年、二九七頁以下。

(21) アレクサンダー・ヴェルト『インド独立にかけたチャンドラ・ボースの生涯』新樹社、一九七一年。この本は「インド、日本、西ドイツの有志」の共同研究だとのことで、英語版、日本語版、ドイツ語版が発行されているという。日本語の担当者名は明記されておらず、その点が不審であるが、私は、中島の本、国塚の本、各種年表とつき合わせながら、妥当と思われるところを記述したつもりである。

(22) 国塚一乗『印度洋にかかる虹　日本兵士の栄光』光文社、一九五八年。

(23) 小川がボースと語ったときの記憶は、ここに書かれたとき以上のものはないようである。天心・岡倉覚三の英文著作『東洋の理想』のロンドンでの刊行は、一九〇三年。日露戦争を挟んで、一九〇六年には英文の『茶の本』がニューヨークで刊行された。小川がボースと話をしたとき、話題が『茶の本』に及んだかどうかはわからない。岡倉天心は、この『茶の本』冒頭に「近ごろ武士道について――わが兵士に喜び勇んで身を捨てさせる死の術――について盛んに論評されてきた」(岩波文庫版、二三頁)と書いていた。新渡戸稲造の『武士道』(一九〇〇年)などを念頭に置いていると見られるこの発言は、武装闘争を辞さない当時のボースの関心を引くことはなかったろうけれども、『武士道』ばかりがもてはやされる昨今、注記しておきたいところである。

(24) 国塚、同前、一三二頁。

(25) 同前、一九七頁。

(26) 尾崎秀実の「東亜共同体」論については、『尾崎秀実著作集』第二巻、勁草書房、一九七七年、参照。
(27) 『丸山眞男座談』第七冊、岩波書店、一九九八年、二八四〜五頁。
(28) 後藤乾一「東南アジアにおける『戦時対日協力』の諸相」(『岩波講座近代日本と植民地6・抵抗と屈従』岩波書店、一九九三年、一九七頁)
なお、後藤論文に名前が出てくるキスリングについては、ハンナ・アーレントも『イェルサレムのアイヒマン』で、対独協力者の問題に関連して言及している。デンマークには言うに足るほどのファシスト運動はなかったが、「ノルウェーではドイツは熱狂的な支持者を見つけることができた。」それがキスリングであり、この名前は、キスリング政権 (Quisling government) として普通名詞化した。Hannah Arendt, *Eichmann in Jerusalem*, Penguin, p. 117. ヨーロッパ各国の対独協力の諸相についても分析しているアーレントのこの著作は、対日協力のあり方の分析にも有益であろう。太田哲男『ハンナ＝アーレント』清水書院、二〇〇一年、も参照。
(29) 清沢洌『暗黒日記』1、筑摩書房(ちくま学芸文庫)、二〇〇二年。
(30) 同『暗黒日記』2、同、二〇〇二年。
(31) いわゆる横浜事件については、さしあたり、黒田秀俊『昭和言論史への証言』弘文堂、一九六六年、畑中繁雄『覚書　昭和出版弾圧小史』図書新聞、一九六五年、参照。
(32) 「懲罰召集」のイメージをつかむのには、次の引用が適当かもしれない。――「俺は鷲尾中佐である。貴様たちは国家存亡を賭けたこの一戦に、今日まで従軍志願を積極的になさなかったのは何ごとであるか。国賊にひとしい奴どもである。その意味をもって今回その筋の命令により、懲罰召集として一網打尽に動員を行った。今日只今より貴様たちの命は俺が預かった。」(井伏鱒二『黒い雨』新潮文庫、二〇〇三年、三〇四頁)

終章

(1) この親本(一九九六年)の「あとがき」は、岩波現代文庫版(二〇〇二年)では、全面的に書きかえられている。
(2) アーレント『全体主義の起原』第三部、一三五頁。
(3) 同前、六頁。

（4）同前、二一二頁。
（5）石原吉郎については、『海を流れる河　石原吉郎評論集』同時代社、二〇〇〇年、参照。
（6）菅季治については、さしあたり多田茂治『内なるシベリヤ抑留体験　石原吉郎・鹿野武一・菅季治の戦後史』社会思想社、一九九四年、参照。
（7）スメドレー、高杉一郎訳『中国の歌ごえ』みすず書房、一九五七年。ただし、のちのちくま文庫版では、この文章は少し書き改められている。
（8）中野好夫が高杉訳『中国の歌ごえ』の書評を「週刊朝日」に書き、これを「激賞」したという回想は、そういうことがあっても不思議ではない気はするものの、その回想が事実だったかどうかは、私には確認できなかった。『大宅壮一文庫雑誌記事索引総目録』『人名編』3・4には、スメドレー、中野好夫、高杉一郎という項はあるけれども、『中国の歌ごえ』に関する項目はない。中野好夫の項を検すると、中野の「教授では食えぬ」という記事（「週刊朝日」一九五三年二月十五日号）の項目は見える。同『総目録・件名編』の「中国」に関する部分を検索しても、この書評に該当する項目は見当たらないようである。大宅壮一文庫に問い合わせると、その時代の「週刊朝日」では、書評程度の小さい記事を『総目録』の項目として拾うことはしていないとのことであった。

話は脇道にそれるが、竹内洋はその『丸山眞男の時代』（二〇〇五年、一七四頁以下）において、一九五〇年代初めの丸山の人気に触れている。それによれば、丸山の名前を一躍有名にした論文「超国家主義の論理と心理」（『世界』一九四六年五月号）は、たしかに「場外ホームランだったが、そのあと長打を放っていたわけではない」とし、「知名度はやはりごく一部の人に限定されていたはずである」という。その「証明」として竹内は、五二年の『図書新聞』（四月二十八日号）の大学生・高校生の読書世論調査（三四九〇人）を紹介している。その「書かせたい執筆者」のランキングによれば、一位・清水幾太郎（六九人）、二位・中野好夫（五七人）、三位・山本有三（三五人）、四位・志賀直哉（三三人）で、丸山は三人だけが名前をあげていたにすぎない。当時の同種の別のアンケートには、丸山の名前もないというのである。

統計上の事実は、竹内氏の周到な調査の通りであろうが、私がここで注目したいのは、丸山のことではなく、中野好夫の順位が高かったという点である。

（9）グレーヴス著・高杉一郎訳『ギリシア神話』下、紀伊國屋書店、一九七三年、「訳者あとがき」三一九頁。
（10）吉田拡他『源氏物語の英訳の研究』が、第三十四回毎日出版文化賞（一九八〇年）を受賞した。

高杉一郎・主要な著作と翻訳

以下は、高杉一郎著あるいは訳として刊行された単行本に限っている。これは、著作・翻訳書一覧であるが、同時に、本書の重要な参考文献でもある。

一、シベリア抑留に関連する著作など

（1）『極光のかげに』目黒書店、一九五〇年（冨山房版、一九七七年。岩波文庫版、一九九一年。エレーナ・レージナによるロシア語訳、モスクワ刊、一九九三年）
（2）『ザメンホフの家族たち　あるエスペランティストの精神史』田畑書店、一九八一年
（3）『スターリン体験』岩波書店（同時代ライブラリー33）、一九九〇年
（4）『シベリアに眠る日本人』岩波書店（同時代ライブラリー93）、一九九二年
（5）『征きて還りし兵の記憶』岩波書店、一九九六年
（6）『ひとすじのみどりの小径』リベーロイ双書、一九九七年

（1）と（3）～（5）は、著者のシベリア抑留体験を核とした作品であり、（2）は一九五一年から八〇年の間に、おりにふれて書かれたエッセイや論文を編集した著作。

二、伝記

（1）『盲目の詩人エロシェンコ』新潮社、一九五六年

（2）『中国の緑の星　長谷川テル反戦の生涯』朝日新聞社、一九八〇年

（3）『夜明け前の歌　盲目詩人エロシェンコの生涯』岩波書店、一九八二年

（4）『大地の娘　アグネス・スメドレーの生涯』岩波書店、一九八八年

三、翻訳

（1）『レマン湖のほとり』静岡大学教育研究所、一九五三年

（2）長谷川テル『嵐の中のささやき　炎の青春』新評論社、一九五四年。新評論、一九八〇年

（3）スメドレー『中国の歌ごえ』みすず書房、一九五七年、一九七二年に改版（のち、ちくま文庫）

（4）『エロシェンコ全集』全3巻、みすず書房、一九五九年（のち、『エロシェンコ作品集』全3冊、一九七三年・七四年）

（5）クロポトキン『ある革命家の思い出』平凡社、一九六二年（のち、『ある革命家の手記』と改題して、岩波文庫所収、上・下2冊、一九七九年）

（6）グレーヴズ『ギリシア神話』紀伊國屋書店、上巻・一九六二年、下巻・一九七三年（のち、決定版、一九九八年）

（7）スメドレー『中国は抵抗する』岩波書店、一九六五年

（8）『ツヴァイク全集17　権力とたたかう良心』みすず書房、一九七三年

（9）クロポトキン『ロシア文学の理想と現実』岩波文庫、上・一九八四年、下・一九八五年

四、児童文学を中心とする主な翻訳

（1）ヴォロンコーワ『町からきた少女』岩波少年文庫、一九五六年

（2）イートン『ガンジー伝』岩波少年少女文学全集、一九六二年

（3）フィリパ・ピアス『トムは真夜中の庭で』岩波書店、一九六七年

(4) ピカード『ホメーロスのイーリアス物語』岩波書店、一九七〇年
(5) ピカード『ホメーロスのオデュッセイア物語』岩波書店、一九七二年
(6) マーク＝トウェーン『トム＝ソーヤーの冒険』学習研究社、一九七六年
(7) リオン・ガーフィールド『少年鼓手』福音館書店、一九七六年
(8) タウンゼンド『子どもの本の歴史　英語圏の児童文学』上・下、岩波書店、一九八二年
(9) セケリ『ジャングルの少年』福音館書店、一九八三年
(10) J・M・バリ『ピーター・パン』講談社文庫、一九八四年
(11) フィリパ・ピアス『幽霊を見た10の話』岩波書店、一九八四年
(12) フィリパ・ピアス『ペットねずみ大さわぎ』岩波書店、一九八四年
(13) フィリパ・ピアス『サティン入り口のなぞ』岩波書店、一九八六年
(14) キャロル『ふしぎの国のアリス』講談社青い鳥文庫、一九八七年
(15) キャロル『鏡の国のアリス』講談社青い鳥文庫、一九八八年
(16) フィリパ・ピアス『ライオンが学校へやってきた』岩波書店、一九八九年
(17) フィリパ・ピアス『こわがっているのは、だれ？』岩波書店、一九九二年
(18) ニコライ・カラーシニコフ『極北の犬トヨン』徳間書店、一九九七年

参考文献

高杉一郎の主要著作については、すでに掲げた。また、『改造』『文藝』所収論文などは、以下では省略してある。

『芥川龍之介全集』8、筑摩書房（ちくま文庫）、一九八九年
安倍能成『岩波茂雄伝』岩波書店、一九五七年
荒畑寒村『寒村自伝』岩波文庫、上・下、一九七五年
ハナ・アーレント『全体主義の起原』「2・帝国主義」大島通義・大島かおり訳、みすず書房、一九七二年
ハナ・アーレント『全体主義の起原』「3・全体主義」大久保和郎・大島かおり訳、みすず書房、一九七四年
池島信平『雑誌記者』（原本、一九五八年）中央公論新社（中公文庫）、二〇〇五年
郁達夫「自伝」『わが夢、わが青春』岡崎俊夫訳、寶雲社、一九四七年
石川達三『生きている兵隊』新潮文庫
石橋湛山『湛山回想』岩波文庫、一九八五年
石原莞爾『最終戦争論』中公文庫、二〇〇一年
『海を流れる河　石原吉郎評論集』同時代社、二〇〇〇年
稲葉昭二『郁達夫』東方書店、一九八二年
『岩波新書の50年』岩波新書別冊、一九八八年
アレクサンダー・ヴェルト『インド独立にかけたチャンドラ・ボースの生涯』新樹社、一九七一年
内山完造『花甲録』岩波書店、一九六〇年
太田哲男「石原吉郎覚え書き」『海を流れる河　石原吉郎評論集』（同時代社、二〇〇〇年）所収
太田哲男編『暗き時代の抵抗者たち』同時代社、二〇〇一年
太田哲男『ハンナ＝アーレント』清水書院、二〇〇一年
太田哲男「高杉一郎論のためのノート」『文化と哲学』（静岡大学哲学会）第十九号、二〇〇三年
太田哲男他編『治安維持法下に生きて　高沖陽造の証言』影書房、二〇〇三年（なお、本書には、太田「解説　高沖陽造の証言」収録）
太田哲男「『全体主義の起源』の射程」『情況』二〇〇四年九月号
太田哲男「一九三〇年代の日中文学者の交流について――雑誌『文藝』を中心に――」佐藤東洋士・李恩民編『東アジア

共同体の可能性　日中関係の再検討』御茶の水書房、二〇〇六年、所収
大西巨人『神聖喜劇』光文社文庫、第一巻・第五巻、二〇〇二年。
『大宅壮一全集』第六巻、英潮社、一九八一年
尾崎秀樹『近代文学の傷跡』岩波書店（同時代ライブラリー）、一九九一年
『尾崎秀実著作集』第二巻、勁草書房、一九七七年
郭沫若『亡命十年』筑摩書房、岡崎俊夫訳、一九五三年
郭沫若『創造十年　続・創造十年』松枝茂夫訳、岩波文庫、一九六〇年
郭沫若『抗日戦回想録』（中央公論社、一九五九年）、中公文庫、二〇〇一年
加藤周一『羊の歌』岩波新書、一九六八年
加藤周一『夕陽妄語Ⅴ』朝日新聞社、一九九七年
鹿野政直『戦前・「家」の思想』創文社、一九八三年
金子務『アインシュタイン・ショック　第Ⅱ部　日本の文化と思想への衝撃』河出書房新社、一九八一年
河上肇『自叙伝』五、岩波文庫、一九七六年
川西政明『昭和文学史』上巻、講談社、二〇〇一年
川村湊「金史良と張赫宙」『岩波講座・近代日本と植民地6・抵抗と屈従』岩波書店、一九九三年
川村湊「東アジアのなかの日本文学」『岩波講座・日本文学史』第十三巻「20世紀の文学2」岩波書店、一九九六年
川村湊『〈酔いどれ船〉の青春』インパクト出版会、二〇〇〇年
『上林暁全集』第九巻、筑摩書房
木佐木勝『木佐木日記――滝田樗陰とその時代』図書新聞社、一九六五年
木村徳三『文芸編集者　その跫音』TBSブリタニカ、一九八二年
清沢洌『暗黒日記』1・2、筑摩書房（ちくま学芸文庫）、二〇〇二年
国塚一乗『印度洋にかかる虹　日本兵士の栄光』光文社、一九五八年
小林勇『惜檪荘主人――一つの岩波茂雄伝』岩波書店、一九六三年
『小林勇文集』第一巻、筑摩書房、一九八二年

小林勇『人はさびしき』文藝春秋、一九七三年
向坂逸郎『流れに抗して　ある社会主義者の自画像』講談社現代新書、一九六四年
佐藤卓己『「キング」の時代』岩波書店、二〇〇二年
佐藤春夫『退屈読本』下、冨山房、一九七八年
ジイド『ソヴェト旅行記』小松清訳、岩波文庫、一九三七年
塩澤実信『定本ベストセラー昭和史』展望社、二〇〇二年
清水幾太郎『わが人生の断片』(文藝春秋、一九七五年) 文春文庫、上巻、一九八五年
関忠果他『雑誌「改造」の四十年』光和堂、一九七七年
高見順『昭和文壇盛衰史』角川文庫、一九六七年
竹内洋『教養主義の没落』中央公論新社(中公新書)、二〇〇三年
竹内洋『丸山眞男の時代』中公新書、二〇〇五年
竹内好『近代日本思想史講座』(筑摩書房) シリーズ「近代化と伝統」、一九五九年
竹内好『竹内好セレクションI』日本経済評論社、二〇〇六年
多田茂治『内なるシベリア抑留体験　石原吉郎・鹿野武一・菅李治の戦後史』社会思想史、一九九四年
田中泰子『けやきの庭の若者たちへ』カスチョールの会、二〇〇五年
『谷崎潤一郎　上海交遊記』みすず書房、二〇〇四年
『丁玲自伝』田畑佐和子訳、東方書店、二〇〇四年
永井荷風『断腸亭日乗』岩波書店
永井荷風『濹東綺譚』新潮文庫
中島健蔵『物情騒然の巻　回想の文学②』平凡社、一九七七年
中島健蔵『猪突猛進の巻　回想の文学③』平凡社、一九七七年
中島健蔵『兵荒馬乱の巻　回想の文学④』平凡社、一九七七年
中島健蔵『昭和時代』岩波新書、一九五七年
中島岳志『中村屋のボース　インド独立運動と近代日本のアジア主義』白水社、二〇〇五年

中野重治『愛しき者へ』中央公論社、上・一九八三年、下・一九八四年
中野重治『村の家・おじさんの話・歌のわかれ』講談社文芸文庫、一九九四年
中野重治『わが生涯と文学』筑摩書房、一九七九年
林淑美編『中野重治評論集』平凡社（平凡社ライブラリー）、一九九六年
永嶺重敏「円本ブームと読者」『大衆文化とマスメディア』（近代日本文化論7）岩波書店、一九九九年
中村智子『宮本百合子』筑摩書房、一九七三年
中村智子『百合子めぐり』未來社、一九九八年
西川正也『コクトー、1936年の日本を歩く』中央公論新社、二〇〇四年
萩原延壽『自由の精神』みすず書房、二〇〇三年
坂野潤治『昭和史の決定的瞬間』筑摩書房（ちくま新書）、二〇〇四年
日高六郎『戦争のなかで考えたこと　ある家族の物語』筑摩書房、二〇〇五年
広津和郎『年月のあしおと』下、講談社文芸文庫、一九九八年
『福原麟太郎著作集』第六巻、研究社、一九六九年
『藤田省三著作集2・転向の思想史的研究』みすず書房、一九九七年
『藤田省三著作集7・戦後精神の経験Ⅰ』、みすず書房、一九九八年
総合インド研究室訳『闘へるインド　C・ボース自伝』大空社（伝記叢書186）、一九九五年
ホブズボーム『20世紀の歴史　極端な時代』上・下、河合秀和訳、三省堂、一九九六年
前田愛『近代読者の成立』（原本、一九七三年）、岩波書店（岩波現代文庫）、二〇〇一年
牧野武夫『雲か山か』中公文庫、一九七六年
松田道雄『私の読んだ本』岩波新書、一九七一年
松本健一『竹内好論』（原本、第三文明社、一九七五年）岩波現代文庫、二〇〇五年
丸山昇『上海物語』（原本、一九八七年）講談社学術文庫、二〇〇四年
『丸山眞男集』第十巻、岩波書店、一九九六年
『丸山眞男座談』第七冊、岩波書店、一九九八年

松沢弘陽・植手通有編『丸山眞男回顧談』上、岩波書店、二〇〇六年
水島治男『改造社の時代　戦中編』図書出版社、一九七六年
『三木清全集』第一巻、岩波書店
御厨貴・中村隆英編『聞き書　宮沢喜一回顧録』岩波書店、二〇〇五年
宮本顕治・宮本百合子『十二年の手紙』上・下、新日本文庫、一九八三年
『宮本百合子全集』第五巻、新日本出版社、一九七九年
武藤富男『評伝賀川豊彦』キリスト新聞社、一九八一年
森嶋通夫『日本にできることは何か　東アジア共同体を提案する』岩波書店、二〇〇一年
矢島祐利『一科学史家の回想』恒和出版、一九八〇年
安岡章太郎『戦後文学放浪記』岩波新書、二〇〇〇年
柳田泉他編『座談会　明治・大正文学史（5）』岩波現代文庫、二〇〇〇年
『山川均自伝』岩波書店、一九六一年
山本実彦『小閑集』改造社、一九三四年
山本実彦『興亡の支那を凝視めて』改造社、一九三八年
山本実彦『世界文化人巡礼』改造社、一九四八年
「横浜事件被告相川博手記（昭和十八年）」（『続・現代史資料7』「特高と思想検事」（加藤敬事・解説）みすず書房、一九八二年、所収
吉野源三郎「赤版時代――編集者の思い出」『岩波新書の50年』所収、一九八八年
ラッセル『ソ連共産主義』河合秀和訳、みすず書房、一九九〇年
『ラッセル自叙伝II』日高一輝訳、理想社、一九七一年
林淑美『昭和イデオロギー　思想としての文学』平凡社、二〇〇五年

あとがき

　この本が上梓の運びとなったのは、たび重なる私の訪問をつねにこころよく受け入れ、私の聞き取りに懇篤に対応し、それを文字にすることを認めてくださった故小川五郎（高杉一郎）先生のご厚意によるものである。また、その娘さんたちのさまざまなご支援にも感謝する。本書に使わせていただいた写真はすべて田中泰子さんにご提供いただいたものである（改造社の出版物の写真を除く）。

　小川先生にこの本をご覧いただきたいと念じていたけれども、遺憾ながらその願いは果たすことができなかった。とはいえ、先生の亡くなった今年一月九日のほぼ一ヶ月前の昨年十二月十一日、お宅にうかがって本書の出版について報告できたことは、私にとってせめてもの慰めである。私にとっては、これが生前の先生にお目にかかった最後の機会となった。翌十二月十二日、先生は元改造社の編集者として、ＮＨＫのＥＴＶ特集「禁じられた小説」のインタヴューに応じられ、この番組は二〇〇八年一月二十七日に放送された。それは、くしくも先生の告別式の翌日のことであった。

　本書を、いつも寛大に接してくださった小川五郎先生に捧げる。

　本書の出版に至ったいま、私があらためて思い起こすのは、故藤田省三先生のことである。小川先生と私との出会いは、序章に書いたように、私が『石原吉郎評論集　海を流れる河』（二〇〇〇年）を編んだことに由来する。その石原の本を私が読むようになったのは、藤田先生を囲んで一九九〇年末から二年余り続いた少人数の読書会で、藤田先生がテキストの一冊として石原吉郎『望郷と海』を取りあげたことによる。藤田先生はまた、高杉一郎『スターリン体験』（一九九〇年）が出版されてまもなく、この本は面白いよと私に語ってくれた。顧みれば、私が本書を書くに至る機縁を作ってくださったのは藤田先生であったと思う。

この本の元になった原稿は、二〇〇六年七月に桜美林大学に提出した博士学位論文（題名は「高杉一郎の改造社時代」）である。私は博士号を取得しようなどと考えたことはなかったが、諸般の事情でにわかに学位請求論文を提出する必要が生じ、その時期（二〇〇六年春）が、私がぜひ書きたいと考えていた高杉一郎伝が完成しつつある時期とちょうど重なった。伝記的なものは学位論文には必ずしも適合的でなかろうという気持ちはあったけれども、この高杉論を学位論文としようと意を決した次第である。

本書は、当初から博士論文を目指して執筆していたものではなかったという経緯ゆえ、学位論文の一般的なあり方とは異なって「書き下ろし」に近く、既発表部分は多くない。

その既発表の部分は、まず、「日中文学者往復書簡」（本書第四章の一部）に関する記述で、これは、二〇〇五年二月二十六日、北京大学で行なわれた「桜美林大学・北京大学学術交流会」における私の発表を基にしている。（のち、佐藤東洋士・李恩民編『東アジア共同体の可能性――日中関係の再検討』御茶の水書房、二〇〇六年、に収録。この本への収録は、桜美林大学・李恩民教授のご厚意による。）

また、東京高師時代の項でロシア文学との関わり合いを書いた部分、終章の一部、巻末に付けた「高杉一郎・主要な著作と翻訳」は、私の「高杉一郎論のためのノート」（静岡大学哲学会『文化と哲学』第十九号、二〇〇二年七月）を利用している。それ以外の部分は、今回初めて発表するものである。

私の学位論文の審査は、桜美林大学の学内から倉沢幸久教授（主査）、ジョージ・オーシロ教授、町田隆吉教授が、学外からは坂部恵・東京大学名誉教授が担当してくださった。それぞれにご多用中にも関わらず、論文審査の労をとっていただいたうえに、貴重なるご指摘をたまわり、深甚の感謝を申し上げる。私は学校制度のなかで坂部先生の学生であったことはないが、私が大学院生活をおえたころは、坂部先生が斬新なカント論を提起された時期でもあって、思想史解釈に新たな地平を切り開いておられることに触発されたことが思い出される。その先生に審査をしていただくことができ、感慨も一入である。なお、オーシロ教授は、二〇〇七年十二月十一日に急逝された。刊本となったところを見ていただけないのは残念である。

今回の出版にさいして、審査を担当された方々のご指摘などもふまえ、原稿に加除を行なった。しかし、若い読者を想定して固有名詞などに脚注的なことを記述してはという指摘は、頁数の関係もあって、必ずしも生かしきれなかった。

田中浩・一橋大学名誉教授には、学位論文提出以前に原稿に対して有益なアドバイスをいただいたばかりか、今回の出版にあたってもお世話いただいた。

未來社で本書を担当してくださった天野みかさん、未來社社長の西谷能英さんにも、多大なお世話になった。

本書の出版にあたっては、桜美林大学の学術出版助成を受けた。

雑誌『改造』『文藝』など、改造社関係の史料については、桜美林大学、学習院大学、拓殖大学、帝塚山大学、室蘭工業大学、立教大学の各図書館、大宅壮一文庫、神奈川近代文学館などの恩恵に浴した。

右記の方々のほか、さまざまな機会にコメントをくださった諸氏に、ここにお名前はあげないけれども、感謝申し上げたい。

最後に、原稿を読んでさまざまな意見を述べてくれた私の連れ合い・まり子にも感謝する。

太田　哲男

二〇〇八年五月八日

著者略歴
太田 哲男（おおた てつお）
1949年、静岡県生まれ。
東京教育大学大学院文学研究科（倫理学専攻）修士課程修了。同博士課程中退。
現在、桜美林大学教授。博士（学術）。日本思想史。

〔主要著作〕
『大正デモクラシーの思想水脈』同時代社、1987年
『麻酔にかけられた時代－一九三〇年代の思想史的研究』同時代社、1995年
『レイチェル＝カーソン』清水書院、1997年
『ハンナ＝アーレント』清水書院、2001年
〔翻訳〕
ローザ・ルクセンブルク『資本蓄積論』（第三編）、同時代社、1997年（2001年＝新訳増補版）

若き高杉一郎——改造社の時代

発行——二〇〇八年六月三〇日　初版第一刷発行

定価——（本体三五〇〇円＋税）

著者——太田哲男
発行者——西谷能英
発行所——株式会社　未來社
東京都文京区小石川三—七—二
電話　〇三—三八一四—五五二一
http://www.miraisha.co.jp/
email:info@miraisha.co.jp
振替〇〇一七〇—三—八七三八五

印刷——精興社
製本——榎本製本

ISBN 978-4-624-60108-9　C 0095

平野謙・小田切秀雄・山本健吉編
〔新版〕現代日本文学論争史　上巻
最良の編者による文学論アンソロジー。上巻には大正末〜昭和初期の十一論争を収録。「内容的価値論争」「私小説論争」「芸術大衆化論争」「形式主義文学論争」ほか。解説＝平野 謙
六八〇〇円

平野謙・小田切秀雄・山本健吉編
〔新版〕現代日本文学論争史　中巻
昭和十年前後の七論争を収載。「芸術的価値論争」「政治と文学論争」「社会主義リアリズム論争」「行動主義文学論争」「転向論争」「日本浪漫派論争」ほか。解説＝小田切秀雄
五八〇〇円

平野謙・小田切秀雄・山本健吉編
〔新版〕現代日本文学論争史　下巻
戦中までの七論争。「シェストフ論争」「純粋小説論争」「中野重治・小林秀雄論争」「文学非力説論争」ほか。〝文壇〟が暑かった時代が垣間みられる論争の軌跡。解説＝平野 謙
五八〇〇円

西郷信綱・廣末保・安東次男編
日本詞華集
記紀、万葉の古代から近現代に至るまでの秀作を収録。各分野で第一線を走った編者三名の独自の斬新な詩史観が織りなす傑作アンソロジー。西郷信綱氏による復刊への「あとがき」を収録。

六八〇〇円

中村智子著
百合子めぐり
宮本百合子生誕百年を迎えて——。評伝『宮本百合子』を著して以来、初めて語る百合子の周辺をめぐっての貴重なエピソード、著作により引き起こされた思いがけない波紋、著者の生きた「時勢」。

二〇〇〇円

豊田正子著
花の別れ
〔田村秋子とわたし〕多くの演劇ファンを魅了した女優田村秋子。その最晩年、著者との間に信頼の絆に結ばれた感動深い交流があった。これは、二人の奇しき出会いから死を看取るまでを描いた作品。

一六〇〇円

〔消費税別〕